杨天舵○著

你好，我是110

一个警察眼中的人间百态

新星出版社 NEW STAR PRESS

图书在版编目（CIP）数据

你好，我是110：一个警察眼中的人间百态／杨天舵著．
—北京：新星出版社，2011.7
ISBN 978-7-5133-0275-3

I．①你… Ⅱ．①杨… Ⅲ．①纪实文学－中国－当代 Ⅳ．① I25

中国版本图书馆CIP数据核字（2011）第079856号

你好，我是110：一个警察眼中的人间百态

杨天舵　著

策　　　划：闫　超
责任编辑：汪　欣
责任印制：韦　舰
装帧设计：九　一

出版发行：新星出版社
出版人：谢　刚
社　　址：北京市西城区车公庄大街丙3号楼　　100044
网　　址：www.newstarpress.com
电　　话：010-88310888
传　　真：010-88310899
法律顾问：北京市大成律师事务所

读者服务：010-88310800　service@newstarpress.com
邮购地址：北京市西城区车公庄大街丙3号楼　　100044

印　　刷：三河兴达印务有限公司
开　　本：700×1000　1/16
印　　张：19
字　　数：263千字
版　　次：2011年7月第一版　2011年7月第一次印刷
书　　号：ISBN 978-7-5133-0275-3
定　　价：28.00元

代自序：一名110巡警的午夜笔记

关于本书

又到凌晨，万籁俱寂。泡好一杯淡淡的清茶，打开电脑，敲下巡逻日记的第一行。

几个月以来，我已经养成这样的习惯。这本书的文字绝大部分写于凌晨零点至两点，因为只有在这个时间段，我的内心才会充满宁静。

从警八年，从最初的交巡警，到110指挥中心，到特巡警，再到办公室做宣传工作，我穿着警服在各个岗位上做了种种不同的工作。2010年11月，因为工作需要，我又回到了110巡警一线，开始了每天在辖区巡逻、与百姓面对面的日子。

我的辖区不算大，骑摩托车放开跑的话，十来分钟就能跑完。范围虽不大，但是有两家大型商贸中心、七八个金融网点、两个公园，加上大大小小五六个社区和十来个大中小学校，是典型的市中心人群密集区。有人的地方就有故事，所以，辖区里每天的警情还是不少的。

我的搭档叫王军，是一个嫉恶如仇、胆大心细且有着丰富一线工作经验的民警。我喜欢叫他"搭档王"。搭档王是一个特别喜欢读书的人，博学而有涵养，看似黑大个，实则内秀。每天我们骑着摩托车在辖区巡逻，一起奔赴一个又一个现场，两人之间的合作也越来越默契。

每每处理完一起警情，我们总会反思，如果当事人能少一些冲动，多一些理智；少一些蛮横，多一些忍让，其实很多麻烦都会避免。这些矛盾，大都产生于原本简单却被人为复杂化，原本普通却被无限扩大的人与事。很多当事人在事件发生时，似乎都灵魂离位，与平时的自己判若两人。

搭档王说："你平时喜欢写东西，何不把这些巡逻中遇见的事记下来呢？咱们遇到的可都是活生生的例子，写出来多少也可以给大家一点提醒吧！"

正是在搭档王的提议下，我开始动笔写巡逻日记。起初，巡逻日记被转发到天涯论坛，得到了众多网友的大力支持，后来有幸被新星出版社结集出版，实在是出乎意料。

据说，一个警察一年处理的难缠事件，要比普通人一生遇见的还要多。这本书里记录的都是我出警过程中遇见的真人真事，都是繁华都市里的社会百态和众生万象。之所以记录，是相信记录下的故事会成为一面明镜，或许，您能从中照出自己的身影，从而让人生远离麻烦与危险。

希望各位读者从中能有所感悟，有所启迪，有所会意。

清明节后调休回老家。

薄暮时分，细雨蒙蒙，当我再次站在爷爷坟前，恍若隔世。豫北平原上，万物勃发，一条条乡间小路不知是通往历史还是延伸向未来，一个个孤零零的坟墓在诉说着祖先的不屈和梦想。

爷爷当过兵，打过仗。记忆里，他的怀抱总是那样温暖而安全。在那个早已作古的土坯房里，爷爷曾经很认真地对年幼的我说，你长大了一定要离开这个村子，好男儿志在四方，要上战场，保家卫国！2003年3月，我穿上了警服，爷爷却已经离开我多年。

我守护着城市的安宁，在当事人情绪躁动灵魂离位的时候调解他们的矛盾，平复他们的心情。在这个和平年代里，我是不是也没有辜负爷爷的期望？在城市这个看不见硝烟的战场上，我会继续战斗着、守护着！

关于 110

110 这三个数字，很简单，但如何正确拨打 110 报警却是一门生活学问。我在工作中发现很多群众在拨打 110 时，总会存在这样或那样的问题。我们遇到事情应该如何报警，如何让 110 更好地为自己服务，根据我的总结，现为大家一一讲述，希望能有所帮助。

一、110 的职责：

110 主要担负两项职能，一是维护社会稳定，二是服务群众。不但负责受理刑事、治安案件，还接受群众突遇的、个人无能力解决的紧急危难求助。

二、在什么情况下，我们可以拨打 110：

1. 正在进行的或可能发生的各类刑事案件。如：杀人、放火、抢劫、抢夺、绑架、强奸、盗窃、贩毒等。

2. 正在进行的或可能发生的各类治安案件或紧急治安事件。如：扰乱商店、市场、车站、体育文化娱乐场所公共秩序，赌博、卖淫嫖娼、吸毒、结伙斗殴等。

3. 当自己或他人人身、财物安全受到不法侵犯时。比如自己遭到抢劫或发现小偷行窃他人时都需要报警。

4. 自己或他人生命、财产突遇危难受到威胁时。比如群众溺水、人员被困、车辆自燃等。

5. 财产损失较大或有人员伤亡的交通事故。

6. 自然灾害和各种意外事故。

7. 举报各种犯罪行为及犯罪嫌疑人。比如掌握公安机关追查的嫌疑人相关情况要举报等。

8. 人民群众的各种求助。比如有老人、儿童及智障人员、精神疾病患者等人员走失，需要帮助查找的；群众遇到危险，处于孤立无援状况，需要立即救助的。

9. 突遇危难无力解决时。比如涉及水、电、气、热等公共设施出现险情，威胁公安安全、人身或财产安全，需紧急处理的。

10. 其他必须民警到场解决的实际困难的情况。

只要你感觉身处危险，或者看到危险情况以及感觉需要警察出现的情况都可以报警。

千万不要报假警。曾经有位女士，和男朋友吵架后，男朋友生气离家出走，她追不上，便报警说被抢劫了，巡警出动了六组警力对她男朋友实行围追堵截，"抓捕"时，幸亏她男朋友还算配合没反抗。如果让他停下来，他不停，一枪打过去，这责任谁来承担呢？

还有个醉汉，酒后多次拨打110骚扰110服务台接线员，最后被拘留。

报假警和打骚扰电话都是要负法律责任的。

三、如何报警，报警的时候需要对110说清的事项：

1. 要有条理地向110简要说明自己因何事报警。说问题要简明扼要，不要一扯就扯到我是个好公民等等无关你现在报警的事情。比如说，交通事故，你直接就报警说，在什么路和什么路交叉口，我出了交通事故，请求出警。简明扼要说清楚情况。不要向110陈述自己当时是如何开车的，对方是如何驾驶的，自己有无责任等，事故责任划分，交警会替你处理的。110资源有限，你打完电话可能别人马上就会打进去，按照郑州市每天的接警量，每天将近一万起警情，所以最好不要啰唆，以免占用资源。

2. 要说清楚自己所处的详细位置。比如 xx 路 xx 街 xx 胡同 xx 号 xx 小区 xx 单元 xx 楼等。如果自己也不知道身在何处，那就说附近的标志性建筑、公交站牌、饭店名称等。

3. 如果是被抢的警情，一定记得要先打110，很多女同志被抢后心慌意乱，急着给老爸打电话，给老公打电话，给弟弟打电话，打完后，才想到110。还有些女同志，打通110后，由于情绪失控，陈述情况时颠三倒四，只会说自己被抢了，其他什么也说不出来，这绝对不可取，这个时候一定要冷静。

电话打通后，要描述嫌疑人的逃跑方向、所乘坐的交通工具（比如徒步、打车或者骑电动车）、身高、年龄、头发长短、口音、衣服（比如黑衬衣、白裤子、运动鞋）及身体的显著特征（比如秃子、脸上有伤疤、没有左胳膊）等。

4. 报警后，尽量不要让自己的手机占线，因为出警的巡警接到警情后，会第一时间和你联系，这个时间离你报警大概不会超过一分钟。我遇到过很多报案人电话一直占线导致联系不上的情况，为后期的抓捕带来很大影响。另外，报警后不要远离现场，在原处等待巡警的到来，见到警察要主动上前迎接。

我在110指挥中心接警时，一次一位女同志报警被抢了，我在电话里询问她情况时，这位大姐一直哭，我边问她嫌疑人情况，边向巡逻组通报，结果电话还没挂断，嫌疑人已经被抓住了，大概只用了五六分钟。最后我电话里告诉大姐人已经被抓住了，让她在原处等我们的民警去找她，她竟然不敢相信。

四、其他需要注意的问题：

1. 遇事要及时拨打110。有些问题自己处理反而会让问题更加复杂。涉及抢劫、抢夺、盗窃的警情，要第一时间报警。常见的情况时，当事人案发后不及时报警，等离开了现场或者过了一段时间后想起来报警，这样无形给警察的后期工作开展带来一定的影响。再譬如撞车后，协商解决不了也不报警，争执中双方大打出手，这样的结果是先解决打人问题，然后再处理交通事故，说不定连处理事故的机会都没有，自己先进拘留所喝稀饭去了。

2. 要教育家里老人和孩子，遇见难题要及时找110。如果怕老人和孩子忘记号码，可以把号码写在显眼的位置，强化一下记忆。

总之，在您遇到困难的时候，110是最值得信赖的号码。

每一天的二十四小时，无论刮风下雨，还是酷暑严寒，110永远守护在您身边。

目录

下水道里传来的呼救声

2010 年 11 月 7 日　星期日

很多人都看过宁浩的电影《疯狂的石头》，黄渤演的黄皮被困下水道好几天，出来后那种浑身黑泥、臭气熏天的狼狈状态给我的印象很深。今天，我就遇到了这样一件事，在现实中看到了被从下水道里捞出来的脏人。

上午十点多，我和搭档王正在辖区巡逻时，接到 110 指挥中心派警，说有群众在某某路上的一个窨井里，发现了一个人。我问 110 派警员："是什么样的人？"派警员很干脆地回答："活人！"活人咋掉到窨井里去了？我们来不及细想，立即驱车赶往现场。

老远就看见路边围了一圈人，都在低头看，议论纷纷。我俩分开人群，走进去，发现中间是个污水井，井盖已经被掀起来扔到了一边。还没来得及仔细看，就听见井下有人在喊："救救我，救命啊！"我低头一看，大概四五米深的污水井中，站着一个人，由于离得远，里面也比较黑，看不清模样。

搭档王冲里面喊道："你别着急啊，我们马上想办法救你出来！"我赶紧用电台呼叫指挥中心，请求消防大队和 120 的同志过来增援。呼叫完毕，我问围观的人："哪位同志报的警？"

一个穿深蓝色风衣的男子走了过来，说："警察同志，是我报的警！"

我问他："咋回事啊这是？他咋掉进去的？"

风衣男说："您可把我给问住了。说实话，我也不知道他咋掉进去的。我路过这里，正好停下来接个电话，当时我就站在这井盖上，电话接完，刚要走，就听见有人在喊救命，我寻思着是谁啊，往四周看了一圈，都没见人影，但听声音又离得很近。"

他顿了一下接着说："后来，我又走了几步到处看了看，这才发现声音是从脚底下的井盖里传出来的。当时井盖盖得好好的，很牢固，也没有破损，但我听了半天，确定声音就是从里面出来的！"

见搭档王正对井下的人喊话，鼓励他再坚持一会儿。我继续问风衣男："然后你就把井盖打开了？"

风衣男苦笑了一下说："我哪敢啊，这多吓人啊。你想想，大白天的井盖底下有人喊救命，当时我心里直发怵。后来我看有人路过，赶紧又拉了一个人，他听了听也说声音是下面传来的。我俩就一起把井盖打开了，里面果然有个人。看井盖打开了，里面的人很高兴，但我们没钩子也没绳子，没法拉他上来，就报警了。"

我说："多亏你了，要是没人听见，那里面这人就麻烦了。"

风衣男嘿嘿笑着说："也没啥。我就是不明白，这井盖没破没烂，也不晃动，他咋就掉进去了呢？"

说实话，我们也都好奇。

这时，警报声从远处传来，消防车来了。几名消防队员来到窨井口，朝里面看了看问道："咋掉进去的？"

搭档王说："我们也不知道呢，先把人救上来再问吧！"

消防队的李队长冲井下喊："哎，能听见我说话吧？你身体能活动不？"

井下的男子带着哭腔回应道："能动，能动，你们快救我吧！"

李队长说："看来他还能动，先把安全带送下去，等他系好了，再把他拽上来！"

几个队员立即将安全带拿来，准备开始营救。

李队长转身冲下面喊："下面的人听好，一会儿我们把安全带送下去，你系在腰上。安全带上面有卡扣，你卡好就行了，我们把你拽上来，听清了没？"

井下男人答道："好，好，快点吧！"

消防队员把安全带送到了井下，让井下男子系在腰上，因为井下比较暗，消防队员打开了探照灯给他照明，不一会儿男子说："系好了，拉吧！"

怕绳子晃荡让男子被井壁刮蹭，另外几位消防队的同志站在井边掌握着绳子方向。

我和搭档王也上前帮忙，几个人一起发力，李队长喊口号："一二，一二！"

绳子一点一点往上拉，男子说话的声音也渐渐清晰起来。十来分钟后，男子终于被救了上来。一上来就瘫倒在地，扶都扶不起来，120的同志立即上前施救。

眼前这兄弟与《疯狂的石头》里的黄皮相比，有过之而无不及。他身高一米六五左右，身材很瘦弱，脸上、身上全是黑色的污泥，带着一股难闻的臭味。有围观群众去打了一些自来水，让他把脸上的泥冲了冲。

120的同志给他做了一些基本检查后，说没有什么大问题，就是身体有点虚弱。男子也慢慢坐了起来，我凑过去问他："你咋掉进去的？这么深的井，没摔着吧？"

男子长长吐了一口气说："不是，我不是从这里掉进去的，是从其他地方掉进去的！"

男子这句话，更让我摸不着头脑，周围的人也都一脸迷茫，他朝地上吐了口唾沫说："我是某某工厂的工人，早上七点多，我从我们厂房出来，想图个方便，就跑到厂子西边垃圾堆处小便。谁知道走到一堆干草上，一脚踩上就掉下去了。当时很害怕，我就大声喊救命，喊了半天我想起来了，厂房机器轰隆隆的响，二十四小时不停，我就算是在那儿喊到死，恐怕都不会有人听见。

"我当时想我是不是真的会死在那里头啊，心里慌得厉害，又害怕又后悔。可是后悔也没用啊，早知道会这样我直接去厕所多好啊。后来我冷静了会儿，看了看四周，见有别的通道。我以前见过有的污水井有梯子，可以爬到地面，我就想可以找个有梯子的出口自己爬出去。我找了一个通道就爬了进去，爬了几百米就发现一个井口，我在井下喊了半天，外面一点动静都没有。你们听我现在说得容易，其实当时我在那里爬起来很费劲，臭气能熏死人。爬了不知道多久，我感觉自己一点劲都没了，我想不然就放弃吧，死了算了。可我后来想想，要是死在里面也太不值了，连我咋死的都没人知道啊。于是我就给自己鼓劲，继续往前爬，也不知道爬多长时间，又看见一个井口，我就接着使劲喊，能听见上面有人说话，有汽车声，但还是没人理我。我就这样一直不停地爬啊爬，直到爬到这个井口时，听见上面有说话的声音，我使出吃奶的力气喊了救命，幸亏这次被人听见了！"我看了看表，已经是上午十点半了，他在下水道里爬了三个多小时。

有人问他："你在里面害怕不？"

男子说："怕啊，能不怕么？里面黑糊糊的，没一点儿盼头，我都不知道自己能不能出来，现在想起来我心里还哆嗦。"男子说这话时，身子也不停地哆嗦，他望了一眼井口对我说："求求您，能不能把我再抬远点？我现在一看见那井口魂都要飞了。"

听他这么说，大家都笑了起来。

问清楚他的厂名，做了相关登记后，120 的同志拉走他去医院做进一步的体检和诊治。

我和搭档王骑摩托车去他工作的厂里，一路看着表盘上的公里数，走了大概两公里，估计直线距离至少也有一千五百米。我想下水道里面的管道弯曲成什么样，谁也说不清楚，他爬了三个多个小时，能活着出来，也算是万幸。

我们来到了男子所说的工厂门卫室，一问，果然有这个人。门卫带我们找到男子的领导，领导听我们说完情况后，嘴巴都合不上了，半天才说："早上他跟我说出去方便一下，后来就再也没回来，我以为他提前回家了呢，没想到竟然出了这种事！"

在男子说的那个垃圾堆旁，我们找到了那个窨井。井盖是完好的，看上去很正常地盖在窨井上，但一脚踩上去，这边陷下去，另一边就翘上来。脚一松，又盖上了。如果不注意，根本看不出来有啥问题。

厂领导听说后，立即赶来，问完情况立即安排人去医院探望小伙子，然后让厂里后勤人员尽快过来将井盖固定。我和搭档王盯着工厂人员固定好了井盖，做了相关登记便离开。

后来，我一直在想这件事。人有时候会自叹命苦，埋怨上天不公，以此论，这个掉进下水道的小伙子就太倒霉了，可谓是飞来横祸，但他没有绝望，在黑糊糊臭烘烘的下水管道里没有放弃生的希望，坚定地相信自己，在没有光线的管道里，爬了三个多小时，最终等来了救援，拯救了自己。

当一个人身处绝境时，有两种状态：绝望和抗争。绝望会消磨人的斗志、瓦解人的信心、耗尽人的体力，最终，让人慢慢走向失败甚至死亡；而抗争，却能增强人的毅力、激发人的潜能、磨炼人的心智，虽然挫折重重、磨难不断，仍能凭借个人的努力，达到目的直至成功。当我们面临困难，遭遇不公，甚至陷入人生绝境时，是不是也可以告诉自己：我不会放弃，前方总会有光明的出口！

下班的时候，搭档王笑着问我："这么久没在一线待了，第一天回来还习惯吧？"我笑了笑没说话。

七年前我是个新警察，骑着摩托车满大街跑。七年时光如白驹过隙。在做了几年宣传工作之后，今天，我重新回到了巡警一线。一线的工作虽然烦琐但也最贴近生活，重新回来的我摩拳擦掌就想为老百姓做点实事，怎么会不习惯呢？

你要黄昏恋，我要房产证

今天上班后和搭档王先去辖区公园巡逻，我坐在摩托车上对他说："走吧，别在这里转了，影响那些拥抱接吻的青年男女。"

搭档王哈哈笑着说："我只看可疑人员，你那眼睛能不能专心点？"

我嘟嚷说："现在的年轻人，也放得太开点儿了。"

搭档王说："你管得也太宽了，恋爱自由，这又不违法，你看好小偷就行了。"

我说："那也注意影响嘛，毕竟这是公共场合。"

搭档王还想说点什么，电台里响起呼叫声，110 指挥中心说某家属院有人被打，让我们赶紧去现场。

搭档王调转车头，赶往现场。摩托车刚来到报案的家属院楼下，就看见一位年约七旬的老人站在二单元楼梯口向我们招手。摩托车还没停稳，老人就迎上来气愤地对我们说："我的两个闺女打我，我要求你们公安机关处理她们！"

老人虽然上了年纪，但精神状态还算不错。我见老人上衣破了个口子，明显是被扯坏的，便问："是您亲闺女？"

老人叹口气说："就是亲闺女，如果不是亲的，我也不会这么生气。我怎么这么倒霉，养了两个白眼狼！"

搭档王走过来说:"大爷,您别着急,跟我们说说是怎么回事儿。"

老人顿了顿说:"丢人啊!哪儿有闺女打爹的呢,你们警察见多识广,你们见过没?"

搭档王说:"就是,打老人别说法律上不允许了,道德上也过不去啊。她们现在人在哪儿呢?"

老人说:"让我锁屋里了,她们动手打了我,以后这父女关系就算到尽头了。我打110就是让你们来把她们俩带走,我以后就没这两个女儿了!"说着,老人眼泪淌了下来。

搭档王忙说:"大爷,您先消消气,别气坏了身子!"说完,我们把老人扶到院里乘凉的石凳边,让他坐下来。

老人慢慢平静了一些,擦了把眼泪说:"你们俩还年轻,体会不到我们老人的心情。我老伴儿去世好多年了,我就俩女儿,大女儿在外地,小女儿在市内,一个比一个忙,很少来看我,连电话都打得少。我有退休金,花不着她们的钱,怕她们忙也很少麻烦她们。这么跟您说吧,可以说,我处处为她们着想,可是她们替我想过吗?这次她们做得太过分了!"

老人叹了口气,给我们讲了他的故事。

老人姓牛,今年七十二了。牛大爷喜欢听戏,一个人没事儿的时候,经常去公园听戏。后来就和另外一个也喜欢听戏的老太太认识了,老太太姓顾,也是单身。他们俩天天见面,聊得多了,也就有感情了。去年年初,牛大爷大病一场,在医院住了一个多月,小女儿也就去医院看过他一两次,其余时间都是顾大妈陪着他照顾他。出院以后,两人感情更深了,牛大爷也很珍惜这个真心对他好、能陪他说说话的老伴儿。于是,前不久,俩人就搬到一起住了。

一个月前,牛大爷的小女儿来家里看父亲,发现家里多了个老太太,便问是怎么回事,牛大爷就给她说明了情况,结果小女儿连饭都没吃,对着顾大妈说了一堆难听话,然后摔门走了。顾大妈见牛大爷的女儿反对,怕牛大爷为难,就提出搬回自己家住,牛大爷再三阻拦,也没能拦住。于是牛大爷就打电话给小女儿，把她喊过来，想和她沟通一下，希望得到女儿的理解。没想到小女儿根本不听他把话说完，反而劈头盖脸就数落牛大爷一顿，说他老了还瞎折腾，说他对不起她们死去的妈，说他丢她们的脸。牛大爷想到平时两个女儿对自己的漠不关心，想到自己平时一人的孤苦伶仃，越想越生气，就把小女儿给撵了出去。

女儿这么一闹，更坚定了牛大爷要和顾大妈在一起的决心。他认真找顾大妈谈了一次，希望能和顾大妈结婚。顾大妈考虑再三，答应了牛大爷，但是想到牛大爷女儿的态度，顾大妈说结婚的事还是先缓缓，等孩子们能接受她了再说。今天，两个闺女又一起找了过来，见面便大骂顾大妈是狐狸精，老不正经，把老太太骂得哭着就走了。牛大爷大怒，没想到女儿又提出了更让他生气的要求，女儿说结婚可以，必须先把牛大爷名下的房子先过户给她们。牛大爷这才算明白了，顾大妈比他年轻七八岁，两个女儿是怕将来房子落到顾大妈手里。牛大爷听了这些心都凉了，原来女儿这么不顾自己感受都是为了房子啊。一气之下，牛大爷说一会儿就去跟顾大妈登记去。两个女儿一听急了，自己动手找起房产证来，还说只要牛大爷再婚，就和他断绝父女关系。牛大爷起身阻拦她们，她们竟然上来撕烂了老父亲的上衣，还一把把他推到在沙发上。牛大爷拦不住，心里又气又急，便起身锁上门，拨打了110。

听他讲完，我和搭档王面面相觑。

见老人情绪缓和了很多，我说："我们帮您说说她们，行吗？"

老人说："行，只能指望你们帮我了！"

我和搭档王扶着老人走进楼梯间，老人刚打开门，只见两个凶神恶煞的中年妇女站在屋内，翻着白眼瞪着我们。

老人的大女儿看了我和搭档王一眼，对老人说："爸，你老糊涂了吧，你还打110？你找警察是什么意思啊？"

小女儿附和说："咱这是家事啊，你让警察过来干吗，难不成要抓我们吗？"

老人质问两个女儿说："你们是不是找到我的房产证了？"

小女儿说:"我们是找到了,爸,我们可是为你好,你可千万别让那狐狸精给迷惑了。"

大女儿说:"就是,好像我们不管你似的。你说,我们哪点对你不好了?你这都七十多的人了,结的这是哪门子婚啊,这不是成心让我们做女儿的为难吗,这让亲戚邻居知道了,我们的脸往哪儿放?"

老人哼了一声说:"平时你们都不管我,现在我的事情你们少管,把房产证还给我!"

小女儿把手里的纸袋一扬说:"爸,房产证在我这儿,我明白告诉你吧,我是不会还给你的。你身份证呢,是不是在你身上?把你身份证也给我!"

老人怒喝道:"把我房产证留下,你们俩给我滚出去!"

眼见又闹了起来,我和搭档王连忙劝阻。

我说:"你们姐妹俩就不要气老人了,你们父亲都七十多岁了,什么事也得先为他身体着想吧?"

小女儿瞪我一眼说:"这是我们家事,你们警察掺和什么劲儿啊,你们出去!"

搭档王说:"老人报警说被打了,我们是来出警的,你们姐妹俩也太不像话了吧?哪有女儿打爸爸的。"

大女儿走过来说:"警察同志,你们是不了解情况,我爸他糊涂了,被那个老狐狸精给迷住了,她哪儿是要和我爸爸结婚啊,她就是看上我爸爸的钱了。"

老人大声说:"我才不糊涂,我明白着呢!你们就是看上我这房子了,明白告诉你们,打我房子主意,门儿都没有。你们两个白眼狼,我要立个遗嘱,我死后这房子捐给国家也不留给你们。"

小女儿说:"姐,听见咱爸说什么了吗?咱不是他亲闺女啊,怎么老了老了咱爸还这么不懂事啊!"

搭档王说:"不管怎么说,你们也不能和老人这样闹,闹来闹去,把老人气出什么病来,不还是要你们照顾?"

老人说:"她们才不会照顾呢,我去年住院,你问问她们去照顾我了么?别废话了,快把房产证还给我。"

说完,就要去抢女儿手里的房产证。

女儿闪身躲到一边,老人再想去抢,大女儿一把拽住他说:"爸,别闹了,我们先替你保管着行不行?"

老人说:"不行,必须给我!"

搭档王说:"房子既然是老人的,那房产证就该归老人所有。"

小女儿说:"你们两个警察给我出去,别在我们家,你们怎么这么烦啊。"

老人说:"我就是找警察来管你们的,不给我房产证,你们就是抢劫。"

见此事一时不好收场,搭档王示意我电台请求治安中队同志出警。

电台汇报完毕,见搭档王正训斥老人的两个闺女。

搭档王说:"老人有老人的想法,作为子女要尊重老人。他辛苦了一辈子,不容易,你们这样做,难道真就这么心安理得吗?"

大女儿说:"警察同志,不是这么回事儿,主要是,我爸爸他太善良,心眼儿好,我们呢,是怕他被那老太太给骗了。"

我说:"我就奇怪了,你们对那个老太太了解多少,你们就那么肯定她是个骗子?"

小女儿说:"不用了解,看着就是狐狸精。"

老人说:"你如果再敢胡说,我就扇你嘴巴。你们两个不孝的人,我实在不愿意和你们多说,把我房产证给我,你们走吧,我是死是活,跟你们没关系了。咱们父女关系算尽了,你们滚吧!"

这时,治安中队的老常推门进来了,我把他拉到一边说完情况,老常走过来黑着脸说:"不管怎样,老人的财产是受法律保护的,你们作为女儿,不好好和父亲说话,还强行拿房产证,本身就不对。据说你们还对老人动了手,在这儿也说不清楚,走吧,去治安中队说吧。"

小女儿说:"哟,这是我们家里的事情,跟你们警察有什么关系啊?你们都滚出去!"

见老人冲过去就要扇她的嘴巴,我赶忙拉住他,老人气愤地说:"你们警察不能不管她们啊,这要真把我的房子过户给她们俩,说不定没等我死,她们就得把我撵出去了。走吧,给她们带走吧,关起来才好呢!"

老常和他搭档走过去,拉着姐妹俩从老人房间带出来,然后让她们上了警车。

随后,老人和老常他们也一起去了治安中队。

临近下班,我给老常打电话询问处理情况。老常说:"这事儿吧,还没发展到要拘留她们的程度。我给她们讲了半天道理,她们听不进去,后来只好打电话把她们的两个舅舅给喊来了,两个老头狠狠地骂了她们一顿,训斥了姐妹俩一下午,后来姐妹俩也认识到错误了,把房产证归还老人了,还写了不再干涉老人婚姻的保证书。下次,如果再这样闹,真就要拘留她们了,太不像话了!"

我给搭档王讲了老常的处理办法,搭档王笑着说:"有时候,舅舅的权利比警察的大。毕竟我们不能打,也不能骂,即便是说说她们,你看她们姐妹俩那泼辣的样子,都能把我们俩给吃了。唉,老人摊上这么俩闺女,享福恐怕是难了。"

我想起了公园那些热情相拥的年轻人。他们可以恣意释放着自己的情感,很少人会对他们说三道四。在封建社会,有所谓"父母之命,媒妁之约"。现在,封建家长制被打倒了,父母无权干涉子女的恋爱婚姻。然而,今天却出现了子女干涉父母再婚的现象。老年人的婚恋为什么就这么不被人们所理解呢?

爱,对年轻人来说,是兴奋;对中年人来说,是习惯;对老年人来说,是依赖。丧偶的老人,孤独而又艰辛,找一位相依相伴,互相关心的老伴,是他们的需要,也是他们的权利。作为儿女的,在享受生活的同时,不要忘记了自己的父母,多和他们沟通,了解他们的需要,对黄昏恋多一份宽容之心。

谁"偷"了我的电动车

2010 年 11 月 9 日　星期二

今天早班，骤降的气温让清晨的风变得格外刺骨。

上午九点多，110 指挥中心指派我们：某商贸中心北门有电动车被盗的警情。我们赶到现场时，只见商贸中心北门广场干干净净，根本没报案人的影子。我正掏出手机准备和 110 联系时，一位大哥气喘吁吁地跑了过来，边跑边朝我们招手。

我跳下摩托车问他："大哥，你电动车丢了？"

他连忙点头说："是的，是的！"

我又问："在哪儿丢的？"

大哥说："就在这个广场。我刚上楼去买衣服，也就半小时左右，买完东西下来电动车就没了。"

我看了看干干净净的广场，问他："这儿让停车吗？这广场这么干净，不像是让停车的地方啊。我看广场南边就是车辆停放处，那么多电动车、自行车都在那好好停着呢，是不是管理人员把你的电动车给拖走了？"

大哥看了看我，嘟囔着说："有可能吧，我来的时候还想了想，感觉这广场应该是不让停车的，可他们也不应该拖走我的车啊。"

我对他说："走，我带你找商场保安问问！"

门口的老保安听我说完情况，笑着说："车是商场物业管理中心两个人拖走的。物业中心在南门，你们可以去问问。"

我当即带着大哥去南门，结果还没到南门，大哥就大声喊我："别去了，找到了，找到了。"

我顺着他的手指方向看去，一辆电动车正躺在广场垃圾池子里。我和搭档王帮大哥把电动车拖了出来。大哥一看，电动车前面的挡风板坏掉了，很是恼火，要我们帮他找物业讨个说法。

这时，刚好物业的一个工作人员走了过来，问大哥："这车是你的？"

大哥说："是我的，不知道哪个王八蛋给我把车扔到这里了！"

物业工作人员说："你别骂，是我们物业的人给你拖到这里的！"

大哥怒气冲冲地说："你们把我的车子弄坏了，必须赔我钱！"

物业工作人员说："你还让赔钱？不打你就不错了。今天我们这儿卫生检查，我们一大早就把广场打扫干净了，就因为你这破电动车，害我们挨了领导批评。你说你是不是不长眼啊？别人的车都规规矩矩放在存车处呢，又不收费，你就为了少走两步路，非要停这儿，没把你车扔黄河里就不错了！"

大哥一听怒火中烧，上前就要扯拉物业工作人员，眼见要动手，我连忙拉开两人。

我本来是想让双方冷静一下，然后给他们做一下调解。但是物业工作人员态度很是强硬，表示绝对不可能赔钱。而电动车大哥更是坚决，说如果物业不赔钱的话，不但不会走，还要打电视新闻热线，让记者来曝光黑物业。眼见双方根本静不下来，也没有协调的可能，这时，治安中队的同志赶到了，我们做好移交后，去处理别的警情。

其实，生活里很多麻烦事，只要我们稍加留意，就可以避免。比如说这位丢车大哥，明明已经感觉到广场上不能停车，还要把自己的电动车停在那里，感觉不能做的事情却还要抱着侥幸心理去做，结果给自己招来了不必要的麻烦。还有那位物业大哥，既然都已经挨过批评了，何苦再拿一辆电动车出气呢？于人于己都没有好处。

道理说起来总是那么简单，似乎人人都明白，但是当遇到事情的时候，却又总是难以做到"知行合一"。生活原本很简单，不要因为你的冲动与不理智让它变得复杂，也让自己陷入麻烦之中。

大公交与小出租的"抢路战争"

2010 年 11 月 10 日 星期三

世界上的人与人之间的相遇，其实都是一种缘分。我想如果很多人在生活中与人产生摩擦的时候都能这么想的话，很多纠纷都是可以避免的。

今天要讲的第一个警情是这样的：一辆出租车在路口压线变更车道超一辆公交车，结果车头过了线，车尾还在另外车道时，后面公交车一下子撞了上来。

出租车司机将车停下后，怒气冲冲地下车，拉开公交车门，对着开公交的大姐破口大骂，继而两人厮打在一起。乘客们纷纷下车躲避，有些热心乘客连忙掏出电话报警。

我们赶到现场时，公交车闪着应急灯停在快车道上。车门边，司机大姐一手捂着脸，一手拿着手机正打电话。

公交车前方不远处停着一辆出租车，出租车左侧车身有一道很明显的又长又深的刮痕。车边站着一位年约三十的出租司机，见我们过来，嘴巴并没停下，仍旧骂骂咧咧地说："奶奶的，故意撞我，她要是个男的，我非杀了她不可！"

他的情绪很是激动，不停地口吐狂言，我走过去对他说："你先冷静一下，有事说事就行了，这么冲动干吗？"

出租司机说："她是故意撞我的，这个女人太狠毒了！"

我批评说他："你压线变更车道超车在先，本身你就不占理。别骂了，你先消消气吧！"

听我这么说，他低头不再说话。

此时正是车流高峰，见搭档王正忙着疏导交通，我便走向公交司机了解情况。公交大姐向我介绍的情况是，当时她驾驶的公交车正在正常行驶，出租车突然拐到她车前，由于车上一车乘客，她不敢猛踩刹车，结果就撞到出租车了。

介绍完情况，她说："出租司机打我时下手太狠了，我现在感觉有点头晕。"

我见她脸上一片淤青，忙问她："要不要请120过来，先去医院看病？"

她说："先不要了，不过，像这样的司机，绝对不能轻饶他。"

出租司机听到这话后又跑了过来，骂道："他妈的，你要是个男人，别说打你了，我会杀了你！"

我将他拉到一边斥责道："多大点儿事啊！一个大男人，至于吗你？说句不好听的话，如果公交司机是个男人，不一定谁打谁一顿呢。明显是你先违章，你这叫截头猛拐，是要负全部责任的，你不会不知道吧？"

出租司机听我这样说，稍微冷静了一点，继而说："我知道，我违章了，我不应该截头猛拐，可她也不应该故意撞我！明明有五十米的距离，她却猛加油门，对着我的车撞了上来，你说她该不该打？"

我还没来得及说什么，公交司机冲上来说："我有病啊，我干嘛要故意撞你，撞你你给我啥好处？"

眼见两人又快打起来了，我们忙分开二人。这时，治安中队和交警部门的同志赶到了。

此事的结果一定会是两辆车被暂扣，两个司机先去治安中队进行打架事件处理，然后再去交警部门进行交通事故处理。如果两人都不同意调解，事故走一般程序，大概需要一周时间。同时，还需要交拖车费、停车费和相关的罚款。

因交通事故引发打架的警情，每天都会遇见，出了事故为赌气再打架，不但解决不了问题，反而增加了处理事故的成本。正确的处理方法应该是事故发生后，冷静下来，不冲动，两人心平气和地协商解决，能现场调解的，最好自己协商解决，双方实在是谈不拢的，再让交警过来处理。

此事，再次提醒我们，一定要按规矩办事，不要心存侥幸。遇到突发事件，一定不要冲动，平心静气才能有更好的解决办法。大家都知道冲动是魔鬼，可是在关键时候，却总是忘记了规矩，让魔鬼拉着你走向更大的麻烦。

还有一起警情，一名已婚男要砍想与自己分手的情人，实在荒唐。接到派警的时候，110指挥中心说是持刀砍人的暴力事件，我们迅速赶到现场。报案的女士四十岁左右，说要砍她的是她的前男友，还没动手，听到她报警便跑掉了。

我们询问报案人事情起因，她说，想砍她的男子是她以前的男朋友，这个男朋友有妻子有孩子。他们俩已经好了三年，他最开始就发誓要离婚并和她结婚，但这承诺一直也没兑现，而且他还总是花她的钱，所以她想再找个男朋友，结果前男友不同意，还拿菜刀来威胁她，说分手就砍死她。听完她的讲述，我真是哭笑不得。见当事人住的地方离治安中队很近，我们便引导她去报案处理。

婚外的恋情有违道德，也不受法律的保护。可怜之人必有可恨之处，像这位报案的女士，明明知道男人有家庭，还浪费自己三年时间和他纠缠，害人害己，不能不让人叹息。

另外，奉劝那位想砍人的大哥，找一情人傍着有钱花，满足自己的生理和心理需求，还不影响原来的家庭，三年了，知足吧！做人不要太嚣张，你以为你爸是李刚啊！

公园里的出走儿童

2010 年 11 月 11 日 星期四

社会竞争越来越激烈，年轻的父母唯恐孩子输在起跑线上，总是把自己的想法强加到孩子头上。各种课外补习班让孩子几乎没有自由享受童年的时间，唯分数是尊的父母也给了孩子太大的压力。在这样的一些大环境下，如果教育方法不得当，势必会对孩子造成不好的影响。孩子受委屈了会有什么样的行为？谁也不知道。今天，我就遇到了这样一个想要逃离家长"魔爪"的出走儿童。

早上接班后照例和搭档王先去辖区巡逻一圈。当巡逻到公园时，我们被一位五十多岁的老人拦下，老人说，他早上来公园晨练时，见长凳上躺着两个小男孩儿，等他晨练完，俩孩子醒了，冻得直发抖，俩孩子戒备心还很强，不和他说话。老人让我们过去看看，说可能是离家出走的孩子。

我和搭档王不敢怠慢，立即和老人一起来到公园西北角一处长凳前。

走到近前，发现两个八九岁的孩子冻得哆哆嗦嗦，正搓手取暖，他们衣着倒很是时尚，都穿着名牌的棉服和运动鞋。

见有警察来，俩孩子本来疲倦的脸上满是紧张。我笑着问："小伙子，怎么还不去上学啊，来这儿锻炼身体呢？"

其中一个矮个子穿红色棉袄的孩子听我这么问，眼睛一红，差点哭出来。

我忙问："咋了宝贝，过来给叔叔说说，是怎么回事？"

红衣宝宝说："警察叔叔，我们不是来锻炼身体的。"

说完，他看了身边个头较高、穿蓝色棉袄的孩子一眼，一副欲言又止的样子。

我把他拉到一边，一摸他小手冰凉，问他："那你跟叔叔说说，你们怎么一大早的在这儿呢？"

红衣宝宝说："仔仔是我的好朋友，他爸爸打他了，他从家里出来说要离家出走，他一个人害怕，所以我就陪他出来了。"

我问："那你们家住哪儿呢？"

红衣宝宝说："我们俩都住某某小区。"

我晕，这是两个孩子跑得可够远的，他们俩住的小区，离这里有好几公里远呢。

我连忙问："你们啥时候从家里出来的？"

红衣宝宝说："昨天中午，我们俩吃完午饭就没去学校了。"

我忙让搭档王向 110 指挥中心汇报情况，请求查询昨天有无丢小孩的警情，并详细通报了孩子的情况。

见两个孩子冻得浑身哆嗦，我问他们是不是没吃饭，红衣宝宝说："从昨天下午到现在都没吃东西，警察叔叔，我饿！"

搭档王连忙骑摩托车去给孩子买吃的，我接着陪俩孩子聊。

蓝衣宝宝很是执拗，一直一句话也不说，好像对我有很大抵触情绪，对红衣宝宝也是爱答不理的，大概是红衣宝宝说出实情让他很不高兴。

我把他拉过来，问他："给叔叔说说，你爸为啥打你啊？"

他撅着小嘴，吸了吸鼻涕，似乎没有想要回答我的意思。

我说："你放心吧，给叔叔说，叔叔替你做主！"

他抬头看了我一眼，似乎还有点不放心。

我说："放心，叔叔能替你做主，保证你爸不会打你了。"

孩子看着我，说："我爸很厉害，你能管住他吗？"

我笑了笑说:"放心吧孩子,不管你爸多厉害,警察叔叔都可以保证能管得住他。"

仔仔还是心存顾虑,嘟囔着说:"我爸可是个大领导。"

我说:"多大领导也不行,叔叔管不了,还有我们局长呢,我们局长管不了,还有更大的领导管他,你就放心给叔叔说吧。"

仔仔说:"我昨天考试没考好,只得了八十五分,中午回家爸爸就打我,还不让我吃饭,我每次考不好他都打我。"孩子说完,抽抽搭搭地哭了起来。

这时,指挥室反馈信息过来,说昨天夜里确实有人报警说孩子走失,衣着相貌和这俩孩子一样,已经联系到家长了,他们正往这边赶。

仔仔听说他父母要来,"哇"地一声哭出来,边哭边说:"我不和他们过了,我再也不回家了。"说完,仔仔就要跑,我赶忙伸手拉住他。

这时,搭档王骑着摩托拎着热腾腾的包子和豆浆过来了。我们哄着俩孩子吃下去。看着他们边小声哭边吃包子,我心里很是难过。

吃完东西,仔仔的情绪好了很多,问我:"警察叔叔,我能不能不回家啊,我跟你们走行不?我要是回家,我爸肯定还会打我的。"

我问:"你爸都怎么打你的?"

仔仔说:"有时候打我屁股,有时候打手,有时候打脸,有时候还拿皮带打。"

听到这儿,搭档王的脸色很是难看。

搭档王说:"以后他再打你,你就打110,让警察叔叔帮你!"

仔仔说:"叔叔,我不想回家了。"

我摸着他脑袋问他:"仔仔,你想想,你爸爸平时不打你的时候,对你是不是很好?你爸爸打你是不对的,大人有时候也会犯错误,但是他也是为你好,你说呢?"

仔仔低着头半天没说话。

没多久,见男女老少大约有五六个人慌里慌张从公园北门跑了过来。其中一个女士疯了一样一把抱起仔仔,然后紧紧搂在怀里号啕大哭。

这时，一个男的也跑了过来，看着仔仔，很是愤怒的样子，一看就是个暴脾气。

　　我问他："你是仔仔的爸爸？"

　　他说："是的，是的，谢谢你们警察同志。"

　　我说："你看你这当爸爸的，动不动打孩子可不行。俩孩子在这长凳上睡了一夜，幸好夜里还不算太冷，要是冻出个三长两短的，你说你后悔不？你们最好带俩孩子赶快去医院全面体检一下。"

　　听我这样一说，看着抱着妈妈大哭不止的仔仔，男子眼圈也红了。

　　这时，仔仔的妈妈过来，哭着对男子骂道："我都说过你多少次了，你总是不听，总想让孩子给你考一百分，总想让孩子当班长，当大队长。以后你自己过吧，我们娘俩不要你了。"

　　这时，最后跑过来的老太太把仔仔搂在怀里也是大哭："孙子哟，乖孙子，你可吓死奶奶了。以后谁敢打你，我跟他拼老命。"

　　红衣宝宝也抽泣着对我说："叔叔，我也想回家，我想我爸爸妈妈了。"

　　仔仔的爸爸过来说："孩子，我已经给你爸爸打过电话了，他们马上就过来。走，先跟叔叔上医院检查检查。"说完就抱起了红衣宝宝。

　　搭档王将他拉到一边，对他说："你这当父亲的，望子成龙的心情可以理解，但是，你教育孩子的方式可不行啊。今天这情况已经是万幸了，现在外面这么复杂，如果他们真是遇见坏人了，你说你后悔不？"

　　仔仔的爸爸忙说："警察同志，我知道自己错了，我以后绝对不会打他了，我昨天一夜没合眼，都快后悔死了。"说完，泪光闪闪的他把头扭到了一边。

　　看着眼前这位年轻的爸爸，想起来我一个朋友，他儿子今年十岁，他从来不强求孩子学什么，也不会特别在意孩子的考试分数。每逢节假日，他总是带孩子出去旅游，或者到乡下，跟乡下孩子一起玩耍、交朋友。他觉得让孩子的天性得到发挥，享受到最快乐的童年，是当家长的义务。譬如说，让儿子弹钢琴，跟儿子趴在地上弹玻璃球相比，如果弹钢琴是孩子所不感兴趣的，而他玩玻璃球很开心，那为什么非要逼着他面对那些他讨厌的黑白按键呢？据我所知，这孩子的学习成绩一直都很棒，更重要的是，他性格开朗，每天都非常快乐。

我们不能把自己的意愿强加到孩子身上，虽然孩子的思想还不够成熟，但是他们也是是有想法的。就像那个跟仔仔一起跑出来的红衣宝宝，为了不让自己的伙伴感觉孤单，宁愿陪他挨饿，陪他度过寒冷的冬夜。

即便是成年人，你会为朋友这样做吗？

五百元钱买了一块劳力士表

2010 年 11 月 12 日　星期五

现在的社会，一切都在高速发展，骗子的骗术也不例外，各种各样的骗术层出不穷。但很多骗术都离不开一个指导思想，那就是——利用人们的贪念。如果想要远离这些骗术，您务必要记牢这句话：天上不会掉馅饼，贪小便宜吃大亏。

今天出的一起警是这样的：一个老年妇女，前段时间的某天去逛街，刚出某商场大门，有一男子上前低声招呼她："嘿，大姐，要手机不？质量超好，特便宜！"说完，从袖子里露出诺基亚 N95 让大姐看了一眼，随即又放回袖子里。大姐心动，看了男子一眼，问："多少钱？"男子见状，立即将大姐拉到一边，低声说："实不相瞒，这手机是偷来的，市场上卖两三千呢，便宜点给你算了！"一听这话，大姐想我这回可赚了。于是，在骗子的忽悠下，大姐花四百元买了他手里的两部手机，花五百元买了一块劳力士手表。结果，回家后，手机用了不到一月就坏掉了，而那块"劳力士"走了两天就停了，后来经过鉴定，这块"名表"价值十元左右。

这段时间大姐真是着急上火。偏巧，今天又在商场附近撞上了这个骗子，大姐边偷偷跟随边报警。

我们赶到现场时，大姐正在大骂骗子，还召集了一些群众一起拦着不让骗子走。

我了解完情况后，问男子："你身上有没有手机？都掏出来。"男子迟疑了一下，掏出来一部手机。我说："继续掏！"那男子又掏出来一部！我说："接着掏，别等我动手。"那男子又掏出来一部说："大哥，真没了！"

搭档王见这边男子掏出几部手机，便用电台呼叫治安中队过来移交。

看到他掏出来的手机，被骗大姐情绪更激动了，用手点着骗子骂道："骗人不得好死，是龟孙儿子！"

围观群众越来越多，大姐骂得也越来越不堪入耳，我示意她停一下，对她说："他说是偷来的你还买，你这叫购买赃物，也是触犯法律的。你就别闹了，有理等会儿说！"

骗子对我说："大哥，这手机真不是偷来的，是从批发市场批发来的，批发的时候一部一百多，我就加点钱卖两百。现在是市场经济，有人买有人卖，公平合理，对吧？"

我瞪他一眼："你少来了，你卖给别人的时候不是这么说的吧？再说了，你卖手机连个充电器都不带，发票、保修卡什么的更是没有，就一个裸机，你这是正经买卖吗？"

骗子低头不再吭声，围观群众指点着他议论纷纷。我刚好趁机做一下防骗宣传，于是将常见的假字画骗人、撒瓜子骗人、假神医骗人、电信诈骗等案例，说给他们听。

很多人在小便宜面前，总是心存侥幸，以为天上真会掉下馅饼来。哪有那么好的事，即使馅饼有时候真的掉下来了，也千万别去咬，因为饼上有个钩子，钩子连着线，咬着馅饼，你就会成了骗子的小鱼。

以上暂且告一段落。

恋爱中的人们总是喜欢去公园，幽静的公园环境，似乎更适合情意浓浓、两情相悦的情侣们。而沉醉在二人世界的他们，往往更容易放松警惕。

临近下班时，某公园发生了一起盗窃案。赶到现场时，见一名二十岁左右的男子冲我们招手。我跳下摩托车问他情况，他说半小时前，包在公园长凳上被偷了。他身后，一个妙龄少女满面含羞，低头不语。

　　搭档王问他为啥不早报警，他说本来以为自己能找到小偷，因为当时包就放在长凳上，他和女朋友坐着聊天，不到五分钟时间，回头包就不见了，他觉得小偷不会走远，就自己四处找了一会儿，但是没找到，然后才想到报警。

　　事实上，这样的事情应该在第一时间报警，这样警察才好布控，抓到小偷的可能性也更大。靠他自己的力量，即便是发现了小偷，也未必能抓住，还有可能存在其他危险。

　　此事，随后移交给治安中队，这样的案件，我们处理不了。我能做的，就是以后多去公园巡逻。

　　在此提醒各位，在公园游玩休息时，要注意包包一定要放在自己的视线可及范围内，千万不可大意。

　　暂以顺口溜结束今天的日记。曰：

　　　　青年男女谈恋爱，花前月下情窦开。
　　　　东西不可离视线，偏僻地方不久待。

老同学的"羡慕嫉妒恨"

2010 年 11 月 13 日　星期六

"羡慕嫉妒恨",是当下小青年的流行语,但今天出的一起警,让我对这几个词语有了不同的理解。

适度攀比可以激发人的上进心,催人奋发图强;盲目的攀比,则会让人产生嫉妒心理,如果再由嫉妒转化为恨,便会使人丧失理智,失去自我。

因为"羡慕嫉妒恨",原本欢欢喜喜的老同学聚会,也能变成流血的战场。

五十六岁的老马原是某国营棉纺厂销售科科长,前几年国企改革,心高气傲的老马也成为下岗大军中的一员,而后几年发展一直不顺,工作也高不成低不就,只能靠做一些零散的杂活勉强维持生计。

昨天,老马接到初中同学老高的电话,说第二天中午老同学聚会,所有同学都会到,请老马务必参加。他们这一帮同学好多年没聚过了,作为当年的班长,聚会的事情本来应该由他来张罗,然而这几年困顿的生活实在让他没有那份心情。但既然接到邀请,肯定还是要去的。十一点,他准时到达约定酒店,老同学们见到他这个昔日老班长都很高兴,围着他七言八语说笑起来。

正和几个同学说得高兴,一个大胖子晃晃悠悠走了进来,身后还跟着个精干的小伙儿。

众人一见忙迎上去，笑道："李高山，李总，果然是大老板啊，同学们都到齐了你才来，等会儿可要罚酒三杯！"

大胖子哈哈笑着说："没办法，俗务缠身，让大家久等了。我看时间也差不多了，各位，来，入席吧！"

老马斜了一眼大胖子，心里很是不爽。什么李总，不就是李猴子吗！

初中时李高山瘦得像猴子，所以大家就给了他这样一个外号。毕业后，老马和李猴子一起进了棉纺厂，又一起分到销售科，老马当科长，李猴子是副科长。当年的李猴子对他毕恭毕敬，对他的话更是言听计从，从来不敢说半个不字。后来两人一起下岗，李猴子利用手里的人脉做起了棉纺生意，没想到几年下来倒腾发了，有钱后，将原来的工厂盘了下来，现在生意做得是如日中天。

看着当年手下的李猴子成了众人嘴里的李总，被众星捧月般簇拥着走向宴会厅，受了冷落的老马心里实在有种说不出的滋味，默默跟在大家后面，找了个不起眼的角落坐了下来。

席间，大家推杯换盏，很是尽兴。当然，大家都免不了要给今天聚会做东的李胖子敬酒。

轮到老马敬酒了，喝了不少闷酒的老马起身端起酒杯说："李猴子，混出人样儿来了，混得不错。有钱也支援一下我们这些下岗工人嘛，别他娘的都吃到自己肚子里，看你现在都快吃成了肥猪了！"

李胖子有点尴尬地笑笑："老科长，老同学，您就嘴下留德吧。我知道你这几年过得不如意，怎么也不来找我呢，你这是看不起我啊！这样吧，回头我们单独聊聊，你的能力我可是很清楚的！"

老马极不自然地说："少扯淡吧，你先把酒喝了再说！"

李胖子摇摇头说："马兄，酒实在是喝不下了，我下午还要开会，再喝恐怕是要倒下了！"

老马带着气问道："怎么？唯独到我这儿就喝不下了？"

李胖子嘿嘿笑着说："你看，多想了不是，要不这样，我让王秘书代劳好了，我是真有事儿！"

说完，李胖子一招手，站在一边的年轻小伙就跑了过来，李胖子将酒杯交给他说："给你马叔叔碰一个！"

小伙子接过酒杯，恭恭敬敬对老马举了一下酒杯说："马叔叔，我们领导下午真有事儿，我先干为敬！"说完，一仰脖儿将酒喝了下去。

老马气愤地骂道："滚！滚一边儿去，我们同学聚会你个王八羔子凑什么热闹！"此言一出，气氛开始变得紧张，其他同学赶忙过来劝老马。

李胖子尴尬地说："没事儿，没事儿啊，马科长喝多了！"

老马无名火呼呼往上冒，冲过去一杯酒泼在李胖子脸上，骂道："妈的，给你脸不要脸！老子来参加聚会算是给你面子，敬个酒你都不喝，少他娘的在我们面前装，你几斤几两老子清楚得很！"说完转身便要走。

李胖子不乐意了，抹了把脸上的酒水，对王秘书说："去，拉住他！"

王秘书见此忙跑过去拦住老马。

李胖子跟过来大声骂道："马混蛋，你他娘的才是给脸不要脸，老子压根就没请你。你也不掂量掂量自己几斤几两，你算个什么东西？"

喝了点酒正在气头上的老马转身便要动手打李胖子，同学们忙跑来劝解。

老马边挣脱同学的扯拉边怒不可遏地回骂道："李猴子，你个王八蛋，你以为有俩钱你就了不起了？我呸，爷爷我还就看不上你这烧包货！"

李胖子撇了撇嘴，用鄙视的眼神瞪着老马说："我怎么说也是自己光明正大干出来的，不像你，把好好的一个厂子给整垮了。你懂个屁销售，你他妈的就是一个熊包，你敢说厂子的销售不是让你给整垮的？"

这下算是捅了马蜂窝，恼羞成怒的老马猛地挣脱众人冲上去抽了李胖子一个耳光。

王秘书一看不乐意了，领导当着自己面被人抽耳光了，这还了得。便从后面一脚踹在老马屁股上，老马一个趔趄趴在地上。几个同学忙过去拉他起来。

老马回身顺手抄起凳子对着王秘书就扔了过去，见王秘书闪身躲开，又拎起桌子上的酒瓶冲到李胖子跟前，几个同学还没反应过来，眨眼酒瓶子就砸在了李胖子头上，顿时血流如注，李胖子捂着头蹲在了地上。老马见惹了祸，也慌了神。酒店服务员见此情景连忙报警。

我和搭档王赶到后，让王秘书赶紧先送李胖子去医院包扎，同时通知治安中队的同志过来移交。

期间，老马两眼通红，蹲在一边一言不发。他的几个同学凑过来将我拉到一边说：“你看这事儿闹的，不会拘留老马吧？”

我说：“那要看李高山的伤情和态度，有拘留的可能！”

听我说完，有人接话说：“其实，这事儿也真是怪老马，你说大家开开心心来聚会，闹个什么劲儿啊，这以后还怎么聚呀！”

有位女士接过话说：“是啊，老马心眼儿小，可能感觉这几年不如老李了，心理不平衡，借敬酒找事儿呢！”

女士说完，她身边的男士说：“就是，人家干出名堂是人家的本事，有本事自己也干出个样子来啊。至于搅和吗？这下好了，一群人在这儿丢人，以后再聚会我是不来了，扫兴！”说完，转身走人了。

这时，治安中队的同志赶到，将老马带离现场。

事后，搭档王对我感慨：“都是嫉妒闹的。瞧瞧，五十多岁的人了，还这么冲动。”

我说：“这不奇怪，人人都会嫉妒。嫉妒是条毒蛇，专门啃人心；也是把双刃剑，伤己又伤人，可是它又是人类基本情感的一部分，人都难免有嫉妒的时候啊。”

搭档王拍拍我，“你说嫉妒是人的基本情感，让我说那是一种慢性病，只不过有的人病得轻些，自己消化消化就好了，有的病得重了就该出事了。今天这老马就是一个重病号，整个成‘羡慕嫉妒恨’了。”

回到家我一直想着搭档王的这番话，如果嫉妒真的是种病的话，那我试着当回心理医生来给这病症开几个药方吧：

药剂一：风物长宜放眼量。日常生活目光要放长远，心胸豁达地面对人生沉浮。封闭、狭隘的意识只能使人鼠目寸光，因此，应该不断提高自身能力，开阔视野，放开胸襟，打开心中自制的枷锁。

药剂二：要客观认识自己，找准定位。既要积极进取，更要知足常乐，当嫉妒心理萌发时，能够积极主动地调整自己的意识和行为。这就需要客观、冷静地分析自己，找差距和问题，不自暴自弃，不做无谓的攀比。

药剂三：调整好心态，要懂得珍惜自己拥有的幸福。看到别人的成绩时，也要看到自己的长处，羡慕别人的成功时，更要想到别人为之付出的艰辛。

药剂四：己所不欲勿施于人，要学会换位思考，人不能只活在自己的世界里，如果任由嫉妒心魔发作，往往给他人和自己带来许多麻烦，换位思考就会收敛自己的言行。

醉汉借酒发疯打警察

2010 年 11 月 14 日　星期日

有人说，你们巡警工作真有意思，每天都会遇见很多新鲜事。每每听到这样的说法，我总是笑笑不做回答。

作为 110 巡警，群众拨打 110 是让我们去解决问题，而不是喊我们去看热闹。无论情况多么复杂，无论当事人态度多么恶劣，我们都要微笑去面对群众，耐着性子做工作，抽丝剥茧一样将矛盾找出来，把问题消化掉。

下午，天气不错，我和搭档王骑摩托在辖区内转悠。快到某路口时，接到 110 指挥中心指派，说该路口东北角有个乘车纠纷。

我们赶到现场，见一名醉汉正在纠缠一个出租车司机，似乎还想动手，幸亏醉汉身边还有两个朋友拉着他。出租司机见我们赶到，像是看到了救星，赶紧躲到我们身后。问他怎么回事，司机师傅说："这个男的喝多了，还吐在了我车上。我不想拉他们了，让他们下车，没想到喝多的这人拦住车不让走，还要打我。"

我问司机："他打着你了没？"

司机说："没打着，我让你们过来，就是想让你们拉开他，车钱我也不要了，我认倒霉算了。"

搭档王对醉汉的两个朋友说："司机说车钱也不收你们的了，人家自己去洗车，你们还拦着人家干吗？"

他的两个朋友说着对不起，赶紧把醉汉拉开，司机师傅开上车就走了。

搭档王掏出出警登记本登记，我用电台向110指挥台汇报处理情况。这时，喝多的男子突然挣脱朋友的阻拦，向我们跑来，边跑边喊："你们凭什么要把司机放走？今天老子要收拾他。"

我以为他不敢对警察动手，可是我想错了，他一把向我推来，我一侧身，他的手砸在了摩托车后备箱上。警察有要求，要对群众骂不还口，打不还手，我便闪到一边没理他。

醉汉的两个朋友赶快过来把他拉住，连拖带拽给扶走了。

在此提醒各位，一定不要酒后闹事、撒野，人喝多了很难控制自己的行为。以前有很多起袭警的案件，都是当事人在醉酒状态下发生的，等被刑拘了，酒也醒了，再后悔也就晚了。

接下来这起，是一个社区主任报的警。

该社区的物业公司不履行职责，被群众给赶跑了，群众让社区接手物业管理，可原来物业公司的人一直不交物业中心的钥匙，今天还跑来强搬电脑。交涉无果，社区主任只好报警求助。我们赶到时，几个痞子模样的人正和社区主任理论，还骂骂咧咧的，但是电脑已经从痞子车上搬下来了。我们向主任了解情况时，痞子还对主任嚷嚷："你不是报警说我抢劫吗，这门钥匙还在我手里呢。我是抢劫吗？他妈的！"

我说："你就留点儿口德吧，我们接的是求助的警，如果他报的是抢劫，来的也不会只有我们俩，现在你也不会站在这里说话，早给你铐上了。等人家说完你再说。"

社区主任说："电脑本来就是我们社区给物业中心配的，他们搬电脑绝对是不行的。刚才他们非要搬走，拦都拦不住，见我一报警，又从车上卸下来了。"

搭档王问："那你们之间还有其他经济纠纷没？"主任说："没有了，但是物业中心的房间里确实还有他们的东西。"搭档王将痞子男喊了过来，对他们说："你们搬人家电脑是不对的，如果真强行拉走，按抢劫论处也不是不可以，或者说你们非法侵占也能讲得通，我想你们还是平心静气谈谈，别把事情闹大了。"痞子男说："那我们今天就只搬走我们的东西，一会儿就把钥匙还给他。"主任说："早这样做，我何必麻烦人家警察呢。"说完还很大度地走过去跟那痞子男握了握手，还拍了他肩膀一下。

事情就此得到解决。依我看，物业公司这种服务类企业，本来就应该用真诚来为群众服务。而那痞子男看着就不是善类，估计做物业管理也是只收费不干实事，难怪会被群众赶下台。

突然想到今天去公园巡逻时，看见一对非常尽兴的男女，拥抱接吻目中无人，那包包就放在一边，我索性摁了摁喇叭，提醒了他们一下。不知道这属于不属于扰民？

防盗 13 招

2010 年 11 月 15 日　星期一

　　今天，说一下关于防盗的问题。先献上一首《见与不见》小偷版，
供大家娱乐一下。

　　见与不见——小偷版

　　　你见，
　　　或者没见我
　　　我在盯着你
　　　转来转去

　　　你愿，
　　　或者不愿意
　　　我就在那里
　　　不偷不离

　　　你烦，
　　　或者不烦我

钱在我这里
洋洋得意

你恨，
或者不恨我
你的包在我手里

诱人的包
来我的怀里
或者
让我的手，伸进你的包里

你
痛苦
悲戚

我
欢天
喜地

　　快过年了，街上的小偷也开始忙了，所以上街的时候一定要留意。特别是一些喜欢随身带包的女同志，在此提醒，背包不要背在身后，最好放在胸前，而挎包也一定要放在自己视线范围内。走路的时候，最好远离快车道，有的小偷喜欢在快车道骑着电动车抢行人的包，离得远一点小偷不容易下手，被抢的几率也会大大降低。

　　另外，就餐时，人来人往，小偷也会浑水摸鱼。自己的钱包和手机不要离开视线范围，最好贴身放，多点小心和谨慎，才不会被小偷骚扰。

公交车上也是小偷经常光顾的地方之一，上车前要准备好零钱，大额现金不要外露，手机最好拿在手里。自己的包要捂在胸口，双手环抱。上下公交车的时候也要多留意，人多拥挤的时候要躲到一边，等不挤了再上下车，很多小偷就是趁着拥挤混乱的时候下手的。

还有驾驶员朋友，驾车上路要记得锁车门，很多小偷喜欢在等红灯的时候，敲你车窗，告诉你后胎没气了，等你下车查看时，他们会从另外一边打开车门，将你车内的物品偷走。所以，如有陌生人来敲车窗，一定要小心是贼演双簧。

另外，大家的身份证和银行卡不要放在一起。我一次我和搭档王处理一起被盗警情，到现场我先问被盗者是否将银行卡挂失，她说还没有。我让她赶快先挂失。于是她拿起手机打电话挂失，银行接线员告诉她两分钟前卡里的四千块钱刚被取走。被盗者懊恼地说应该早点挂失。她丢失的银行卡和身份证放在一起，而且银行卡密码就是她的生日。

其实，不论银行卡密码和身份证信息有没有关系，都不要放在一起。毕竟补办银行卡也是需要身份证的，如果两个证件一起丢失了，就会给自己带来很多麻烦。

曾经还出过这样一起警，一个小哥刚买了一部新手机，高高兴兴坐公交车回家。有一妙龄少妇，一直站在他身后，紧紧贴着他，等少妇下车后又过了两站路，他才发现手机早已经不知所踪了。利用色相，专门偷贪色男的情况，也不是少数。男人们，要留意啊。

为了方便大家记忆，我把这些安全防范措施编辑成了顺口溜，一并发在这里。

1. 背包不要用双肩，最好把包放胸前。如果非要肩膀挎，弄个铃铛当挂件。

2. 上下公交要留意，小心钱包和手机。人多拥挤我不挤，能让小偷远离你。

3. 商场餐馆人不少，小偷也来凑热闹。钱包手机贴身放，谨慎不被贼骚扰。

4. 超市购物试衣间，随手放包不安全。试衣试鞋顺手放，眨眼包包就不见。

5. 公交车上要防偷，钱包财物不外露。小偷目光乱游走，手拿报纸好下手。

6. 手机钱包莫乱放，放进裤袋无保障。如果街上行人撞，可能是贼要提防。

7. 驾车上路锁车门，有人敲窗多留心。陌生人来敲车窗，小心是贼演双簧。

8. 也有声东击西贼，稍不留意财物飞。自行车里塞布条，趁机把你钱包掏。

9. 乘车旅行多防范，行李包裹入视线。服务区里抽根烟，小心包裹被贼翻。

10. 取款机前护密码，刷卡要防三只眼。遇见机器有故障，请按上面紧急键。

11. 公交车上有艳女，专门偷你贪色男。利用色相做掩护，轻松把你衣兜翻。

12. 外出购物或乘车，现金不要带大额。提前备好零用钱，切莫当众点钱款。

13. 乘车千万别瞌睡，你困小偷不怕累。一旦闭眼入梦乡，把你钱物都偷光。

搭档王把几位女孩拉到一边，详细询问情况。我见老头低头不语，就走过去问他到底是怎么回事。老头倒是一脸的委屈，对我说："民警同志，我是被冤枉的。你想想，车上那么多人，谁不挤着谁啊。我还是某某学校的退休教师，你说我能干那丢人现眼的事儿吗？你看这几个女的给我打的，还扇了我的脸，她们才是女流氓啊，你要为我做主啊。"

老头的话还没说完，那位领头的女孩又冲了过来，上来又要动手，老头见状赶紧往我身后躲。

见这事一时半会儿处理不了，也没法在大街上处理，于是将他们拉开后，便通知治安中队过来处理。

不大一会儿，来俩警察大哥，其中一个高个子大哥见到老头就打招呼了："哟，咋又是你个老家伙啊！"我忙问："你认识他？"高个子警察大哥撇撇嘴对我说："老流氓了，去年处理过，被人家都拍下照片了。唉，这人，真是秉性难移，还是个退休老教师呢，真是有辱斯文。"

移交案件后，离开的路上，搭档王说打老头的那个女孩告诉他，她们几个都是练跆拳道的，其中还有一位高级教练，今天老头遇见她们几个算是倒霉了。

这老头应该是心理有疾病，都六十岁的人了，还出来干这种事，真让人无语。这是遇见了高人，如果是单独一人胆小怕事的小姑娘，肯定就默不做声了，就会被这个老家伙白白占了便宜。

色狼年年有，近期特别多。在此，提醒广大的女性朋友，乘坐公交车不但要防贼，还要防狼，遇有居心不良的恶棍，不但要远离，还要在保证自己人身安全的前提下，敢于反抗，利用群众的力量一起清除这些污浊的行为。

当老婆遭遇"小三"

2010 年 11 月 17 日　星期三

冬意越来越浓了。

和搭档王巡逻到一所小学附近，教室里传来朗朗书声，操场上有孩子在上体育课，嬉笑着将足球踢来踢去。这些如泉水叮咚的笑声，一板一眼稚嫩的读书声，都让人觉得心里暖洋洋，充满了希望与力量。但是手里的电台传出的 110 派警声音，总是在提醒着你这个世界不仅仅只有美好。

接到报警说，某某小区有人卖淫。我们不敢怠慢，迅速赶到该小区某住户家里。进去后，发现屋内已经被砸得一片狼藉。一名年约四十的女子正哭天喊地踹着卧室门，她身边还有几个女性亲戚或者朋友，在为她摇旗呐喊。

我进去说："先等等，到底咋回事，哪位报的警？"

那位踹门的大姐说："老弟，是我报的警。这房间里面是俺老头，还有那个死狐狸精，今天我非打死她不可，她勾引俺老头。"

我说："你别急，慢慢说，到底是咋回事，不是报的卖淫吗？"

大姐哭泣声小了一些说："俺老头开了个文化传媒公司，这两年赚了点钱，这狐狸精是他公司的员工，俩人去年勾搭上了，这不都住到一块儿了。俺老头都一个礼拜没回家了，我今天一大早就跟踪上他们，他俩一起吃饭，还搂搂抱抱上楼，后来我们跟上来，他还不给开门，我找来房东，说要不给开门，我就一头撞死到门上，房东才给开的门，可他们俩躲在卧室死活不出来。警察大哥，你要给我做主啊！"

她这一会儿喊我老弟一会喊我大哥的，其实我理解她，四十岁了，老公发生这样的事，谁能受得了呢？

我说："你们这是纠纷，可不是卖淫啊。"

大姐说："老弟，不管是啥，你们警察一定要管，要不我今天就不活了。"

我真佩服这位大姐的血性，可这样闹总归不是解决问题的办法。在我稳定大姐的情绪时，大姐的几位女性亲戚或者朋友也没闲着，在一边和搭档王讨伐大姐的老公如何不是东西。

治安中队的同志很及时地赶来了。

在这个躁动的时代，婚外恋、离婚，似乎已经成了一种常见的现象。

或许是在压力面前人心变得没有安全感，浮躁且没有方向感。贫穷时一起奋斗的相濡以沫，功成名就后的分道扬镳早已经是司空见惯。尘世间，一曲曲悲欢离合，一幕幕妻离子散，每天都在上演。有很多人对婚姻有过很多高明的论述，我的观点是：作为男人，小事装糊涂，大事讲原则；作为女人，要知冷知热，少些牢骚，多些温暖，少一些打击，多一些赞扬。

见多了夫妻俩闹矛盾发展到打110来处理的警情，我觉得其中很多人都是因为缺乏沟通，导致矛盾越来越突出，夫妻关系也进入了恶性循环。其实只要两个人多沟通，多交流，多一些体贴与理解，多对家庭有一份责任心，我相信家庭的温暖会让每个人都不愿意离开。

服装专卖店里的退货风波

2010 年 11 月 18 日　星期四

我们有规定，市区内接警后必须五分钟内达到现场。用专业术语讲，叫快速反应。为了熟悉辖区沿街社区和门店，我和搭档王经常沿街巡逻以保证接警后好及时赶到现场。

今天正巡逻时，接到了 110 指令：某服装店内有人拎棍子打人。我俩不敢怠慢，两分多钟赶到现场。报案人是位女同志，随行的还有她的两个姐妹。当我询问她是怎么回事时，她的俩姐妹比她还激动，争着抢着要说。搭档王说："你们这样一起说，我们听谁的好呢，让报案人说完，你们再补充行吧？"两人很不情愿地住口了，在报案人给我们讲述的同时，还不时插嘴。三个女人啰唆了半天，我明白了大概意思：报案人王女士，三天前在某专卖店买了一件棉袄，今天穿出来给好姐妹看，俩姐妹说衣服太大了，而且上面还有个破损的洞，她们就来该专卖店要求退衣服，结果店主不但不给退，还拿棍子想打她们。三人一再强调幸亏是她们跑得快，不然就真挨上打了。

我看她那俩姐妹嘴巴很是厉害。于是说："这样想一想吧，如果你们是卖衣服的，有人从你们店里买了件衣服，过了三天，又找过来要退，你们同意不？"

王女士的俩姐妹嚷嚷道："当然同意，顾客是上帝嘛！"

王女士跟着说："我很不容易，单身带着俩孩子，好几年都没买新棉袄了。警察同志，就让他们把钱退给我吧。"

我对她们三人说："这事，我只能帮你们去找店主说说，人家退不退，我可做不了主。"

见她们点头，我和搭档王在前，她们三人随后，一起来到专卖店。

店主是位年约四十的女同志，正满脸笑容忙着给一位顾客试衣服。回头看到我们进来，脸色顿时晴转多云。

我问她："她们说你拿棍子打她们，到底是因为啥，能说说吗？"

偏信则暗，兼听则明，也不能全听那三姐妹的。

女老板说："她三天前买了件衣服，今天拿来说衣服肥了，要求退货。我说换货可以，退货可不行。结果她们来的时候衣服还好好的，见我不给退，也不知道怎么捣鼓的，把衣服的带子给扯掉了，弄出一个破洞，然后非让我退，说是衣服质量有问题，这不是明摆着欺负人吗？她们三个在我这儿大呼小叫的，我一个人本来就忙不过来，不拿棍子吓唬走她们，我这生意还做不做了？"女老板没说完，那三姐妹就对其进行了强烈的语言攻击。搭档王说："你们要接着吵，我们就走了。"三人顿时静了下来。

女老板说："我还是那句话，可以随便换，退肯定不行。我没有违法，别说是警察来，就是天王老子来，我也不能受这窝囊气。"女老板说得有道理，我们警察来，也只是和人家协商处理，不能勉强这老板做什么。

我说："那这样吧王女士，你看这店里衣服还真不少，给你换一件，行吗？"

王女士说："她店里的的衣服我都看不上。让她给我退了吧。我做出让步，白赔三十块钱，衣服是三百八十块钱买的，退给我三百五，算我倒霉，行不？"

女老板说："不行，不退。衣服被你弄破了，退回厂家调换三十块钱也不够。"

眼看又要陷入僵局，我把王女士拉到一边，轻声对她说："你何必赔那三十块钱呢，不如挑一件看看，这么多衣服，总有适合你的吧？"

王女士迟疑了一下说："那好吧。"

唉，我算是看准了这位王女士了，绝对是一个没有主心骨的女人。如果不是她那两个强悍的朋友"帮忙"，说不定她这衣服穿得好好的呢。

就这样，王女士又挑了同一款颜色不同的棉袄。衣服还没穿好，她的俩朋友就连声说："不行，不行，难看死了，没法穿。"我郁闷坏了。我看着王女士穿那件衣服很得体，大方简单而且也和她年龄搭配。她那俩姐妹，简直就是没事找事。搭档王似乎很恼火，对那姐妹俩说："你们能不说话吗？"姐妹俩还蠢蠢欲动，张了张嘴，又看了看搭档王，没敢做声。

听到俩姐妹的评价，王女士衣服没穿好，又脱了下来，继续要求退款，并且表示愿意少要六十块钱。于是，我将女老板拉到一边做工作："大姐，你看你这生意挺好的，我们在这儿也会影响到你生意，对吧？我看这衣服也不是修不好，人家也拿出来诚意了，六十块钱不少了，给她退了算了，看那女的也不容易。"

女老板说："不是不给她们退，啥行业都有规矩，她都买回去三天了。或者真要退，说个好听话，我也就认了，可这三个女的不讲道理，还骂我，这口气我咽不下。这衣服啊，我是死活不会退的，爱怎么着怎么着吧。"

搭档王听此，二话没说，通知指挥中心让治安中队的同志过来办移交。

我们离开后，搭档王说："这事就坏在王女士那俩姐妹身上了，尽挑拨着她找事。"我也是这样想的。

交朋友真的很重要。损友总会给你带来祸害，益友总是给你带来福气。像今天这位王女士，就是在两个损友的挑唆下，为了一件衣服弄得自己一肚子气，还浪费了时间和精力。日常生活里，交朋友一定要小心，远离那些喜欢挑拨是非的人，远离那些斤斤计较的人，远离那些心存恶念的人，远离那些喜欢耍手段耍阴谋的人，远离那些口是心非口蜜腹剑的人。物以类聚人以群分，只有交品行好、素质高、行为端、能力强的朋友，才会让自己的品位不断得到提升。

今天还有一件事，也可以拿出来和大家说说。

某单位门前，为了不让司机乱停车，放置了一些停车锥。一小学生放学路过时，显示了一下孩子好动的天性，将其中几个锥子放倒。看门老伯看到后大怒，大声批评了孩子几句。恰好孩子老妈路过听见，又对老伯破口大骂回去，说老伯不应该对孩子大声嚷嚷。于是矛盾升级。

我和搭档王赶到现场后，对此事进行了调解，最后老伯和孩子老妈握手言和，中间过程不再一一赘述。

看看眼下的小公主小王子们，我实在是感觉有话要说。这个社会的某些父母，只知道疼孩子，惯孩子，却不知道如何教育孩子。这样的孩子长大了，会成为什么样子，在下实在不敢妄言，对于做父母的某些做法，更是不敢恭维。如何教育孩子是一门大学问啊，年轻的爸爸妈妈们应该认真学一下这门功课。

回头看看那位怒骂老伯的孩子他妈，孩子弄倒人家的停车锥，本身就有错，被人批评也是应该。作为母亲应该主动带着孩子向老伯承认错误，同时要趁机教育孩子不要惹是生非，这才是正理。自己不去管教孩子，反而责骂别人，如此行径，势必会给孩子带来负面影响。这样放任自由，等其长大成人，再去管教，恐怕也会悔之晚矣。

防骗 13 招

2010 年 11 月 19 日　星期五

今天出了一个电话诈骗的警，骗子年年有，近来特别多，让人防不胜防。

案情很简单，市民老张，年约五十，正在家中打坐听戏剧，突然手机响起，老张接听后，对方说是某某外市电信局的，说当地有一个号码和他手机号码是绑定的，现在在当地已经欠费三千多，请老张尽快把钱给补上。老张很纳闷，怎么回事啊，自己根本没去过某市啊。老张解释半天，刚挂机，手机又响起来，接听后，对方自称是某某市公安局经侦大队的民警，叫某某某，说目前锁定嫌疑人套用了老张的身份证和银行卡进行经济犯罪，让老张尽快去银行把银行卡里的钱转到一个国家安全账户里。老张一听慌神了，也不敢挂电话了，就按照电话里那位"警官"的指示，赶快去了一个银行，找了个自动柜员机，掏出银行卡，按照"警官"的要求，将二十万元转移到了"国家安全账户"。等转完，老张想了半天，这警察是不是骗我呢？然后去询问银行的人，是否有"国家安全账户"，银行的工作人员一听就知道老张被骗了，立即让他报警。

我们到达现场见到老张时，可怜的老张正哭鼻子呢。我想，这个冬天，老张的心里比谁都寒冷。一辈子的积蓄，眨眼间就没了。

这是大案，不一会儿刑侦中队的同志就达到了现场，带老张回去进行立案侦查。

这些骗子，真是让人想起来就恨得牙根痒痒。事实上，他们的这类骗术已经不是什么新鲜招数，警方曾经多次提醒，电视、报纸、广播对此类骗术也进行过多次报道，然而还是有人会上当受骗。而且对于这类诈骗，骗子由于多是使用网络电话行骗，一般都是经过好几次服务器中转，查起来相当困难。所以大家一定要提高警惕，不要轻信电话里一些通知，一旦涉及自己的钱财更要小心。再次提醒大家，电信部门、公安机关是不会用这种方式办公的，电话是否欠费可以拨打正规的客服电话或到营业厅核实。必要时，要立即报警。

类似的还有汽车退税、短信催汇款、银行卡异地消费、熟人出事急需汇款等变异版本。我们需要记住并提醒家人，对此类信息坚决不要相信，更不要恐慌，必要时可以拨打110请求民警帮助。在这件事上，公安民警绝对是大品牌，值得信赖。

关于防诈骗，我写下以下顺口溜，供大家参考。

1. 天上不会掉馅饼，中奖其实是陷阱。手机短信电子邮，中奖纯粹是忽悠。

2. 汽车退税是诈骗，骗你账户把钱转。转账多是忽悠你，卡上现金全转走。

3. 街头广告不要信，低息贷款逗你玩。等你给他手续费，转眼他就找不见。

4. 天上没有真神仙，地上更没活半仙。神医孙子和孙女，把你钱财忽悠完。

5. 说你电话欠费了，冒充电信和公安。让你转账来缴费，类似情况是诈骗。

6. 亲戚邻居出事故，知心朋友惹祸端。电话通知不轻信，落实不清不汇款。

7．接到信息催汇款，心里马上要转转。陌生短信不要理，极有可能是骗钱。

8．婚姻信息莫轻信，款姐富商净坑人。一旦骗你信任后，坑你钱财难见人。

9．丢包诈骗不新鲜，劝君为人不要贪。不义之财你非要，稀里糊涂就被骗。

10．拉环兑奖外国币，没有一个是真的。此类骗术多双簧，贪小便宜上大当。

11．神贴膏药假尼姑，仙药骗你骗得哭。象棋残局撒瓜子，玩一次你输一次。

12．骗子都很有能耐，上学工作他安排。等把现金给他后，你想要都要不来。

13．看病一定去医院，医院门口要防骗。医托总是认老乡，专门骗你救命钱。

不管丢人丢物，报警都要趁早

2010 年 11 月 20 日　星期六

今天是星期六，辖区公园内游客特别多，我们在辖区巡逻了一圈后，本来该去待警点休息会儿，想起上周周末有公园里被偷的警情，便对搭档王提议去公园巡逻巡逻，搭档王笑着说："你小子怎么和我想一块儿去了！"

两人于是跑到公园里。骑摩托绕公园巡逻一圈后，两人又下车挨个提醒那些只顾嬉戏不顾自己随身物品的人们，让他们注意看管好自己东西。一圈转下来，出了一身汗。

搭档王说："老杨，差不多了，小偷估计早被吓跑了，我们去喝点水，然后再巡逻一圈，到天快黑的时候，再来！"得到我的赞同后，他接着说了一句让我很感动的话，他说："不管怎样，我们多巡逻几次，老百姓就少点损失，咱们也能对得起自己的良心！"

刚出公园门，就接到 110 派警，某银行门口有人报警，说有孩子走失。报案人龚先生说，上午十点多，他带着七岁的儿子从家里出来，他走在前，儿子玩着溜溜球跟在后面，准备去公园玩。到银行门口时，他突然想起来有一笔钱要到账了，于是，告诉儿子慢点走，自己去前面银行查查钱到账没有，说完，自己快走几步进了银行。等龚先生查完账，出来就没看到儿子了，但是他也没太在意，在周围找了一会儿没找到，便沿原路返回家里，还是没发现，于是又发动家里人去找，一直找到下午三点多，这才着急起来，才想起来报警。

我批评龚先生应该早点报警，自己找会有警察找得快吗？过去这么久才想起来报警。龚先生说开始以为孩子不会走丢呢，他现在也是特别后悔。我立即向110指挥中心汇报孩子的姓名、年龄、衣着等情况，请求全市协助查找，又通知治安中队的同志过来移交。

提醒大家，家里老人、孩子一旦走失，要立即报警请求警方帮助。带孩子或者老人出去玩，一定不要离他们太远。孩子贪玩，眨眼间就跑出去很远，老人有时候脑子转得慢。有些老人走失后，只知道儿子姓名，不知道具体地址，连标志性的建筑也说不清楚。所以最好在老人身上带着家人的联系方式，而且如果家人能及时报警，接到老人迷路的警情后，民警会根据报警情况及时和家人联系。

一直到晚上七点半，快下班时，又接到110派警，报警的是一对情侣，两人一起去某饭店就餐，找了个座位，面对面坐着边吃边聊。期间，女士去了一趟洗手间，回来后发现包不见了，后来在她身后的座位上找到了被打开的包，里面的手机和钱包已经不翼而飞，于是报警。

到达现场后，我们询问了旁边吃饭的其他顾客，大家都说没看到什么可疑现象，饭店服务员也说没见到有什么可疑人物。于是请治安中队的同志过来移交，这样的警情只能让他们带回治安中队备案。

此类事情，我早在前面已经提到过，自己随身带的物品不要离开自己视线范围。大概那位女士感觉自己就去趟厕所而已，不会有问题的，可损失在一闪念间就会发生。大多时候，我们心存善念，可小偷和别有用心的人，随处可见。所谓害人之心不可有，防人之心不可无，以后多提防才能有备无患。

其实，在饭店就餐时丢东西，饭店也是要负责的。如果他们不赔，可以去法院起诉。当然了，相信谁都不如相信自己，看管好自己的物品，才是最保险的处理问题的方式。

相亲也会影响治安？

2010 年 11 月 21 日 星期日

　　早晨六点四十，步行去上班，风扬起残叶漫天飞舞，路上的风沙大得简直让人无法忍受，巡逻一圈下来，袖子上、裤腿上沾满了厚厚的灰尘。

　　没多久就接到了 110 派警，某游园有纠纷。我俩不敢怠慢，立即赶到现场。

　　赶到时，看到游园大概有百十人在聚集，仔细一看，发现大多数都是老年人。报警的是游园管理处的领导，领导说，某婚介公司经常在游园搞家长相亲会，因为收费较低，来的老人很多，严重影响了其他来游园的市民，侵犯了其他市民的权利，对里面的花草树木也造成了严重的损害。今天婚介中心又组织了大批老人来游园，管理处的人进行劝阻时，遭到婚介中心人员的谩骂，并煽动老人闹事。管理处领导请求尽快将婚介公司的人带走处理。

　　我一直记得那句话，兼听则明，偏信则暗。眼见这么多老人在这里聚集，有些还面带怒气，还是先听听老人们怎么说吧。于是在搭档王对报案人做警情登记的同时，我转身来到那些老人身边，笑着问他们："各位大爷大娘，这么大风，你们不在家休息，咋都跑这儿来了？"

　　其中一个老大爷似乎很愤怒，对我说："公园管理处的人不讲理，我们在这儿给孩子相亲呢，他们要赶我们走。"

我笑了笑问："大爷您别生气，我还是没弄明白，我看这都是老年人，没见到年轻人啊。"

一个老太太说："这你就不懂了，孩子们太忙，哪儿有时间相亲呢？我们老人来互相了解一下对方的情况，感觉好了，就让孩子们见面。"

我长这么大，第一次遇见这样的情况，孩子找对象，老人先见面。比如说，张大爷遇见李大爷，就问李大爷，您是闺女还是儿子啊？李大爷回答说，我们家是个儿子，您家呢？张大爷很失望地说，我们家也是儿子。李大爷哦了一声，就去找王大娘，一问，王大娘家里是个闺女，然后两个人就聊聊各自孩子的条件，感觉差不多了，就互相留下个联系方式，让孩子们见见面。如果感觉不合适，继续问其他老人。

我叹了口气说："看来现在年轻人找对象，真是不容易啊。"

一位头发花白的老人对我说："小伙子你说对了，我儿子啊，都三十三了，还是单身。因为工作忙，一直没空谈朋友。我去了好多婚介中心，钱都花了上万了，也没给介绍到中意的。还有个别婚介中心那都是找的婚托，只有这家还不错，只交十块钱，双方老人可以直接见面，多好的事情啊。你说这管理中心的人，还非得赶我们走。"

正和老人们聊得开心，管理处的同志和两位大姐又吵了起来，言辞很是激烈，于是过去劝说。其中一位大姐对我说："警察同志，你给评评理，这儿是公共游园，他们凭什么不让我们来呢？"管理处的人说："你们是婚介中心的人，你收群众的钱了，还冒充群众，你敢说你不是婚介中心的吗？我们轰的就是你们这些人！"

管理处的同志的话，便引起很多老人的不满，纷纷说："他们就是收钱，也就十块钱，又不贵，我们心甘情愿！"我最怕见人多而且又一起大声"说话"的场面，见此，便和搭档王将两位大姐和管理处的同志拉开。

管理处的同志对我说："你们警察应该把她们俩带走，带回治安中队处理她们。"两位大姐和老人们说："有事说事，就在这儿处理！"

相亲也会影响治安？ | 53

见情况趋向复杂，于是，我立即向指挥中心汇报，让治安中队的同志过来移交。这事不是我想推脱，是人太多我们俩实在无法控制局势，也处理不好这样的问题，还是请有经验的同志过来处理为妥。

　　在平和双方情绪的时候，一位老太太走到我身边，悄悄对我说："警察同志，能不能帮我个忙？"

　　我说："您说啥事？"

　　老太太说："我交给他们十块钱，来了两次，没效果，能不能让她们把钱退给我？"

　　我问她："您的钱交给谁了？"

　　她带着我来到一位穿红棉袄的老太太跟前，说就是交给她了。我对那位红棉袄老太太说明情况，她说："不可能退钱，我这几千号会员呢，都要求退，我们这生意还做不做了？"

　　看来做这样的无本生意，倒是可以赚不少钱的。几千号会员大概有好几万会员费收入，他们不用投入场地费用，也不用雇什么高级人才，这些老年会员来了连凉水都不供应，更别说热水了。这钱，赚得实在是容易。平时天气好的时候，如果来个几百上千个会员，小游园确实会受到影响。看来游园的管理人员也不是为了要收费才撵他们走。不管怎么说，今天的矛盾确实不容易调解，治安中队的同志来了之后，我们把情况向他们做了介绍，然后离开。

　　由这些替儿女相亲的老人们，我想到，怪不得这几年的电视相亲节目这么火爆呢，看来大龄单身男女找对象，真成了一个大问题。高楼林立的城市，硬化了人与人之间的关系，拉开了人与人之间的距离。大压力下的年轻人，或许没有更多的精力去关心自己的婚姻问题。在传统观念根深蒂固的老年人心里，儿女们迟迟找不到对象真的成了他们的心病，这心病唯一的良药就是儿女们美满的婚姻。我不禁感慨：可怜天下父母心！

不是出现场，就是在出现场的路上

2010 年 11 月 22 日　星期一

今天一上班就开始出警。

先是有群众报警称自己被人锁在屋里出不来了。和搭档王赶到现场才知道，原来报案人邓家俩兄弟到一个公司找该公司董事长讨债，结果董事长避而不见，两人已经在公司住两天了。今天早上，公司的人将门从外面锁住后便离去了，两人出不去，给他们公司的人打电话也没人接，早饭、午饭都没吃，饿得受不了，所以打了 110。

搭档王隔着门缝，详细问他们情况，经了解，两人是郊区的农民。三年前，他们通过朋友认识了这个公司的董事长，见他开着好车，于是在朋友的牵线下，将自己手里的十来万血汗钱以两分的利息借给了这个董事长。一晃，三年过去了，董事长一直不见他们，别说给利息了，本钱都不给。

搭档王说："你们这是经济纠纷，我们可以帮你们开门，但是经济纠纷的事情你们只能去法院起诉。"

邓家兄弟说："行啊，能帮我们打开门就行。"

警察也不能随便就开人家的门，我和搭档王商量后，将物业公司的人喊了过来，通知他们让公司来人开门。

结果物业公司的人还没下楼，公司的人就到了，见我们在，很客气地打开了门。搭档王很严厉地批评他们不该将人锁在屋里。公司的人说，走的时候比较匆忙，给忘记了，并表示以后绝对不会了。

我问邓家兄弟还需不需要我们做什么，他们表示不需要了。于是我和搭档王离开。

搭档王说："这俩兄弟是放高利贷，当时可能感觉是占便宜，没想到吃了大亏。"

日常里，我们要看对人才可以把钱借给他们。开好车的未必就是有钱人，随便租个车就冒充老板的人很多。即便真是有钱老板，也未必就不坑人，凡是讲到钱的时候，都要慎之又慎。

祝邓家俩兄弟早点要到自己的血汗钱。

刚从这个现场离开，又接到110指令，某某路口有人醉酒躺在路边。

两人赶到现场时，见一个醉汉正伏倒在路边，他身边还有一位满脸通红浑身酒气的小哥。小哥说他看到这位醉汉哥骑电动车倒在路边，倒地后又睡着了。他怕醉汉哥的电动车被人偷走，所以就报警了。

搭档王问："你认识他吗？"

那小哥说："不认识，我也喜欢喝酒，我以前喝醉也在马路边睡着过，是有人报警然后警察给我家人打电话，我家人才把给我接回去了。看到这个人喝多了，就想到了找你们110。"

看来，知识来自于实践，实乃真理。

于是我和搭档王俯下身子喊醉汉哥，喊了半天，醉汉哥睁开了蒙眬的睡眼，问我们找他有啥事。我们问他有没有手机，好给他家人打电话。他说他没手机，然后继续睡觉。

我们又喊半天，问他家里电话是多少，他嘿嘿笑笑说，他家里没电话。

这下可让我们俩犯难了。

于是对他说朋友电话也可以。他似乎有点激动，说："你们烦不烦啊，我又没犯法，你们俩净耽误我睡觉。"说完，他踉踉跄跄站起来，推起电动车就要走。

搭档王上前拉住他说："你别骑了，这可不是闹着玩的。"

醉汉哥说："你别管，我没事。"说完一拧车把，就冲出很远。

搭档王说："这可不行，万一他出点啥事，咱俩可脱不了干系。"

我说："那赶快追啊。"

两人追出一站路，见那位醉汉哥将电动车停在慢车道上，人在车上坐着又睡着了。

于是我们又过去，好说歹说，让他将车靠边停。

我让搭档王哄着他别走，我去给他买矿泉水醒酒。

旁边卖糖梨水的大娘对我说："喝我这糖梨水，更醒酒。"我连忙掏钱，大娘说："不用掏钱，你们也是做好事。"怎么给她也不要。

水端过来，醉汉哥却推三阻四，任凭我们怎么劝，就是不肯喝。搭档王说："要不让他睡吧，咱俩扶着他的车，他睡一会儿估计就缓过劲儿了，反正这会儿又不出警。"

就这样，我们俩陪了这位老兄一个多小时，他才睁开眼，问我们有什么事。

搭档王说："没什么事，就是怕你睡着了摔着，你是不是感觉好点了？"

醉汉哥说刚刚太困了，现在好多了，他自己能回家。

见他精神好了很多，并一再说自己可以，于是让他骑车试一下，见他骑得还算平稳，于是骑摩托跟了他一段后，才继续巡逻。

关于喝酒，我强调一下，感觉自己可能要喝多，一定要提前找人过来陪。如果自己家人或朋友可能要喝多，也一定要提前过去陪他。喝多的人容易与人起冲突，即便是不起冲突，醉卧在街头，也是很危险的。

其他几起警情，就不再一一赘述了。总之，从上班一直到下班，不是在现场就是在赶往现场的路上。

当警察有时候纯粹是体力劳动，八个小时下来，说了很多话，加上手持电台那永不消失的电波刺激，让我感觉很是疲惫。

这些鸡毛蒜皮的小事，这些说来说去的道理，这些跑不完的现场，或许，这才是一个110巡警的真实生活。

偷车还是开错锁?

2010 年 11 月 23 日　　星期二

昨天睡前，读《道德经》，里面有一句话先和大家分享一下：天下难事，必做于易；天下大事，必做于细。读来很受启发，生活里遇见的难事或者要做的大事，都必须从简单开始，一步步来，从大处着眼从细微之处入手。大到自己的事业，小到家长里短，哪里出现偏差都会影响到自己的生活。

今天上班不久就接到 110 派警，说某商场门口抓住一个偷车贼，接警时我们刚好就在该商场附近，于是和搭档王马上赶到现场。在现场，一位年约四十的黑大汉拉着一位瘦小中年男子，两人正争吵不休。

见到我们，黑大哥冲着我们喊道："警察同志，我报的警，这小子偷我电动车。"黑大哥还没说完，矮个子小哥就争辩说："警察同志，我没偷，我是开错车了。"小哥话音刚落，他身边一个年轻人紧跟着附和道："是的，警察同志，这是个误会，我是他经理，我们公司就在楼上，你们先别给他上铐。"

幸亏矮个子小哥说得快，要不搭档王就把银光闪闪的手铐给他铐上了。反正有黑大哥抓着，小哥也跑不掉，既然他们有误会，不妨听听，以免铐错了人民群众。

我对黑大哥说："既然是你报的警，那你先说是怎么回事吧！"

黑大哥说:"我在这个商场里上班,我的电动车每天都放在这个位置,两年多了,附近摆摊的老少爷们都认识我这车,也多亏他们照应,我这车一直没被偷。刚刚我正在商场干活,接到他们的电话,说有人打开了我的电动车锁,要骑走。我到的时候,车锁已经被这小子打开了。幸亏我来得快,要不这车可真就丢了。"

黑大哥说完,怒目圆睁,火气十足地瞪着矮个子。人有时候长的黑,并不一定是坏人,人黑,心不黑。换成另外心黑的人,一定早动手打那个矮个子了。黑大哥虽然心里很恼火,但涵养还算可以,他意欲动手,却未出手,这也是一种境界。很多时候,本来有理的事情,结果由于当事人一时冲动动手打人,有理反而成了没理。

见矮个子小哥很委屈,我问他:"你说说是怎么回事,为什么要动人家的电动车?"矮个子小哥操着一口广西口音说:"我是xxx公司的,刚从外地调到这里,下午打算去办点事,同事说我们公司的电动车就停在楼下,还在楼上指给我看。我下来见楼下好几辆车,也不知道哪辆是我们的,就试着开了几辆,没想到就打开了这辆车。结果他过来说这是他的车,说我是偷车的,我也很委屈呢。"

旁边摆摊的几个群众一听就火了,说压根儿不是那么回事,说他们都告诉矮个子小哥这车是他们朋友的,不让他开,他还非要开,都说这里一定有问题。

搭档王问:"开车的钥匙呢?"矮个子旁边的经理将钥匙递了过去,搭档王拿起完好的车锁,将钥匙插进去,刚好可以打开。

我想,是不是偷车贼和冒充经理的人是一伙的,他们合伙演双簧呢?于是让当事人出示了身份证,让搭档王登记。经理似乎看透了我的心思,立即给公司打电话,不一会儿下来一个女生,经理大声质问说:"xxx怎么没下来,是他给的钥匙,让他出来做个证啊!"女生胆怯地说:"经理,他出去了,打手机也没接。"

这时,治安中队的同志也闻讯赶到了,听黑大哥一再强调他的车锁已经被打开,绝对是偷车,没容矮个子小哥怎么辩解,就将他和他的经理拉上了警车。

我认为，矮个子小哥被冤枉的可能性极大。一是小偷偷车一般都不会这样明目张胆，旁边摆摊的五六个人都告诉他那不是他的车，他还不听劝，去动手开锁。二是他确实没费劲就用他手里的钥匙打开了锁，经过仔细察看电动车的锁具，没有破坏的痕迹，看他拿的那串钥匙，也像是办公钥匙。三是确实有他经理和同事作证，是公司的人员让他下楼来开他们自己公司的车。

如此说来，今天这位矮个子小哥可以称之为倒霉哥。他所谓的倒霉，完全是咎由自取。拿着串钥匙到处乱开车锁，明显就不对，不定哪辆车就被打开了。今天这是被发现了，如果没被发现而是打开车锁就骑着跑了，那车主该怎么办呢？如果当时不确定哪一辆车是自己公司的，完全可以给同事打电话，请求帮忙。再者，既然旁边那么多人都已经阻止不让开那辆车了，还一意孤行不听劝阻，你说你这不是找事吗？

看来，以后不管做什么事，都要多想想，细心点儿，不要仅凭想当然做事，否则有可能坑了别人，同时也会害了自己。

下面说另外一起警。

所谓经济纠纷，打个简单的比喻吧，张三和李四一起上学，路上张三向李四借了一块钱买了根黄瓜吃，到学校门口时，张三和李四打着玩闹翻了，李四让张三还钱，张三说没钱。因借钱还钱的事引起的纷争，就是经济纠纷。这个时候，如果李四拨打110，正常情况下，警察到现场了解完事情经过后，马上会告诉李四说，不好意思李四哥，这事不归警察管，你可以去法院起诉张三。然后拍屁股走人。你可能会认为是该警察不作为，但是我告诉你，正常情况下，警察这样处理是对的，公安机关不允许参与经济纠纷的案件，此类案件属于法院管理范畴。但是，如果李四恼火，殴打了张三，或者张三打了李四，这下公安机关就可以介入了。此时事件已经转换了性质，成为因经济纠纷引发的打架了，成了治安事件或者案件，这事，就归警察管了。

很多时候，群众一有难处，就会拨打110，感觉警察可以处理，但是很多时候，我们确实想帮忙，但帮不了。

今天就出了一个类似的警，赶到现场时，见到两个女当事人，小王和小李，她们两人为同事关系。今年三月份，两人合租了一套房子，小王由于年长几岁，而且经济条件要好一些，便对小李说，这个房子每个月房租是八百，你每个月月底给我四百，至于水电费和上网费用，我出就好了。小李当时很感谢小王，两人以姐妹相称，关系极其融洽。

可就在前几天，两人因为工作上的事起了争执，导致关系一步步恶化，于是小李打算搬出去住。今天来搬东西时，小王说你先把房租给我结算清才可以搬走。小李说，房租我都结清了。小王说你没结清，绝对不能搬。于是矛盾升级，两人对骂后，小李报警，要求我们帮她拦住小王，让她把东西搬走。

搭档王对她们俩说："你们俩这是经济纠纷，这事不属于我们公安局管，你们两人解决不了可以去法院起诉。"见小李和小王都很委屈，搭档王问我："这事不大，要不给她们调解一下？"我想也可以，毕竟是两个女孩子，事情也不大，应该可以调解。两人要是打起来，会把事情弄得更复杂。于是，我让她们先冷静一下，然后各自都仔细回忆一下，看到底是谁记错了。

小王说小李一共住了八个月，只交了七个月的钱。说完还拿出自己的账本，账本是小王的流水帐，显示每天的收入和支出，非常详细。显示收入四百房租的次数，确实是七次。让小李说，她说一共交了八次，绝对不欠一分钱房租。

后来，见她们俩实在扯不清楚，搭档王说："又没多少钱，双方又没有证人证言和相关依据，这事闹到法院也没多大意义，即便是到了法院，你们也是各打五十大板。倒不如，小李出二百块钱了事，不知道你们俩意下如何？"

小王说："其实我不在乎那点钱，八个月下来，电费水费上网费都是我出的，怎么也有上千块，我都没说过什么，只是感觉小李太不义气了。"

小李说："那是你自愿的，但是你白白要我出四百块，你这是欺负我，我绝对咽不下这口气。"

我说："多大点事儿啊，有什么气不气的，人家都替你交了八个月水电费和上网费了，你就迁就一次吧，再说了，只让你出二百。"

小李说："那不行，如果该我出，我绝对会出，但是我明明交够了八个月，她还让我交钱，我绝对不允许她这个 SB 欺负我。"

此言一出，我和搭档王面面相觑，看似如此貌美之少女，竟然言辞如此粗俗不堪，我虽是粗人，闻言也顿感汗颜。

小王听到骂声，也回道："你现在就给我滚出去，别在我家待着。"

搭档王说："你们俩慢慢吵吧，我们先走了。对了，如果吵到最后还没解决，可以去法院起诉，随便告诉你们一句，吵可以，但是绝对不要打架，如果打架了，是要进治安中队的。"

说完拉起我就走了出来，对我说："这事本就不该咱管，两个糊涂虫一本糊涂账，再加上脏话连篇，咱俩就别凑热闹了。"

我还想说什么，想了想，上了摩托车。

我一直在想后来她们俩解决了这个问题没，可以预见的是她们绝对没打起来，因为一直到下班，也没再接到 110 的派警。

大家一团和气、彼此不分的时候，是好姐妹、好兄弟。一旦翻脸，反目成仇的时候，不管谁欠谁的钱，如果没有证据，都将会将自己置于骑虎难下的境地。人生苦短，有时候真没必要为了赌一口气，把自己搞得狼狈不堪。另外，古人都说，亲兄弟明算账！如果两人当初每笔房租都有收条，就不会出现现在的麻烦了。牵扯到钱的问题，有个书面的来往字据，是非常有必要的。

"三只手" 的吸毒者

2010 年 11 月 24 日　星期三

很多人，在生活中总是带着成见去看一些人和事，很多人都有主观臆断的爱好。打个比方，有人说，我电动车丢了，我也报警了，可警察没给我找回来。张三听了记在心里，某一天电动车也丢了，张三掂量半天，认倒霉吧，警察是指望不上的。然后张三的好友李四手机也被人偷走了，张三说报警也没用，认倒霉吧，我电动车丢了都没报警。李四听了张三的劝说，也放弃了报警。李四后来又告诉了王五，王五后来又这样告诉了赵大麻子。大家这样说来说去，报警的人越来越少，小偷高兴了，偷吧，反正不偷白不偷。于是乎，警察感觉辖区平安无事，小偷们却偷得不亦乐乎，偶尔小偷撞到枪口上被抓了，由于前面被偷的人没有报警，小偷只承认被抓的这一次即可，逃避了打击，关几天照样出来祸害大家。

你不是警察，怎么知道报警后警察就不管不问了呢？事实上，每起案件只要立案，即便当时会因为缺少线索而搁浅，但是都会输入微机备查案，将来一旦抓到人，就会有警察和你联系。

上午接了一个电动车电瓶被盗的警，我赶到现场时，车主还一副不情愿的样子，漫不经心地对我和搭档王说："本来我不打算报警，丢个电动车电瓶也不是啥大事，小偷要把车偷走我倒是省事了，直接去买辆新车就行了，可他偏偏偷走了我的电瓶。我想着报警了你们也找不回来，打算走，可商店老板非让我报警。"

呵呵，听这位阔绰哥说话真有意思，看来他是个有钱的主儿，竟然希望小偷将车偷走而不是仅仅偷走电瓶。

搭档王问："车是什么时候放这里的？"

阔绰哥回答说："昨天下午，刚过来时发现电瓶丢了。你们警察能帮我找回来吗，要不算了吧，其实我无所谓的。"

我看了看他，刚想说什么，从商店里走出一位年约五十的老伯，他对着阔绰哥说："你这孩子真不懂事，难道我这么大年纪了还能骗你？我的电动车丢了半年了，当时就报警了，前不久治安中队的同志给我打电话，说我被盗的电动车找到了，让我去领回来。你不报警，人家警察咋帮你啊？"

阔绰哥不耐烦地说："那好吧，我就听你老头一次，看警察能帮我找回来不，一块电瓶也一千多块钱呢。"

后来，阔绰哥跟随治安中队的同志去立案，我和搭档王移交后离开。

我想，由于不信任导致产生距离感，由于距离感，导致更加不信任，这是非常不理性的恶性循环。我倒不是说每个警察都会对工作尽心尽责，但对工作尽职尽责的警察还是占主流的，不要被个别丑恶现象蒙蔽了您智慧的眼睛。这几年公安队伍补充的新鲜血液大多都是本、专科毕业的大学生，公安队伍的素质在进一步提高，良好作风也正逐渐形成。对警察多点信任吧，你自己财物受到了损害，你不能忍气吞声，更不要怕麻烦，我们都不怕麻烦，你怕啥呢？

而今天要说的另外一起警情，是一对吸毒的小偷夫妇被我们收入网内。

临近下班时，接到派警，说某商贸市场抓到小偷，我和搭档王两分多钟后赶到了现场。告诉大家一个常识，一般遇见骑摩托车的巡警，在警灯闪烁时，一定要及时避让，如果没有紧急情况，我们是不会乱开警灯的，如果不是出现杀人放火绑架等紧急情况时，更不会拉响警报。

在报案人徐先生的店里，我们见到了这对小偷夫妻，这对儿夫妻身材非常瘦弱，脸色苍白，双目呆滞，活活儿一对儿吸毒的小麻雀。麻雀男当时正嚷嚷呢，质问店主说："你东西我都已经都还给你了，你凭啥还不让我走？有你这样的人吗？不讲道理啊！"

见我们过去，麻雀男的老婆还对我嚷嚷："警察同志，他钱包我们是拿了，可我们刚都还给他了，他还不让我们走。"

我说："你少扯吧，你们还给他那是因为他发现了，他没发现你们早跑了。"

说完，我让麻雀男转过身去，大多抽大烟的小偷为了躲避打击都有自残行为，为了稳妥，我还是用点查缉战术的好，让他双手抱头转过身，是为了更好控制他。麻雀男似乎对我的话置若罔闻，这让我很生气，一把扯过他，绕到他身后，一脚踹在他屁股上，麻雀男顿时趴在他身前的沙发上，他还想反抗，搭档王就势扯过他双手，给他铐上了背铐。

事情很简单，麻雀男夫妇进店里装做买东西，麻雀女挑东西吸引店里两位服务员的注意力，麻雀男趁机跑到收银台前拎出了店主徐先生的提包，一把扯开将里面的钱包拿了出来，转身就出了店门，然后对店里的麻雀女喊，快走吧，该回家吃饭了。

徐先生就坐在对面店里，目睹了这一切怒火中烧，立即将麻雀男拦下并报警。

治安中队的同志随后也赶到了，移交时，治安中队的同事告诉我，麻雀男和麻雀女以前因为吸毒被处理过。看来，喊他们麻雀夫妻，确实不为过。年纪轻轻的小两口，因为吸毒，无心工作和生活，只有靠偷窃来维持生计，实在可悲可叹！愿大家：珍爱生命，远离毒品。

你没资格扣我的身份证

2010 年 11 月 25 日　星期四

今天刚到岗不久，就接到一个求助的警。我们赶到现场，见到报警的老人时，他似乎很紧张，花白的头发掩饰不住劳累岁月的痕迹，一张布满皱纹的脸上满是对我们俩无奈而又歉意的笑。我和搭档王过去询问老人有什么需要我们帮助的。

老人说："我一辈子也没打过 110，也不知道这事你们能不能管，我实在是气不过他们的做法，但是他们说即便我打 110 你们也不会管这事。同志，我很尊重你们，也知道你们很忙，但我想求你们俩一件事，看你们俩能不能帮我这个忙？"

见老人如此紧张，我心里痛痛的，想起了老家那些善良的长辈们，他们何尝不是一辈子也没打过一次 110 呢。如果此时，站在我们面前的是他们，我想他们也会紧张。

我忙笑着对他说："大叔，您别紧张，如果您的要求合理，我们会帮忙的。"

搭档王也笑着说："您就说啥事吧，您是不是遇上难事了，没钱回家了？路费我们俩给你包了。"

老人听我们俩这么说，顿时轻松了下来，笑着对我们说："不是，我有钱回家，是他们扣押了我身份证，还给我弄丢了，我想要讨个说法。"

事情是这样的，老人四天前在劳务市场被一家劳务中介所雇用，给一家大户人家到医院去照顾三天老人，当时劳务中介说，每天支付三十块钱的费用，雇主满意的话最后再加十元，可以支付老人一百元，但是，必须让老人将身份证原件交给他们保管。老人干完了三天活，领到了一百元钱，然而，中介公司说身份证当时给雇主了，老人去找雇主，雇主说中介公司只给他们看了看，并没有给他们。老人又回到中介公司，中介公司还是坚持说给雇主了，让老人找雇主。老人不同意了，毕竟身份证是他交给公司保管的，要找也是中介公司的人去找。中介公司的人这才承认是他们自己不小心给弄丢了，说以后多给老人找点活干。老人想到自己身份证都丢了，以后怎么还会有人敢让他干活。于是争执起来，中介公司让老人爱去哪儿去哪儿，他们太忙，没空答理他。老人出来后，越想越伤心，看见我们巡逻路过，索性就打了110，希望我们能帮忙。

　　这事，我们俩能帮，不是一般的能帮。

　　搭档王说："他们这是违法，警察也没权利乱扣人身份证呢，他们敢这样胡来，走，咱找他们去。"

　　老人得到了鼓励，立即领着我们去中介公司。

　　中介公司里，两女一男三个工作人员正趴在电脑跟前收菜，似乎他们知道我们会来，头也没抬。

　　搭档王说："把你们领导喊出来。"

　　一个面相有点凶恶的男人抬头看了我们一眼，心不在焉地问："啥事？"

　　搭档王说："这个老人说你们把他身份证弄丢了，有这回事没？"

　　凶恶男阴阳怪气地说："警察同志，您说话客气点不行吗？这老头身份证确实是我们给搞丢了，可是我们多给了他十块钱，十块钱他自己去补办一个身份证不就行了吗！还麻烦你们俩过来，真是没事找事！"说完狠狠瞪了老人一眼。

　　我说："《居民身份证法》明确规定，任何组织和个人不得扣留居民身份证，就是警察查验身份证，也是有条件的。"

凶恶男翻了翻眼睛，漫不经心地说："烦不烦啊警察同志，欺负我不懂法啊？我这是公司，我有律师，我最讲法了。这事你们警察管不着，我知道我错了，可我不是补偿他十块钱了吗？"

老人嗫嚅着说："我回去路费需要一百，办身份证也要十来天，这十来天每天三十块钱，也是三百块钱，至少我要损失四百块钱呢，你给我三百块钱算了。"

凶恶男说："三百？老头你别异想天开了，我一分钱都不会给你，你明摆着讹人。警察同志，我要求你们拘留他，他敲诈我。"

搭档王说："你拉倒吧，这样的事情我见多了。《居民身份证法》第十六条规定，非法扣押他人居民身份证的公安机关可以给予警告，并处二百元以下罚款，有违法所得的，没收违法所得。你现在不但扣押，还给人家弄丢了。赔十块钱？我给你十块钱，你把你身份证给我算了。如果你非要放着自在不自在，那么现在跟我们去治安中队接受调查处理吧。"

凶恶男没想到搭档王会如此精通《居民身份证法》，还把具体条款给背出来了，觉得今天遇见这主儿不好打发。连忙递烟出来，满脸堆笑对我们说："自己人，来，抽根烟。小李，小王，没长眼啊，还不赶快给两位大哥倒水去。"

我说："倒水就不用了，你还是快点给老人解决问题吧。"

凶恶男此时成了绵羊男，笑呵呵边递烟边说："自己人，自己人，政府某某领导是我哥。呵呵，有事好说嘛。"

搭档王推开他递烟的手，冷冷地说："你还真给你哥长脸，你这不是明摆着欺负老人吗？不行你就跟我们走吧。"

绵羊男说："治安中队就不去了吧，现场调解一下算了。两位大哥，有话好说，我再多赔点行吧？"

搭档王说："去不去治安中队，那要看你的态度了。"

绵羊男拉着老人说："老头儿，我给你一百，行吧，就一百，多了我一分也不给。"

老人看了看我和搭档王，欲言又止。

我说："老人家说的也不多，你就按三百给吧。"

绵羊男看了看我说："哥哥哟，您看，您咋胳膊肘往外拐呢，我们可是一家人啊，一百不少了。"

搭档王接过话冷冷地说："得，您哥那身份，我们俩可高攀不起，但是，今天必须让老人满意。要么，你就跟我们回去接受调查处理。"

绵羊男叼着烟绕着我们俩转了一圈，然后掏出手机说："要不我给我哥打个电话，让他给你们领导说说？"

呵呵，我还就不吃这一套。我说："你想浪费电话费你就打，看来我们也没必要这样调解下去了，我们还是去治安中队让他们慢慢给你调解吧。"

搭档王也附和着说："今天这事，就是给公安部长打电话也没用。你要不相信，咱们就试一下。"

绵羊男听我们俩这么说，直愣愣看了我们俩一会儿说："看来，你们两位和他是亲戚？"

搭档王说："是的，我们就是替受欺负的亲人撑腰的！你呀，就别啰唆了，走吧，一起走！"

绵羊男说："二百块钱行吗？服了你们二位了。雇他本来就没赚钱，看他可怜才给他一次活，你看我这还要赔钱了我。"

老人说："你胡说，那家雇主说每天给我按照八十给的，二十四小时陪护，一天八十是正常价。我这几天连睡觉都是在医院，你们才给我三十，雇主还说你们太黑了呢。"

搭档王说："别啰唆了，赶紧下楼吧，别扯别的了。"

绵羊男盯着搭档王看了半天说："好，我看这老头就是你亲戚。行，我认栽，三百我出！"

说完从兜里掏出三百块钱往老人怀里一摔，气呼呼地转身进了里屋。

搭档王过去帮老人将钱整理好，然后问他："老人家，你还有什么要求没？"

老人笑笑说："没了，没了，谢谢你们俩。"

然后一起下楼离开。望着老人渐渐远去的背影，我问搭档王："你咋对《居民身份证法》这么熟悉呢，刚才的条款没说错吧？"搭档王说："以前出过很多次类似的警了，所以比较熟悉，今天让他赔三百是不少了，就是带回去也就是罚二百完事，我就看不惯他那副欺负老人的嘴脸。"

除国家规定赋予警察的权利外，任何扣押别人身份证的行为都是违法的，在奉劝大家看护好自己身份证的同时，也建议各位奉劝自己身边做生意的朋友，不要再拿别人的身份证做筹码。此事，在法律面前是没有任何保障的。

警察难断家务事

2010 年 11 月 26 日　星期五

夫妻俩过日子，磕磕碰碰总是免不了的，其实闹矛盾的问题都不大。但如果一气之下闹到了法院，闹到了离婚的地步，可就不好收场了。出警中最难说清的就是家庭纠纷，尤其是小夫妻之间的打闹，更是让人头疼。

今天调解的一起家庭纠纷是这样的：某男为一公司经理，四十岁左右，年富力强，才华横溢，在我们调解的过程中，能感觉到他为人谦和，待人也是彬彬有礼。他的妻子是某机关单位领导的千金，长相倒也算标致，虽然年近四十，却也风韵犹存，气质优雅，只是给人感觉有点任性。

接到 110 指派的求助警情，我们立即赶到他们家。一见到我们，女士就哭哭啼啼，让我们为她做主，劝劝她老公，不要让老公和她离婚。唉，警察是万能的吗？离婚不离婚法院判决，警察不管离婚的事情啊。看来这位富贵姐真是没辙了，才想到了报警。

男主人很热情地招呼我们进屋说话，而且很客气地端茶倒水，这让我们俩也不好意思立即离开。毕竟人家报警请求调解，那我们暂且当一次和事佬吧。我和搭档王对视了一下，刚好这会儿没其他重要警情，索性就坐下来，听那位姐诉说他们之间的是非曲直。

两人相爱时，涵养男在富贵女老爸手下当差。富贵女的老爸惜才，将爱女下嫁给涵养男。后来，涵养男不愿被机关生活束缚，于是下海经商，在富贵女老爸的关照下，经过几年奋斗，事业如日中天。据富贵女说，涵养男刚结婚时对她特别好，事事都听她的。每次吵架，也都是他主动低头认错，可是，这几年他有钱了，就不在乎她了，她说的话更是被当成了耳旁风。前几天因为他喝酒的事，她说了他几句，结果他骂了她，最后两人厮打，两败俱伤后，她主动提出了离婚以威胁他，目的是想吓吓他，结果没想到他竟然同意了。现在，她后悔了，诉状也撤了回来，但是他不肯原谅她，坚持要离婚，富贵女希望我们警察能帮忙劝劝他。

　　我明白，这事，不能听一个人的，还要听另外一个人说说，两人都说出心里的委屈来，我们才能做到心中有数。什么是调解？就是让双方在有条件地让步的同时，解开他们内心的疙瘩。

　　涵养男说富贵女说得也对，也不对。这么多年，她从来都不顾及他的感受，总是一副富贵小姐的样子对他颐指气使，对他做事更是指手画脚，从来不考虑他内心的感受。他说，为了孩子，为了家，他都容忍了，一直迁就着、纵容着她。

　　前几天，来了一个大客户，他尽地主之谊时喝多了。回家后，她就一直闹，还质问他跟哪个狐狸精鬼混去了，说要不是靠她老爸，他现在还不知道混成什么惨样儿。当时他心里特恼火，就骂了她几句，让她不要太过分。其实，老爷子前期确实帮过他，但是，他今天的成功，更来自于自己的勤奋和努力，她不这样理解，动不动就拉出来她爸爸打压他。这让他忍无可忍，于是两人大吵一架。本以为，过两天就会和解，谁知道她竟然找了个律师，一纸诉状告到了法院，请求判决离婚。等知道后，他万念俱灰，想想这几年自己内心的痛苦，觉得倒不如早点解脱了好。于是，他同意离婚，结果她又反悔了，跑去法院撤销了诉状，结果，光案件受理费就花了不少钱。他叹了口气，对我们说："民警同志，你们说她这样闹来闹去，有意思吗？"

呵呵，我算是明白了。"富贵而骄，自遗其咎"，此言不虚啊，但是我看两人还都算明理，不妨给他们说道说道。于是，我将富贵姐拉到一边，将其不顾老公感受，自以为是，不体谅老公的难处等等不是，一一说给她听，说得那位富贵姐连连点头称是，并保证以后不再无事生非，一定会好好照顾老公和孩子。

转回头，又劝说涵养哥，女人也是因为爱他，才会责怪他喝酒，至于拉出来她老爸压他，也不过是心虚的表现。因为害怕失去，所以才会闹离婚以吸引他的注意。说到底，还是在乎他，舍不得他。作为男人，要理解她，而且从谈吐上来看，她也不是那种胡搅蛮缠的女人，况且俩人孩子正在读高中，为了孩子，也是为了家庭，还是不要闹了。其实，人都有缺点，过日子不能讲太多的理，要多讲一些爱，等等。我把自己那点对婚姻家庭的见解，一股脑都说给涵养哥听。

涵养哥沉默了很久，笑着对我们说："没想到你们俩民警看问题能这么深刻，呵呵，说得挺有道理的。我是一时气不过，也是心疼离婚案件受理费那几万块钱。今天给你们俩警察同志面子，我就不和她闹了。"

听涵养男这么说，富贵女红着脸跑过来说："谢谢老公，谢谢你们警察同志，我和老公请你们吃饭。"

见俩人都破涕为笑了，我和搭档王说："吃饭就免了，你们能好好的，就是对我们工作的最大支持。"

有时候，群众相信警察，即便有些工作不属于我们的职责，还是要去做的，否则，便会降低警察在群众中的信任感。想做好巡警这份工作，不仅要有勇敢面对恶徒的胆量、强烈的责任感、见机行事的机敏，还要学会倾听，要懂得心理学，还要懂得婚姻学，呵呵，要学习的东西还很多啊。

打的就是你这禽兽

2010 年 11 月 27 日   星期六

天热起来了，临近中午，穿得不少的我浑身冒汗。

我抱怨："这鬼天气真是是不正常，昨天还冻得发抖呢，今天突然这么热了。"

搭档王扭头看了我一眼说："心静自然凉！"

我说："老王，你活得这么淡定，应该成为一个居士或是隐士，当巡警太委屈您了！"

搭档王把摩托车停下，摘下头盔，擦了一把头上的汗说："大隐隐于闹市，懂吗？就拿我们俩来说，每天都遇见那么多让人堵心的事儿，如果没有居士的修养，没有隐士的坦然，能静下来心平气和地调解吗？"

我笑着说："切，风马牛不相及，这都不挨边，哪儿跟哪儿啊！"

说话间，110 派警，某旅行社有人动手打人。

搭档王笑笑说："凡是动手的人，我感觉都与淡定无缘，全是：都市闹客！"

我撇撇嘴说："得，从此以后世界上又多了一种客人。"

打人的现场位于一旅社的三楼，报警的是该旅社年约四十的女老板，姑且称之为可怜姐。来到三楼，见一男子正辱骂一位七十多岁的老人。走到近前，闻见男子身上刺鼻的酒气，只见他头发凌乱，嘴角发白，脸色显得有点乌黑。虽然脚步不稳，一摇三晃，嘴上倒很利索，对着那位老太太正骂得起劲。

我和搭档王立即上前制止该男子撒野，把他拉到一边。

喝多了闹事的人我见多了，撒酒疯的人我也见过不少，但是，我第一次见喝酒后丧失人性的人。不管清醒还是醉酒，如果辱骂一个七十多岁的老太太，而且骂得不堪入耳，这样的人，其实应该称之为禽兽，不知您认为恰当否？

在搭档王稳定禽兽哥的情绪时，我连忙询问可怜姐情况。可怜姐说这个男人打了她，打得非常狠。其实她不说我也可以看出来，她脸上青一块紫一块的，头上还有一个鸡蛋大小的肿块。

我忙问："你们俩什么关系，他为什么打你？"

可怜姐说："我们俩没关系。"

听可怜姐这么说，正和搭档王说话的禽兽哥勃然大怒，骂到："去你妈的吧，我弄不死你，跟我睡了十来年了，我们没关系？我跟你娘睡觉行不行啊，我天天和她睡觉行不行？"

禽兽啊，我见的禽兽多了。但是，今天这个禽兽如此恶行，确实少见。

我过去呵斥他让他老实点，他却转身跑进房间里，拎出来一个凳子，朝着可怜姐就要砸，可怜姐忙躲到我身后，搭档王过去拦住禽兽哥，夺过凳子，拉他去一边。

这时，治安中队的同志也赶到了，来的是两位老同志。老同志一看是他们两个，对着禽兽哥呵斥："又是你啊，喝了二两又不老实了不是？"

看来这位禽兽哥不是第一次闹事了。

老同志对可怜姐说："走吧，你和你娘都下楼吧，让他自己清醒清醒。"

我很迷惑，对老同志说："这位大姐说他们俩不认识。"老同志对我说："他们俩是夫妻，夫妻吵架，闹过好几次了。"

可怜姐显然很不满意老同志的处理方法，说："他都把我打成这样，你们不能不管啊。"

老同志问："咋管，我们给他拉回去拘留了，你同意不？真拉走你可别再后悔啊。"

可怜姐说："我和他没关系，你们拉走他拘留吧。"

俩老同志转身对禽兽哥说："那好，走吧，下楼去吧。"

禽兽哥说："你们别拉我，头落地碗大的疤，你们有种枪毙了我。"

搭档王说："你拉倒吧，既然你这么牛，那你自己走下楼，让我们看看你喝没喝多。"

别说，禽兽哥摸着墙，还真跟跟跄跄走了下来。

既然下来了，那就上警车吧。这会儿他清醒了，死活不上车。老同志伸手拉他，他一把将老同志推开。搭档王过去帮忙，他一把拽住搭档王的腰带，死活不松手。嘴里狠话不停："你们别欺负我，逼急了我杀了你们。"

如果说之前在楼上，他对我们警察还有点畏惧，这会儿，已经彻底撕破脸了。连踢带骂，还往我们身上吐唾沫。

喝多酒的人最难缠，半清醒半醉之间，力气特别大。我手里拿着电台还有处警登记本，所以一时没插上手，眼见他们三人弄了半天也没将禽兽哥给拉上警车，反而俩老同志身上满是被踢的痕迹。

没办法，上面有规定，民警对群众应该是打不还手，骂不还口。他们三个只能应付，不能还击。

看见醉汉骂警察，踢打警察。一些围观的群众却显得很是兴奋，指指点点看着"笑话"。有一个老大爷对我说："你们警察是干啥吃的，都不会把他摁倒？真没用！"

唉，其实我早就出离愤怒了，这禽兽辱骂老人的那些话，一直刺激着我的神经，管不了那么多了！

我将手里的东西放在一边，见禽兽哥还在挣扎，冲过去从他身后一脚蹬在他后腿窝处，边蹬边喊："还有点规矩没？光天化日下辱骂老人殴打妻子，你还打警察，翻天了你还！"

可能受到我的鼓励，搭档王猛用力将他摁倒在地，顺手掏出手铐给他铐上，老同志拉开车门，我们把他抬进警车。

如果我的行为让一些人害怕或者反感的话，那就随便去举报我吧。该出手的时候不出手，还有什么警威可言？

在治安中队，那位可怜姐对我说出了实情。她离婚后和禽兽哥认识并同居十来年了，禽兽哥老家还有妻子孩子，他和她只是同居关系，但是他们已经有一个四五岁的女儿了。这两年禽兽哥做生意一直不顺，天天找她要钱，稍有不顺心就去喝酒，喝多了就回来辱骂老人，打骂孩子，对她更是不客气。今天他喝完酒了又来要钱，她没给，他就开始打她，还辱骂她七十多岁的老娘。

我问她："那你认识他的时候，不知道他有家有口吗？"

可怜姐显很不好意思，说："当时我知道，我明白我自己也不光彩，所以没好意思对你说实情。"

我叹了口气，和搭档王走出了治安中队。这可怜姐也太不值了，自己和孩子受罪不说，连七十多岁的老娘还跟着受骂，现在想摆脱这个禽兽，又岂是那么容易就能解决的啊！当初她心甘情愿做"小三"的时候，想到这些后果了吗？而那禽兽哥，打人、辱骂老人可以拘留，那么重婚罪，恐怕是要用更为严厉的法律手段来制裁他吧。

对于他这样没人性的禽兽，我很是无语。为什么警察不能打人呢，不然，我怎么也要给他几个耳光，替他父母补上家教这节课。

酒后乱性遭群殴，销售竞争惹乱战

2010 年 11 月 28 日　星期日

中国酒文化源远流长，在历史上既有酒星造酒的美丽神话，也有猿猴采花酿酒的美丽传说，还有人类造酒鼻祖仪狄的动人故事，更有杜康造美酒的千年佳话。有故事说，仪狄造出美酒后，献酒给大禹，大禹王饮罢心神伤，想到后世将会有多少人会因饮酒家破国亡，于是禹王颁发禁酒令。遗憾的是，后世子孙不遵禹王的遗命，到夏桀王那里开始就因纵酒（当然还有美色）而祸国殃民。

> 巡警胡乱诗词赋，自此湿人美名扬。
> 还有几句劝世人，男女老少多思量：
> 对酒当歌人生乐，饮酒有度才高尚
> 适量饮酒健身体，贪杯喝醉身心伤
> 更有酒后闹事者，酒后乱性家破亡
> 酒后驾驶出事故，一命呜呼难还阳
> 酗酒打架伤无辜，稀里糊涂进班房
> 我说此事您不信，且看下面醉儿郎。

今天接到报警电话赶到现场时，见一中年男子烂泥一样卧在路边一辆面包车边，众多看客早已将道路堵塞得严严实实。看客中有几位身强体壮的男子声音特别高昂："大家都来看啊，看这位耍流氓的大哥啊，看看他长什么样子哟，特别是各位女性朋友，一定要看清楚这位色狼哟，见了他可要躲着走，别让这流氓占了便宜。"

搭档王边疏散围观的群众边制止他们起哄，我找到报案人王妹妹询问情况。事情原来是这样的：王妹妹家今天有人做寿，去某饭店庆祝。饭局结束后，大家陆陆续续离开，王妹妹见她弟弟不在房间内，便去洗手间找。到了洗手间门口喊了几声弟弟的名字，弟弟没出来，却出来一位大哥，大哥上来就骂："你她娘的喊啥呢喊？"王妹妹说："你骂我干啥，我找我弟弟呢。"大哥说："我不但要骂你，我还打你呢！"说完拉过王妹妹就是左右开弓两巴掌。王妹妹被打晕了，还没反应过来，大哥又把她拽倒在地，压上去就乱摸，耍起了流氓。

挣扎半天，王妹妹终于起身跑出来，给几个亲戚打了电话。亲戚中难免有年轻且身强力壮者，于是将流氓哥从饭店拽了出来，并拨打了110报警。

再看地上那位醉卧的流氓哥，早已进入了梦乡。看他那沾满脚印的衣服，我想，王妹妹那几位亲戚的脚是没少照顾他的。

问完王妹妹，我又问谁是醉酒汉的家属，这时，从人群中走出来一位大姐，怯怯地说："今天我请这位朋友吃饭，他可能喝多了，平时这人很老实，也没干过啥坏事，今天也不知道中啥邪了。"

唉，怎一个酒字了得。我正想将流氓哥喊醒问问情况，这时，治安中队的同志过来了，我便对他们介绍了情况，然后和搭档王疏散人群疏导交通。

没别的说，拉回治安中队，接受处理吧。两位治安中队的同志抬不动那位流氓哥，可别忘了，还有王妹妹那几位年轻力壮的亲戚呢，他们上来二话不说，带抬带拖把流氓哥送上了警车。

等流氓哥酒醒了，到拘留所悔去吧。

从出的打架、闹事加上今天这起耍流氓的警情来看，很多都跟酒有关系，酒不是不可以喝，要适度。养生、增进感情也还是不错的，非要一醉方休，非要酒逢知己千杯少，推杯换盏情意长，非要心为酒杯杯为床，到头来出了事，后悔晚矣。

有人给我留言：你每天去公园巡逻，是不是趁机去逛公园啊？可是自从我和搭档王每天加大了对公园的巡逻力度以后，至少在我们俩当班的时候，公园就再没出现过一次被偷的情况。

今天星期天，傍晚来临时，搭档王骑着摩托车沿着小路满公园转，边转边问我："咋样，我骑摩托车水平还可以吧？"

"岂止可以，那是相当不错！"我很少夸人，但搭档王嘛，可以夸。

正在这时，110派警，某某卖场有人打架，两人不敢怠慢，立即驾车前往，还没走出两百米，110派警员又指派，打架的人边打边沿着某某路向西走了。

我们迅速赶到打架现场，跳下摩托车，拎着头盔跑了过去。

现场十分混乱，不算看客，参与打架的男男女女大概有十五六七八九个。数学学得不好，加上天有点黑，我看得不是很清楚。见我们来到，正争吵打闹的双方也没停下来的意思。

我停下来，扯着嗓子喊："都给我停下来，警察来了，谁动手我都看见了，看谁还动手。"这一嗓子声音必须足够高，没办法，这么混乱的场面，不拼命喊，震不住场子。

我的吼叫声起了作用，正打闹的双方顿时停了下来。两边的带头的人，主动过来向我们说明情况。我说："都别急，参与打架的都给我靠墙边站好，分开站，有事说事，谁都不能再动手！"有几个听话的，陆陆续续靠着路边的墙站成了一排。

我和搭档王将参与打架的两边领导分开，一人问一边。

报警的促销姐说，她是一家电器公司的促销员，下午下班时，她怕另一家电器公司的人会打她，所以，就让老公和女儿来接她。结果下班时，他们刚出门，就有一伙人冲过来打他们，所以她就报警了。我问她："你提前就知道有人要打你？"她说："知道。"我问："因为啥要打你？"她说："因为他们公司的促销员卖不出去东西，我一天卖二十台，她一天才卖出一台。"我又问："没别的原因了？"她说："没了。"

本着偏听则暗，兼听则明的指导思想，我和搭档王交换，又去问另一边的领导。另一边的领导说，他们是国内某某品牌电器公司的。他们公司和促销姐的公司在同一个卖场，是邻居。促销姐和她老公天天抢他们的生意，还欺负他们促销员，他们的促销员是个小女孩，促销姐的老公天天骂小女孩，还威胁她说，如果敢抢生意，将对小女孩不客气。今天是促销姐家里的人过来找事，见了他们就骂，还动手打人。

见两边的人说着说着又要动手，我又恼又气，对他们说："以前黑社会喜欢打架，现在连黑社会都不打架开始学会做经营了，你们这做生意的倒好，不好好经营，倒学起来黑社会打架了。打架吵架能解决问题吗？如果打闹能解决问题，那还要法律干啥？"

本来还想多批讲几句，治安中队的同志开着警车呼啸着赶了过来。

我对着这一群打架的人说："好，今天我请大家免费坐警车，都别客气啊，来来，都过来吧！"

治安中队的同志简单问了问情况，将警用皮卡车的后备厢门打开，让他们都进去。打架的人太多，后备厢都塞得满满的还没装完，治安中队的同志说："其他的自己主动到治安中队接受调查，就不要麻烦我们请了，现在就过去，地点在 xxx 路路口。"

看着警车拉着一后备厢"黑社会"的人离开，我真是感慨而又无奈。打架成本可不是一时半刻能算清楚的，反正进了治安中队，不是去姥娘家舅舅家。

记得陶朱公的《商训》里有这样几句话：天为先天之智，经商之本；地为后天修为，靠诚信立身；人为仁义，懂取舍，讲究"君子爱材，取之有道"。

做生意靠打架是不行的，也许，那些品牌电器的老总们在宝马车和五星级酒店里发号施令的时候，也应该想想这些底层的员工。为了一点销量，这些员工在街头跟斗鸡一样，你揪散了我的头发，我打碎了你的眼镜，让路人看尽了笑话。这些老总们，是否应该想办法提高员工素质而不是一味追求销量呢？

　　顺口溜曰：

　　　　好人失控耍流氓，酗酒调戏花姑娘。
　　　　此事古来不寂寞，统统都要进班房。
　　　　品牌电器不咋样，当街打架逞凶狂。
　　　　经商要学中庸道，做商做人莫张扬。
　　　　人间自有公理在，商道人道都一样。

冲动是魔鬼，一脚踹出七百块

2010 年 11 月 29 日　星期一

今天早上八点四十分左右，正当我和搭档王走访沿街商户时，接到110派警：某某路一辆车被砸。

我俩不敢怠慢，三分钟后到达现场，了解情况为：某男子驾驶汽车带儿子去体检，儿子进医院后，该男子把汽车停在医院对面的商店门口，然后躺在车里睡觉。店老板八点半上班后，见门口有一辆车，看看四处无人，飞起一脚踹过去，将汽车右边车身踹进去个深窝。司机被车子警报声惊醒，忙下车察看，看到爱车右前方有一处凹陷，顿时恼火，伸手拉过店老板，两人理论起来。后来，司机见商店老板没有赔偿的意思，想起来有事找民警，于是拨打了110。

我和搭档王赶到后，便把司机和店老板喊了过来，想给他们调解一下。这个事情一看就是店老板理亏，没想到，店老板还挺倔，一直和司机吵个不停。

店老板说："大早起把车停在我门口，还让不让我营业了？"

司机说："你说一声，让我挪开不就行了吗，为啥非要拿我车撒气？"

店老板理直气壮地说："我没看到车里有人，你把车停这儿就是不对！"

司机说："我来的时候也没见你开门，也没影响你生意，你把我车踢了个坑，你要赔钱！"

商店老板说："我就是不赔，你爱咋地咋地！"

了解完情况，我将老板拉到一边批评他说："换个角度想想，如果你是司机，你会怎样想呢？再说，你也还没开业，车子离店门口也还有一段距离呢，不至于影响生意啊。你二话不说就把人家车踹了个坑，这行为确实不妥啊！"

店老板听我说完，低头不再说话。我想他也是自知理亏，只不过见人多，为了面子，不肯低头。

老板娘倒是个明白人，朝老公肩膀狠狠捶了一把，骂道："你个倔驴，让你逞能！"

老板娘转过头对着我们说："警察同志，我们做错了，我们赔钱。"

我说："老板娘，您是明理人，过去给司机赔个礼道个歉，让司机消消火，赔点钱就行了！"

我又转身找司机，对司机说："你也消消火，你的心情我能理解，但是问题出来了，总要解决的，这样一直吵闹解决不了问题。不过呢，你的车停放的位置确实不合适，他踢车更不对，我已经批评过他了，他们也同意赔钱，你打电话问问修理厂，看修复需要多少钱。"

老板娘也满脸赔笑地说："对不起了大哥，我家那口子因为家里的事儿，这几天气不顺，总是爱发火，我给您赔礼道歉，对不起了！"

司机说："早这样说嘛，看你老公那态度，就不是解决问题的态度，既然你这么说，那我打电话问问。"

打了一通电话，司机说："修理厂说要一千块钱。"

店老板娘说："大哥，我也是个老司机，多少也修过几次车，一千块钱太高了，您再问问，看能少点不？"

司机说："那还有误工费、来回修车的打车费呢，总不能让我赔钱吧？"

老板娘说："既然您这样说，那我们赔您七百块，如果行了咱就这样办，如果不行，那就让警察处理。"

司机看看我，我把他拉到一边问："修理厂说修车多少钱？"

司机说："修理厂说大概四百块钱。"

我说:"你看老板娘一直道歉,那老板也躲在店里不出来,也是感觉自己做得过火了。你也宽容点儿,差不多就行了。"

司机说:"唉,那行,就这样吧,不过你们一定要批评店老板,他也太猖狂了。"

然后,老板娘给了司机七百元,司机接过钱,把车开走了。

我走进店里,对商店老板说:"老兄,冲动是魔鬼,一脚七百块啊!以后注意点儿吧,今天是看你老婆态度好,要不给你拉到治安中队,今天上午生意是做不成了,车还必须要给人家修,你说亏不亏?"

店老板满脸通红地说:"我这几天心情不好,说实话,这事是我做过头了,实在抱歉,麻烦你们两位了!"

处理完毕离开现场后,搭档王说:"让他赔七百真不算多,他踹车的时候如果车主真没在车里,那一脚是不是就白踹了呢?等车主发现车被踢坏,他会承认吗?像这样的人就应该接受惩罚!"

想想搭档王说的也很有道理。大多时候,在众目睽睽下,在有眼睛盯着我们的时候,我们都会做得很好。当没有了监督,没有了约束,我们是不是也会像店老板那样随意放纵自己的行为呢?又有多少人可以真正做到慎独呢?

老兵哥送给小学生的答谢礼

2010 年 11 月 30 日　星期二

《菜根谭》里说：涉世浅，点染亦浅；历事深，机械亦深。是故君子与其练达，不若朴鲁；与其曲谨，不若疏狂。

意思是说：涉世不深的人，阅历浅，沾染的不良习惯也就少；人随着社会经历的丰富，内心变得复杂而难以捉摸，权谋奸计也增多。所以，一个坚守道德准则的君子，与其精明老练，熟悉人情世故，不妨朴实笃厚；与其谨小慎微曲意迎合，不如坦荡大度，不拘小节。

天真无邪的童真、童趣是我们每个人都喜欢的，但在成长的路上却被我们渐渐遗失，并美名其曰：我们是越来越成熟。

今天接到派警称某小学门口有一男子要强行闯入。我和搭档王接警后急忙往现场赶，回想去年某地幼儿园门口发生那些流血事件，我提醒搭档王要提高警惕，以防不测！两人刚到小学门口，门卫老张就迎了出来，神色紧张地说："你们快看看吧，那个男的非要学校往里闯。"

搭档王问："怎么回事，是学生家长吗？"

张大伯说："不是，这个人我都没见过，他说他找三年级一班的徐笑笑，我问他们啥关系，他说要来感谢这个学生，说是这个学生帮过他，我也不知道真的假的，害怕出事没让他进，他一直纠缠，我就报了警！"

说话间一男子迎了过来，满脸堆笑对老张说："你看你这位同志，还把110喊来了，我真是来感谢那个孩子的，您怎么就不相信我呢？"

此人年约五十，手里拎着包，上身穿一件灰色风衣，下身穿牛仔裤，脚穿一双休闲鞋，看上去不像是莽撞之人。

搭档王走过去问他："你身份证带了吗？给我看看。"

男子笑着掏出身份证说："我理解，我理解。这是我身份证，我姓李，我可是个好人啊警察同志，千万别误会。我是来这里找一个叫徐笑笑的小朋友的，昨天他帮我忙了！"

搭档王接过身份证对其进行核验。

我问老李："是吗，徐笑笑帮你什么忙了？"

老李笑着说："我理解你们的工作，不过说出来怕你们不相信，徐笑笑昨天替我刷公交卡了。"

又见我一直盯着他的包，老李将包拉开，从里面掏出一套书递给我说："这包里装的是一套书，是我送给他的礼物。"

我笑笑说："我没别的意思，请你理解我们的工作。"

老李说："理解理解，不过我今天真是要见到这个好孩子，要不我心里不安。"

搭档王将身份证递给他问："你一个大人，怎么让小学生替你刷公交卡呢？"

老李很不好意思地说："那我慢慢给你们解释解释吧，不过解释完，你们警察要帮忙让我见到徐笑笑。"

我笑笑说："你倒和我们讲上条件了。呵呵，不过如果事情真像你说的，我们帮你，放心吧。"

老李给我们讲了这样一个故事。

老李是外地的，来这个城市参加每年一度的战友聚会。昨天下午，他接到战友电话，电话里战友告诉他聚会饭店地址，并告诉他从他住的宾馆乘坐公交车到饭店要比打出租还快。老李从宾馆出来就去等公交车，等了一会儿见来了一辆公交车就挤了上去，车关门了，见大家都投币，他摸了半天才发现钱包忘在宾馆了。见老李没投币，女司机问他怎么回事，老李很不好意思地说："我忘记带钱包了，实在不好意思。"

女司机说："看你也不是那种故意逃票的人，不过不投币可不行啊。"

老李说："那不行你给我留个电话，明天我加倍还给你行吗？"

女司机说："我没这个义务，你下一站下去吧。"

一句话说得老李很是尴尬。周围的人都以异样的目光看着老李，让他恨不得找个地缝钻进去。

这时，几个背着书包的小学生挤过来说："阿姨，阿姨，我有公交卡，我替叔叔刷卡！"说完挤着往刷卡机前去。冲在最前面的一个小男孩儿用胸前的卡在机器上刷了一下。其他的几个孩子顿时显得很失落。老李很是感动，拉着小男孩儿问叫什么名字，哪个学校的。小学生脸红红的就是不说，他几个同学凑过来嘻嘻哈哈地说："他叫徐笑笑，是某某路小学三年级一班的，我们都是一个班的。"老李连声说谢谢。

到了聚会的饭店，老李给几个战友说起这事儿，战友们都说应该好好谢谢这个孩子，现在雷锋同志很少见了，大人们似乎都忙着赚钱了，很少有人管闲事，像这样的孩子应该受到表扬！

老李今天一大早就打车去了图书城，给孩子精心选了一套少年读物，想着来学校就可以找到孩子，结果让门卫老张给拦下来了。

听他说完，我和搭档王也被感动了。门卫老张说："请你多理解我的工作，毕竟我不认识你，看你提着包非要进去，我也要为孩子们的安全负责啊。"

老李笑着说："老哥您做得对，我没责怪您的意思。"

我说："放心，这个忙我们一定帮，走，我带你去找他们校长。"

以前当交警的时候，我经常给孩子们上交通安全课，还兼任过法制副校长，所以跟学校的王校长很熟悉。

我们走进王校长办公室对他说明情况，王校长拉着老李的手说："孩子们能这样做我这当校长的也感觉脸上有光啊。你稍等，马上下课了，我去帮你找这个孩子来！"

没一会儿，王校长和一位女同志拉着一个小男孩走了进来。

老李一见就过去弯腰拉着孩子的手说："谢谢你了笑笑，还记得叔叔吧？"

徐笑笑小脸红红地说："记得！"

老李从兜里掏出一元钱递给孩子说："给，这是叔叔还你的钱！"

笑笑还想挣脱，老李有点着急地说："孩子，这钱你一定要拿着，这是叔叔还你的钱。"

王校长也说："拿着吧孩子，呵呵，叔叔来学校就是为了还你钱的！"

笑笑接过钱说："谢谢叔叔！"

老李哈哈笑着说："应该是叔叔谢谢你，来孩子，叔叔给你买了一套书，希望你喜欢。"

笑笑说："不要，我不要！"

老李说："怎么能不要呢，叔叔专门去图书城给你买的，这书你一定要收下！"

笑笑看看身边的女同志，女同志对老李说："您好，我是孩子的班主任，您的心情我能理解，但是这书我看就算了吧！"

老李说："怎么能算了呢，您是不理解我当时的心情啊老师，当时别提多尴尬了，是这个孩子给我解了围。我不能白让孩子做好事，我必须要给他鼓励！"

老李说完抬眼看我和搭档王。我看了看王校长。

王校长哈哈笑起来说："该收，这书该收，我们应该鼓励孩子们做好事。我想把这套书收下来，下次开全校学生大会，我要向孩子们展示一下，让他们知道，这个社会不像我们某些大人说的那样，这个社会是充满阳光的，是需要善意的。当别人遇见困难时，我们力所能及地帮助别人。"

老李情绪激动地说："还是校长有水平，我就是这个意思。"

说完，老李将书递给校长说："那书就先放校长这儿，不过展示完，一定要给笑笑，让他和他们班里的同学一起看吧。"

王校长哈哈笑着说："放心，放心，一定会的。"

女同志对笑笑说："还不快谢谢叔叔！"

笑笑跑到老李面前鞠了一躬说："谢谢叔叔！"

老李连忙拉住他说："看这孩子，真懂事。"

出警完毕，搭档王很感慨地说："很多孩子做的事儿，让我们大人感觉脸红。"

我说："是啊，当我们教育孩子的时候，真该去从孩子身上学习一些我们所丢掉的东西。"

事情虽小，却能折射出我们内心的真实。勿以恶小而为之，勿以善小而不为。没有谁的心是荒漠，没有谁的心是坚硬的石头！社会的温暖靠一些人的力量显然是不够的，它需要你，需要我，需要我们大家都拿出来自己内心深处深藏的那抹善意去奉献。

巡警也要懂点心理学

2010 年 12 月 1 号 星期三

今天出了十几个警，有打架，有纠纷，有求助，有遇到骗子的。

从上班到下班一直在不停出警，用搭档王的话说，这还让不让人上厕所了。呵呵，不夸张。

先说求助的警吧，求助的是一位老人，趁着家人上班，自己出来遛弯，结果找不到家了。幸好老人兜里还揣着儿子的手机号码，因为这个老人之前就有过迷路的情况，让民警费了好一番劲才送回家。自此，老人每次出门身上都揣着儿子的手机号，今天又迷路了，索性打了 110 求助。见我们赶到现场，老人兴奋地向我们俩挥手，像是见到了亲人。老人身边站了几位群众，对我们说这老头只认警察，他们说帮忙联系儿子，老头还不让。

我和搭档王了解完情况后，忙给他儿子打电话。半小时后，老人的儿子赶了过来，对着老人就是一顿数落，说他总是不听话，说好了不一个人出门的，又跑出来了之类的话。我就制止他："老人一人在家没意思，出来转转也是应该的，不要这么说他。"他儿子说："您是不知道，我爸他经常迷路，他都让你们民警给我打过四五次电话了，我都不好意思。"我和搭档王都笑，老头更是像个孩子，不停地朝我和搭档王笑。我顿悟，原来他不让别人帮他给儿子打电话，更多的原因可能是因为有警察在，他儿子不会对他太凶，呵呵，老爷子真是够"狡猾"的。

现今社会，老人独守空房不再是个别现象，孩子都为自己的事业出去奋斗，一个孤单的老人守在家里，确实是一件很痛苦的事情。在责怪老人不该自己乱跑的同时，也要想想我们自己，到底为父母做到哪些了。多分点时间给渐渐老去的父母吧，他们有时候只需要一些简单的陪伴。

近期，在调解纠纷的时候，我和搭档王发明了一个新方法。这个方法我称做熄火法。

因为我们接触到的纠纷里，大多都是因为双方都在气头上，为了一口气，争来争去，彼此互不相让，最终导致矛盾无法调和，以致非要让警察来解决。

在运用熄火法调解矛盾的时候，搭档王还运用上了心理学。他说，一般群众报警后，都会有这样的想法：如果警察多和自己说几句话，就会感觉警察更偏向自己一些，这样他们就会放松自己的敌对情绪。我感觉还是有一定道理的。于是在今天的出警过程中，有针对性地进行了试验，结果发现还是有积极意义的，今天的四起小纠纷全部调解，顺带将一起打架也给调解了。

打架现场在一条商业街上，我们赶到时两人还在撕扯。一位五十多岁，一位二十多岁，两人边撕扯边对骂，你骂我小混蛋，我骂你老混蛋，要说真打吧，也不是那种打得鼻青脸肿的，只是互相拉来扯去。

将两人分开后，我和搭档王开始询问情况。年轻人说："我站在他商店门口和一个朋友说话，他让我滚，然后还过来打我。"

年老人说："你影响我生意了，我不让你滚？我没打你，就拉你让开而已。"

我问年轻人："你是来买衣服的？"

年轻人说："不是，我是这旁边看车的。"

我问："那你们俩认识？"

年老人说："认识，咋不认识啊，认识都两三年了。"

搭档王问："你们身上都有伤没？过来我们看看。"

年老人说："我没事，没受伤，其实我们也怎么没打，就是推了几下，我不跟他一般见识。"

年轻人说："我有事，你打得我耳朵嗡嗡响，你要给我看病。"

搭档王问老年人："您真没事吧？"

老年人笑着说："真没事，开始是闹着玩的，结果他恼了，当真了。"

年轻人说："你侮辱我人格了，你凭啥让我滚？"

年老人说："你影响我生意了，我让你滚咋了？"

我和搭档王一使眼色，装模作样，似乎和他们有悄悄话说一样，将两人一边拉一个拉到很远的地方，开始运用心理战术。

我拉过老年人，说："我天天在你们这条街上巡逻，经常从你门口过，感觉你这人整天笑眯眯的，性格挺好的。"

老年人说："呵呵，那是，我是个老实人。"

我说："嗯，你不说我看面相也能看出来，但是，今天这事，你绝对有责任，肯定是你语言上先冲撞他了，才让他恼火了。"

老年人说："是，我不该让他滚。呵呵，我就是烦他，年轻小孩儿，跟老头老太太似的，整天在这里看车为生，丢人。"

我说："那就是你不对了，人家做什么工作，自有人家的想法和道理，咱做好自己生意就行了，对吧，何必对人抱有成见呢。"

他说："倒也是，我不该骂他。"

我说："那就对了，你看现在，他说你打得他耳朵嗡嗡响，如果非要让你去跟他看病，那派出所就要介入，今天你这生意可要受影响了。这都是小事，你看你这么大岁数了，让店铺邻居说你欺负一个孩子，你这面子上也挂不住，对不对？"

老年人连连点头称是。

我接着说："要不这样，我帮帮你，如果他真没啥大事，你给他赔个礼，道个歉，这个事就算过去了。"

老年人说："行，听你的。"

于是我来到搭档王那边，搭档王对我说："这老弟说了，现在耳朵也不响了，就是当着这么多人被人骂，如果不要个说法，面子上过不去。如果那老头能赔礼道歉，他说就算了。"

于是将两人拉到一起，老人说："小刘，真对不起了，你看我昨天喝高了，刚刚那会儿酒还没完全醒，说话有点儿冲，你就别跟我这老头子一般见识了。"

年轻人撇了撇嘴说："你早这样说，我都不和你啰唆了，真是的。"

见两人情绪缓解，气消得差不多了，我过去把两人手拉在一起，模拟幼儿园老师的口气说："握握手吧！大家一起握握手，以后还是好朋友。"

听我这么说，看热闹的群众哄堂大笑起来。两人也不好意思了，笑着握了握手。

问题解决了，于是让他们在出警记录上签字后离开。

在离开的路上，我问搭档王是咋让年轻人消气的，搭档王说："年轻人说其实他耳朵根本没响，就是想争口气，非要让老头进派出所处理。后来我听他口音和我很像，我就和他攀了个老乡，说一定要给他出气，让老人道歉，他高高兴兴就答应了。"

我问："你俩真是老乡？"

他说："你也信了？"

唉，这老王，为了处警，连老乡都乱攀认。看来这老乡骗老乡，两眼泪汪汪啊。呵呵。

不过，我想，这些已经不再重要，重要的是我们让他们双方欢欢喜喜自觉接受了调解。

从接警到处警完毕，我们只用了十来分钟。如果不想办法调解，让派出所出警，那么闹一上午甚至一天也有可能。

看似简单的工作，如何做好，还真有学问，在以后的日子里，真应该多琢磨琢磨，多看点心理学方面的书，这样不但提高工作效率，还能少给群众增加负担，一举两得。

下班和搭档王回去的路上，见他一句话都不说，我问："你今天咋了，怎么这么沉默呢？"

他说："你说了一上午还没说够？要不要再去出俩警？"

有时候看着他这么老实的人，说出的话咋也这么狠呢？呵呵！

识破电话诈骗的小伎俩

2010 年 12 月 2 号 星期四

今天要说的这起警情，报案人姓杨，是一位二十多岁的女士。杨女士在一家公司做行政经理，她不但学历高，而且心思细腻，办事能力也没得说。今天上午十一点钟，杨女士在家收拾行李，准备乘坐下午三点的飞机去外地出差。正当她哼着小曲，收拾着衣服时，突然手机响起，拿起来一看，是一个陌生的号码，接通后，手机那边问："喂？你是杨女士吗？"

杨女士说："是的，您是？"

手机里一个浑厚的男声回到："我是 xx 市公安局禁毒支队民警，我叫 xxx。"

杨女士想了想，没这样的朋友，随即问："您好，请问找我有什么事吗？"

手机："是这样的，由于你的银行卡牵扯到一起恶性毒品事件，经过我们刑侦部门侦查，你现在已经成为我们的保护对象，现请你配合！"

杨女士想，不会是电话诈骗吧，听说近来电话诈骗挺厉害的，于是问："我没做什么违法的事情，怎么会和我联系上呢？"

手机："对这件事，你不用怀疑，现在请配合我的工作。如果你的银行卡不及时受到保护，让嫌疑人盗用到现金，致使嫌疑人逃窜的话，你将成为他们的帮凶，将来也会被起诉，我不是和你开玩笑，而且我们的通话已经被录音，你自己看着办！"

杨女士迟疑了一下，想到最近自己银行卡确实被公司财务人员借用过，该不会真出了什么问题吧。于是问："我怎样才能相信你？"

手机："我打你手机显示的号码，你打我们当地的 114 查询一下，看是否是禁毒支队的号码，现在放下电话就查，我等会儿再打给你。"

杨女士挂断电话，立即按照手机的指示，拨打了手机来电显示号码的当地 114，经过查询，来电显示的号码，确实为当地公安局禁毒支队办公室的办公电话。

杨女士手心开始冒汗，电话刚挂断，那个号码又打了进来。

手机："现在你相信了吧？"

杨女士："哦，可我还是不明白这到底是怎么回事？"

手机："你现在不需要明白，时间非常紧急，你现在要绝对听我的安排。下午四点以后等嫌疑人抓获了，我会给你解释清楚，现在你必须按照我说的去做！"

杨女士心里开始发慌，忙说："好，你说吧，我接下来该怎么做？"

手机："你有工商银行的借记卡吗？"

杨女士："没有，我只有中国银行。"

手机："因为犯罪分子已经掌握了你身份证信息和你所有银行卡的密码，而我们公安机关目前只在工商银行有国家财务监管账号的业务，你现在立即去中国银行把你的钱取出来，速度要快，不要挂电话！"

杨女士答应着，立即出门打车直奔最近的中国银行。慌里慌张将卡里的三万多块钱取出来，然后按照手机的指示，又去工商银行办了一张银行卡。

手机："银行卡办好了？"

杨女士："办好了！"

手机："把你所有的钱都存进去。"

杨女士于是将自己的钱都存了进去。

杨女士："现在安全了吗？"

手机："不安全，你现在快去自动柜员机，我教你怎么操作！"

杨女士："好的。"

杨女士来到自动柜员机前。

手机："插卡，输入密码！"

杨女士："嗯，输入密码了！"

手机："看到左下角的英文键了吗，摁！然后完全按照我说的操作，这样你的账号才能被我们所代管。"

杨女士摁了一下，进入了英文操作界面。

然后在手机的指挥下，一口气将自己卡上的钱按照手机的指示转到了另外一个账号上。

手机："摁完了吗？"

杨女士："是的，都按要求操作完了。"

手机："好，你现在回家，下午四点后，监管会自行解除，谢谢你的配合。"

杨女士长出了一口气，然后把自己的历险经历打电话告诉一起出差的同事，同事觉得这件事太蹊跷，让杨女士再去查查自己卡里的钱。结果杨女士来到工商银行，一查询，傻眼了，卡里一分钱都没有了。

杨女士抱着怀疑的态度打了110。

你知道，这时我和搭档王才出场了。

如果当她接到骗子的第一个电话的时候，就拨打110，我和搭档王就可以帮到她。如果当她核实电话的时候拨打110，我们也有机会帮她。可她都没打110，而是相信了她的手机，相信了手机里那个男人的声音。

以她的英语水平，绝对可以看得懂自动柜员机上的英文是什么意思，可是她说自己当时慌里慌张的，都没仔细看，稀里糊涂就按照手机里说的去操作了。

我让她去自动柜员机按照当时的情况又给我演示了一次，当她摁到转账键的时候，自己哭了出来。

类似的警情，近来一直屡见不鲜。我们虽然一再提醒，包括银行的自动柜员机前，就张贴有我们公安机关的警告，但是，还是有人会让骗子得逞。

而关于那个来电号码的问题，也是骗子的新伎俩。现在有一些软件，可以随意显示拨打到你手机上的号码。

另外，骗子故意趁你心慌的时候，让你使用英文操作界面。由于对英文的生疏，通常是稀里糊涂就转账了。

最后，你的钱大多是被转到一个很遥远的地方了，当你痛哭流涕的时候，骗子或许正哈哈大笑呢。

再次提醒大家，如果有人告诉你：你家里电话欠费了、你手机被人监控了、你银行卡被人监控了，或者告诉你他是电信局的、是公安局的、是国家某部委的，你都不要相信。这时，你唯一可以相信的，是110。

110 这三个数字，虽然短。但是，请相信，这个号码永远是你最贴心的守护者。

天上掉下个大富婆

2010 年 12 月 3 日　星期五

　　千万富婆因老公身体有病，无法生育，特面向全国找猛男帅哥帮忙怀孕（老公已答应），先电话联系，如果满意，先给您付十万定金，可飞到你身边，怀孕后，再付六十万。电话：123456。

　　单身富婆，有千万资产，情感受过挫折，欲寻觅一位心地善良，身体健康男士为伴，要求对感情专一，有无金钱无所谓，城乡不限。先电话联系，成功后即付来往路费。电话：123456。

　　此类信息，随便翻开报纸就可以看到，小到路边摊点小报，大到城市都市报，此类广告比比皆是。就以上两个征婚信息，明眼人一眼即可看出其中有诈，可偏偏就有人上当。

　　今天就遇到这么一个人，心甘情愿把自己血汗钱拱手送给电话里娇滴滴的"富婆"。

　　我们赶到某某路口，见到报案人老张，老张四十岁左右，上身穿着破棉袄，透过领口，可以看到里面的旧毛衣，下身穿一条皱巴巴的裤子，脚上的运动鞋经过尘土的洗涤，早已经分不清黑白。我和搭档王上前询问情况，老张一脸沮丧，给我们讲了这样一个故事。

　　老张在某市下岗后，在街头以修鞋为生，年轻时感情经历屡屡不顺，一直到现在还没讨到老婆，但是他内心对婚姻和家庭还是很渴望的。

　　某日，老张给一位大哥修完鞋后，发现大哥试鞋时脚下垫的报纸没带走，于是闲下来时便捡起来读，这一读不要紧，让他发现了一个天大的"好事"。

　　老张把报纸递给我，让我看那则征婚广告，大意如下：

　　　　某女，现年四十一岁，单身，离异，没小孩，目前在某某市开有大型服装厂，家有房产6处，存款千万，因情感受挫，现寻觅一位忠厚老实年龄在四十至五十岁，单身没小孩，对感情专一男士为伴。有无事业及家庭经济状况无所谓，只要人好对我好即可。如有意，可以联系电话：123456。

　　老张看过后，如获珍宝，将报纸揣在怀里，当晚便给富婆打了电话，电话接通后，老张感觉富婆的声音实在是动听，说话轻声细语，而且特别善解人意，这让老张十分兴奋，两人两天通话时间累积超过十二小时后，富婆邀请老张来某某市见面。

　　老张非常激动，于是买车票赶过来与富婆见面。到某某市后，老张电话联系富婆，富婆说，她把他们俩的情况给父母和好朋友说了，他们都劝她要慎重，千万别被骗了，现在骗子可是很多的。所以，她又不想见老张了。

　　老张说："你看你，我们不都聊得挺好的吗？我可是很有诚意的。"富婆问："那我怎么才能知道你有没有诚意啊？"老张说："那你想个办法，考察一下我，看我有没有诚意。"富婆电话里娇笑了几声说："要不这样，你身上了带多少钱？先汇到我卡上，如果你答应了，我就和你见面。你说好不好啊亲爱的？再说了，我知道你没钱，我也不在乎你那点钱，我只是想让家人和朋友们看看，让他们相信我没有看错人。我这要求不过分吧？"

老张说："我带了六千，你说账号吧，我打给你。"

老张接到富婆发给自己的账号，立即到银行转账给富婆，然后告诉了富婆。富婆说："好，亲爱的，我知道了，你先找个地方住下，我晚上去找你。"

老张找了个宾馆住下，然后等富婆来，可他等了一个晚上，也没等到富婆，打富婆电话一直没人接，后来就关机了。这都等了三天了，一直没联系上富婆，老张手里的钱基本花完了，从宾馆出来后，想了又想，这富婆是不是骗我啊，想到中午，抱着最后一丝希望打了富婆电话，还是关机，失望的老张这才报了警。

搭档王说："这样的警我出了十来次了，你肯定是被骗了。你想啊，富婆想考验你，会让你汇款吗？随便找个方法就可以了，你怎么就这么糊涂呢？"

老张说："我当时是着急想见她，她左一口亲爱的，右一口亲爱的，给我喊晕了，这都多少年没听过这么肉麻的话了。"

唉，老张的话真让我哭笑不得。

后来，刑侦中队的同志赶到，领老张回去进行立案侦查。

为了进一步提高大家对此类骗术的认识，我再讲一个关于征婚广告的故事，希望您在以后看此类广告的时候，好做甄别。

我老家村里，有一个老光棍，五十岁左右，因身材矮小，说话结巴，且整天流口水，所以一直没找到对象，他家里有土坯房三间、农用旧三轮一辆（约值两千块人民币）。平时此人养一只种羊，逢集逢会，他牵着种羊去给人家的母羊配种，收点费用贴补家用。

当年他就登过一则征婚广告，是这样写的：

某男，四十出头，单身，体健貌端，感情受过挫折，现为养殖专业户，家有住房三间，有机动车一辆，有稳定经济来源，本人感情专一，无不良嗜好，愿找一位年龄相当，温柔贤惠，善于持家的女士为伴，城乡户口不限，带小孩也可。

结果广告发出去以后，还真有不少给他写信的，后来还有人赶到我们村来见他，结果来的无一不大骂他是骗子。

此事，以喜剧开始，以闹剧结束。

近期，我留意了很多征婚信息，对那些条件超好，例如单身富婆、单身钻石男、单身企业家、单身豪门女之类的征婚信息，一定不要信以为真。

顺口溜曰：

婚姻信息莫轻信，款姐富商净坑人。
一旦骗你信任后，坑你钱财难见人。

豪放女街头耍横扮泼妇

2010 年 12 月 4 日 星期六

今天接到 110 指令说某某饭店门口，有女子求助称自己马上将会被很多人殴打。接到报警时，正和搭档王在公园巡逻，今天星期六，虽然天冷，人却不少。接到派警，不敢怠慢，两人立即赶到现场。

现场有三位女士。其中两位是一方，显得娇小柔弱；另外一女士，嘴里骂骂咧咧，显得很是豪放，从她嘴里吐出来的那些字眼，毒辣肮脏，不堪入耳。

我跟搭档王上去将双方分开，开始询问情况。

豪放姐给我介绍的情况说："当时我开车打算离开饭店，就这辆车。"豪放姐说到这里，用手指了一下她那辆高级轿车，接着说："我在车里倒车，打算离开，你看我这么高级的轿车，车里肯定有倒车雷达。这时，这俩 SB 妞走过来，不长眼睛跑到车后去了，我一看到她俩，立即刹车，离她们还有一两尺远呢。结果俩 SB 妞拉开我车门就骂，骂我不长眼，把我从车里拉出来就打，打了我不说，她们还报警呢。你瞧她俩那怂样儿，如果你们不来，我非打死她俩不可。"

见此女张牙舞爪连比带画唾沫乱飞，讲的故事如此生动，我对她真无语。这时，搭档王喊我："老杨，赶快通知治安中队安排人过来，这边有一位女同志的小拇指骨折了，另一位女同志的眼镜也摔坏了，这事我们没法调解。"说完，让那位手指受伤的女同志打车先去医院治疗。

见那位受伤的女同志打车离开，豪放姐装模作样摸着胸口对我说："我也有病，我有心脏病，我也要看病。"

我说可以："心脏病是不可以开车的，要不就让120同志给你拉医院吧？"

豪放女听我这样说，想了一下说："没事，我坚持一下吧。"

我说："好，那你冷静一下，平静一下情绪。"

她说："你放心吧，我是不会饶过这俩SB妞的。"

我实在忍不住了，回到："你嘴巴干净点儿行吗？有事说事，大街上骂骂咧咧，感觉自己很光荣？"

见她终于安静下来，我来到旁边看车的妇女身边，了解情况。

走到她身边，我轻声问："到底是怎么回事？"

看车妇女说："那开车的女的太张狂了，差点撞到人，人家还没说她两句，她冲下车又是骂又是打，扇了人家耳光，把人家眼镜摔地上了，我们拉也拉不住，劲大着呢。"

听她这么说完，看车的老头也凑过来说："唉，现在的人啊，开高级轿车的未必素质高，有时候为了三块钱的看车费，还骂我们，有的干脆把钱扔到地上，没法说啊。今天这事，绝对是开车的这女人不知道天高地厚，要横！"说完，老人摇了摇头，去指挥其他车辆了。

这时，治安中队的同志赶来了，问明情况，便让双方当事人上警车。

豪放女说："我自己有车，我开车跟你们过去。"治安中队的同志说："你那车先放这里吧，坐我们的车走。"

豪放女嗲声嗲气地说："警察哥哥，别这样啊，我这车停这里不安全啊，我回家老公会骂我的哦。"

治安中队的老同志瞪她一眼说："你上还是不上，不要等我扶你上去。"

豪放女见情形不对，只好乖乖地上了车。

返回途中，搭档王说，是柔弱女报的警，豪放女边追打她们，边给老公打电话，说自己被欺负，让老公多带些人过来。柔弱女害怕了，就打了110。

这豪放女看来是蛮横惯了，但她不吃亏就不知轻重，手指骨折听着事小，但如果鉴定为轻伤，那可是要负刑事责任的。

因为一点儿连交通事故都算不上的小事，闹到如此地步，实在是大可不必。

忍一时，风平浪静，让三分，海阔天空。生活里，多一些宽容，多一些忍让，将会少很多麻烦。

报假警，是怕你们出警慢

2010 年 12 月 5 日　星期日

人要清醒地认识、知道自己在这个世界上的所作所为，是受到自己控制的。换句直白点的说法，就是要把自己当回事，不能为了活着而活着，要知道自己应该如何活。

人应该把自己当回事，但是，过于把自己当回事，那就不是那么回事了。

今天接了这样一个警。

某男，几天前在某家庭影楼给儿子拍了一套周岁纪念照。今天，约好了来选照片。工作人员告诉他，因为影楼的流程设定，照片需要在影楼电脑上一张一张地看，逐张选定后再交给影楼进行后期处理。这位老兄花了十来分钟时间，才看了二十来张，感觉太浪费时间，于是要求影楼的工作人员给他调出来所有照片文件，让他带回家看。工作人员解释说他们没这个权限，这是公司多年来的一种经营模式，也是为了让客户选出更好的照片。男子大怒，张嘴大骂影楼这破规矩耽误他的事。工作人员是几位女孩子，一直不停解释，但此男从大怒继而大骂，骂完感觉还不消气，便打了 110 报警说有人打他。

我和搭档王赶到现场时，这位哥还怒气未消。我见只有几位女孩，没有男人，便问是谁打的他，他说没打架，是怕警察出警速度慢，所以故意报的打架。

了解完情况，我对那位忙碌哥说："你的确很忙，我可以理解，从你报假警我就可以看出你的时间的确很宝贵。首先我想告诉你，报假警是不对的，其次，不管你报的是什么警情，只要接到报警，我们都会在五分钟内出现。最后我想问问，你当初带孩子来照相时，他们工作人员告诉过你选照片是这样的一个流程吗？"

忙碌男说："她们是有说过，但是，我没想到是会这么慢。"

我问："那你让我们过来是想让我们为你做什么呢？"

忙碌男说："让她们把文件夹直接给我，我一次可以看十来张。你们知道吗，我自己有一个公司，十几个人等我做指示呢，他们这样浪费我的时间，我坚决不允许。"

工作人员小心翼翼地说："对不起先生，我们公司从运营以来，都是这样做的，给您带来了麻烦，我们深表歉意，这也是为了保证您照片的效果。"

忙碌男说："我不管，今天我就要拿到我孩子的全部照片。"

见他如此蛮横，我笑了，十来个人的公司老板就骄横成这样，给他个百十人的公司，他还不飞起来？

我说："那你换个时间来不就行了，趁你不忙的时候再来，行不行？"

忙碌男怒道："你们警察就是这样处理问题的吗？我现在是求助你们，你们就这样对我的吗？"

搭档王上前一步说："国有国法，家有家规，店也有店规，我们警察也不是万能的。你这事，说白了吧，我们管不了，你可以去消费者协会去投诉，也可以去法院起诉，让他们赔偿你因浪费时间带来的损失。"

这下彻底激怒了忙碌男，立马冲搭档王瞪起了眼睛。

我走过去说："其实这是很简单一件事，你先消消火。公不公道，打个颠倒。比如说，这家公司是你开的，你会不会为此而破例？"

他说："我会，顾客就是上帝。"

我笑了笑，说："那你回去把你公司的规章制度都取消了吧，自己定的规矩，自己不去遵守，那定了又有什么意义呢？"

他翻着眼看了看我，没说话。

我接着说："你看，你也是一家公司的领导，对吧，好赖十几个人呢，你这样吵吵闹闹，显然有失身份。"

他上下打量我一眼。我接着说："如果让你员工知道你为了这点儿事，不但骂了人，还报了假警，你想过他们会怎么看你吗？"

见他情绪平缓下来，我继续说："你忙，我们理解你，但是为了这点儿小事闹得天翻地覆，有意思吗？反正也不急这一两天，找个不忙的时间，专门来选，不也可以吗？"

他抬头看了我一眼说："我就是对他们选照片的程序有意见。"

我说："是的，感觉是有点不合理，但是人家有人家的规矩，前期也给你说过，你也没有异议。现在你又何苦为难这些工作人员呢？你委屈了可以把气撒到她们身上，她们的委屈又该撒到谁身上呢？"

忙碌男脸开始红起来。我说："走吧，找个不忙的时间再来吧。"

忙碌男说："好吧，我真有急事去办。"说完，拎起自己包，跟我们下了楼。临走时，还对我们说："不好意思，刚刚太冲动了，麻烦二位了。"

见他走远，搭档王说："你答理他干嘛，这样没素质的人，根本不用跟他讲那么多。"我笑了笑说："他没素质可以，咱不能像他那样，明知道他不对，还要压着火去劝他，明摆着，咱俩素质比他高啊。"

搭档王说："我看你是《论语》看多了，我劝你还是别看那些东西了，那都是教育人要服从的，是古代统治阶级欺骗人民的工具。"

我大笑："尽信书不如无书，活学活用也不行？那你看我像书呆子吗？"

他斜我一眼，哼哼了几下说："还行，配得上跟我做搭档。"

唉，这家伙，拿他没辙。

不签合同，有了纠纷说不清

2010 年 12 月 6 日　星期一

现在的社会太复杂，有时候，口头的约定和道德规范对一些人已经不是那么管用了，这时候，一份书面的合同就非常有必要了。但是很多人往往碍于情面碍于关系，总是省了合同这一步，等到矛盾出来了，再后悔也晚了。

今天接到一起被拦住不让走的警。

我和搭档王赶到现场时，见一男一女正拉拉扯扯争吵不休。摩托车还没停稳，那位女士就跑了过来，面带怒气对我们说："他拉着我不让我走，你们警察要管管他！"

很多时候，当事人为了自己的利益，总是只站在自己立场上说自己的道理，凡事必有因，我们如果仅听一面之词，往往会陷入被动。

见搭档王问女子情况，我就走到男子身边，问他到底是怎么回事。

男子说："唉，还惊动你们 110 了，我们这事，真是一言难尽。"

在男子的讲述中，我了解到，原来这是一起经济纠纷。男子是某房屋中介所老板，姑且称之为钟老板，钟老板的老师给他介绍了个朋友，就是报警的那位女士，姑且称之为高女士。

高女士让钟老板帮忙给她介绍一套房子。钟老板花了半月时间，几经周折带高女士看了十几套房子，最后总算是有一套让高女士还算满意，在钟老板的中介所内，高女士给房子主人肖某缴了定金。没想到，没过几天，肖某突然找到中介所跟钟老板说房子不卖了，然后又把定金退给了高女士。钟老板以为这笔单子算是黄了，还想着以后给高女士介绍新的房子。

说来也巧，今天钟老板来房管局给一个客户办理过户手续时，刚好遇见高女士正和肖某也来办房屋过户手续。这让钟老板非常恼火，他认为高女士和肖某合伙欺骗了他，于是非要拉着高女士问个明白。

了解完情况，我走到高女士身边，这时她正冲搭档王发火呢，说："他不让我走，限制我人身自由，他这是违法的，你们警察为什么不抓走他？"

我接过话说："大街上这么多人，为什么不拉别人，唯独拉你，总是有原因的吧？"

高女士回头看了我一眼，说："不管什么原因，他不让我走就是不对！"

我说："他不让你走是不对，但是，你仔细想想，自己做的事情就对得起人家了？"

高女士说："反正他非法限制我人身自由，你们就应该处理他！"

我说："你们本身就有纠纷，他拦着你也是想让你把话说明白而已。"

钟老板也过来说："高姐，我可没限制你人身自由。房子那事，你心里清楚得很，我跑来跑去真心实意的带你看房子，光油钱都花了好几百，你们却绕开我自己做了过户交易，我本来就是想让你把事给我说清楚，你还报警，你说你怎么会这么做事呢？"

一通话把高女士说得满脸通红。

最后，我们给他们的处理结果是：这是一起经济纠纷，不属于警察机关处理，钟老板不让高女士走是不对的，但是钟老板可以到法院起诉维护自己的合法权益。

高女士走后，钟老板一脸苦笑看着我，我问他这单生意损失了多少钱，钟老板说大概损失了一两万。

我又问此类情况是不是很多，钟老板说："是很多，但是我们跟其他客户都签订有合同，一旦我给他介绍了房子，将来即便不经过我们，只要客户购买了这套房子，也必须给我们支付费用。"我接着问那这个客户为什么没签，钟老板一脸无奈，说："那不是因为她是我老师的朋友嘛，现在倒好，我老师也不接我电话了。不过，吃一堑长一智，下次就是我爹介绍的客户，我也要他跟我签合同！"

　　事后，搭档王说，人心不古啊，现在有些人做事真让人无语。有时候老师都靠不住，老师的朋友更靠不住，要想维护自己的合法权益，最好还是写成文字，定合同，签协议，这样将来就不怕有人使坏了。

　　是啊，白纸黑字写清楚才能更好维护自己的切身利益。先小人，后君子，斯言不虚！

我是"小三"，我要三百万

2010 年 12 月 7 日　星期二

在当下浮躁的都市里，躁动的人们寻求刺激的方法也是各种各样。曾经被人唾弃，人人喊打的情人包养现象，不再是"羞答答的玫瑰静悄悄地开"，早已是"忽如一夜春风来，千树万树梨花开"。"小三"也能大肆闹上街头，疯狂至极。今天我们就遇到一个张嘴就问情人要三百万的"小三"。

早晨八点，接到 110 派警：某某路和某某路交叉路口，有一个女精神病，站在快车道里，见车就撞，速去！

这不是闹着玩的，正是上班高峰时段，哪位司机老兄一个不留神恐怕就会闹出人命。

耳边呼啸而过的冷风让我感觉搭档王恨不得将摩托车开到一百八十码。来到路口，见一位穿红色上衣的女子正站在路中间的快车道上，像个疯子一样，见车就扑，吓得司机纷纷鸣笛避让。

我跳下摩托车，来不及换帽子，拎着头盔就跑了过去。我站在她迎面来车的方向，边示意车辆绕行，边试图问她话："你这是怎么了？这多危险啊，有事咱路边说行不？"

那位二十八九岁的红衣女狠狠瞪了我一眼："滚！滚！我不要你们警察管，我想死，你就让我死吧！这事跟你们警察没关系！"

看来她不疯，这是来自寻短见啊！我说："有事好商量，咱去路边说行不？你看这风这么大，万一有车碰着您可不得了。"

"滚！你给我滚！我想死啊，求求你，让我死吧！"红衣女见车都被我给指挥绕行了，索性蹲在地上，双手捶地，继而号啕大哭。

搭档王走过来，递给我帽子，让我去路边把头盔挂到摩托车上。我小声对他说："她不疯，可能有心事，这会儿有点想不开，说话小心点儿。"搭档王点点头，走近红衣女，我向路边走去。

还没走到摩托车跟前，听见搭档王喊我，回头一看，见红衣女在快车道里跑了起来。天啊，我一身冷汗。即便是她自寻短见，这要真出点事，我们俩就等着被诉不作为吧，我还想为群众多干些事，还不想被脱警服呢。

我将头盔往车把上一顺，转身就追了过去。路上的司机见俩警察在快车道追人，纷纷减速躲避，我们俩追出一百米左右，才将她拉住。搭档王一脸焦急看着她，喝道："咋了你这是，不要命了你？"红衣女想挣脱，结果挣扎了几下没挣开。"我不要命了，我不要你管，你让我去死吧！警察叔叔，我求你们了，这事你们管不了，你让我死吧，我真没法活了！"

我说："你冷静冷静，有事跟我们俩说，我们俩给你解决行不？天塌下来还有我们俩高个子顶着呢不是，你这样糟蹋自己对得起你父母吗？"

"呜呜呜，警察大哥，求你们了，让我死吧，我真没法活了。"红衣女见无法挣脱，索性又坐在地上，掩面痛哭。

搭档王看看我，小声对我说："拉她去路边吧，在这马路中间太危险。"

说完对我使了个眼色，于是我上前扶住她，两人用力把她架了起来，幸亏红衣女不算太重，两人费了半天工夫，总算是将她给搀扶到路边。刚刚还感觉冷呢，这一番折腾下来，浑身冒汗。

搭档王蹲下来，轻声问她："咋了你这是，能说说不？"

"不能，我不想说，你们走吧，别管我，我现在只想死！"红衣女抬起头，恶狠狠地瞪着搭档王。她双眼又红又肿，我想她肯定是哭了好一会儿，现在应该正处于伤心欲绝痛不欲生的状态。她衣着倒是鲜亮，只是头发让风吹得散在脸上，和着鼻涕眼泪粘在一起，很是狼狈。

我也蹲下来，试图和她交流。我说："看你年龄和我妹妹差不多，有什么事给哥说说吧。你想想，你这样闹，让你家人知道了他们得多伤心啊。没有过不去的坎，有啥事说出来，看我们能帮你不？"

搭档王抬起头看看我，朝我挤了一下眼睛，似乎说我：你什么时候又多出来个妹妹啊。

我无心理他，有时候，谎言未必是害人的。

或许我的话打动了她，她呜咽着说："他不是人！我跟了他九年，说得好好的要和我结婚，我家人都知道我们今年要结婚的。他却说他舍不得孩子，他没法离婚，还说我不可理喻，说要离开我，不要我了。我空等了九年，我马上都三十岁了，我不死我还有脸活吗我？呜呜呜……"

哦，我明白了，可怜之人必有可恨之处，再次得到了印证。

我说："那你这样不明不白死了，不是便宜他了？再说了，你撞人家的车，人家招你惹你了，你这不是坑人吗？"

红衣女又激动起来，说："我不要你们管，你们走吧，别管我了，求求你们行吗？"

搭档王用眼神示意我一下，让我别激怒她。然后对她说："你这样的状态，能不管吗，这么大风，你就别哭了，你这样哭，很容易哭坏身子。"

红衣女呜咽着，不再说话。搭档王朝我挥了挥手，然后用手指了指电台，让我呼叫增援。当我起身呼叫增援后，感觉生冷的风狂欢似的衣服里钻，刚才出的一身汗，这时让风一吹，透心的凉。

呼叫完增援，我们俩蹲在她旁边，看着她哭，听她絮叨，不时劝慰她几句。我知道，此时，她恐怕什么都听不进去。我们所能做的，只是顺着她说。她骂那个男人不是人，我说真不男人，搭档王说，绝对不男人，这事他做得绝对不地道。

不久，治安中队的同志过来了，问明情况后，说那先去带回中队了解一下吧。

谁知她一听说要带她回去，猛一下站起来，疯一样又想往快车道上跑。我们四个赶快过去拉住她，想把她强行带离，结果她说："你们如果敢再说要把我带走，我就咬舌自尽。"我感觉这会儿这位红衣女还真不如个疯子好招呼。

治安中队的老同志说："好，听你的，你说，这事该咋办吧，我们听你的！你倒是说个解决问题的办法，这么大的风，冻病了咋办？"

她说："让他过来，让那个浑蛋男人过来，我要和他做个了结。"

解铃还需系铃人，看来只能让那个男人过来一趟。

"好，好，听你的，你说号码，我给他打。"搭档王边说边掏出手机。

红衣女说了一个手机号码，搭档王边拨号码边问："你叫啥名字？"

"你就说豆豆他就知道了！"红衣女抹了一把脸上的鼻涕，对搭档王说。

电话接通了，搭档王说："你好，我是110巡警，有一个叫豆豆的女孩现在在某某路口要寻短见，她让你过来一趟。"

搭档王还想说些什么，电话就被对方挂断了。搭档王冲我做了一个无奈的动作，这可不能让这位红衣姐看见，我连忙把搭档王拉到一边，掏出自己手机，按号码拨打了出去。

还好，电话接通。我说："我是110巡警，你先别挂，听我把话说完。"

男人说："你想说啥？我们俩没关系了，她死活跟我没关系，找我干啥？"

我说："人家一个二十岁的黄花大闺女，跟了你九年，你说不要就不要了，还说她跟你没关系？"

男人说："我给了她三十万了，她这样闹，无非是为了钱。"

我说："她现在要自杀，很危险。你如果感觉自己还是个男人你就过来！"

男人说:"那你就当我不是男人吧。"

说完又要挂,我急了,说:"你听好了,如果你现在不过来,我们马上联系你家人,让你老婆过来处理。还有点人性没了你?"

男人极不耐烦地说:"好,我过去,我过去。说吧,在哪儿?"

我把地址告诉他,接下来,就等这个男人出场吧。

见衣着单薄的红衣女在大风中瑟瑟发抖,我们便劝她到警车上去等,可任凭我们怎么说,她死活都不去,我和搭档王只好在车下陪着她一起等。

我算是理解了什么叫做漫长的等待。我们俩蹲下来为她挡着风,听她絮叨着那个男人的种种不是,一直等了将近一个小时。腿麻了,也冻透了,感觉浑身没一丝热气。

这时,有个男人靠近警车和车上治安中队的老同志打招呼。红衣女豆豆见了那个男人,不知怎么倒冷静了很多,我和搭档王扶着她站起来。她指着那个男人说:"就是他,他是个大骗子,你们要为我做主。"

细看那个男人,其貌不扬,年约五十,身高也就一米六三,大肚子,秃顶,油光满面,脖子里挂着条金链子。他瞥了一眼红衣女说:"豆豆,你别丢人了行不?这几年前前后后我都花你身上一百多万了,房子也给你买了,还给了你三十万分手费,你还想咋样啊?"

红衣女说:"就这三十万,你打发要饭的呢?不够,我要三百万。"

"做梦吧你,没门!"秃顶男人气愤地说,"当年,我来这里做生意,见了一个女网友,就是豆豆的朋友。见面时,豆豆也跟着去了。结果见了一面后,我跟女网友没发生啥,倒是这个豆豆就缠上我了,天天找我,后来我们就好上了,可谁知道她是个这样的主儿啊。"

治安中队的老同志说:"拉倒吧你,你长得老好看了是吧?苍蝇不叮无缝蛋,现在讨论谁对谁错都没啥意思了。好聚好散,她闹成这样,你不能说自己没一点责任吧?"

秃顶男说:"是,我承认我也有错,可她不能讹人吧。我现在做生意赔钱了,给她三十万我基本就没钱了呀。"

治安中队的老同志回头对红衣女豆豆说："好了，现在他也来了，咱就别在这里说了，咱去治安中队去说，行不？"

红衣女豆豆点点头，让搭档王搀扶着上了警车，秃顶男白了一眼豆豆，也钻进了警车。

其实，这个社会上，"豆豆们"可以构成一个群体了。从她们开始充当这个角色时，其实就应该清楚自己的结局。今天的这个红衣女豆豆在这种荒唐的关系里浪费了九年时光，最后闹到以自杀来谈条件。奉劝那些糊里糊涂的豆豆们，趁早想清楚这个问题，千万不要用你不可倒流的青春去游戏荒唐的情感生活。

偷自行车的"艺术家"

2010 年 12 月 8 日　星期三

　　有一个乞丐捡了两个元宝，在主人不知道的情况下，把元宝送回，主人要求养活乞丐，乞丐拒绝后每天沿街敲打着梆子仍旧做着乞丐。那清脆的梆子声听一听能让人振聋发聩。

　　每个人都可以有自己的梆子，但未必所有的梆子都能发出那样的声音，沉淀自己，多思考，多学习，齐家、治国、平天下，你可以做不到，但内心永远不要放弃。

　　别人可以给你几句安慰的话，也可以给你一些金钱的资助，可没人能给你一颗高贵的心。

——摘自本人拙文《大气》

　　孟子曾有言，人必自侮，然后人侮之。任何一个人，只要内心高贵，无论从事何种职业，都不会有人轻看；而一个人，如果内心下贱，即便从事的职业再高贵，权位再高，一样会为人所不耻。

　　今天接到派警时，正和搭档王巡逻。看到我每次写接警时都在巡逻，曾经有人取笑我："别吹了，你们能不停地巡逻吗？"连我们的一个领导听到我电台里说我们正在巡逻时，都发笑。我事后反问他："自从我和老王到这个岗位以后，公园里发生过一起拎包事件没？"他无语了。

搭档王说："没人会相信咱俩会这么敬业。"我说："是的。"搭档王说："多巡逻可以减少街面违法。"我说："绝对。"他说："别人信不信无所谓，咱对得自己的良心就行。"我说："老王，你是个好同志！"搭档王说："你也是，没人表扬我们，我们就自己互相表扬一下。"

110指挥中心给我们派的是一起纠纷的警。我们转过路口，就看见有两人在路边纠缠，一辆七成新的山地自行车歪倒在他们旁边。

下车，摘头盔，换帽子，然后走过去询问情况。当事人是两位年轻人，其中一位二十四五岁，身高一米七六左右，一身运动装，显得精神而时尚。他对搭档王说："我是xxx健身房的学生，他偷了我教练的自行车，被我抓到了还不承认。"说完，指了指对面那位。只见那位三十岁左右，身高一米八左右，面色苍白，长发披肩，胡子拉碴，虽是西装革履，但脚上那双破旧且沾满尘土的皮鞋上还是显示出这位老兄的落魄。

偷车？我和搭档王对视了一下。"你确定？"搭档王问健美男。

"哎呀，警察叔叔，这车我以前骑过，是我们教练的。刚刚我去健身房健身，刚到楼下就见这个人推着车骑着就跑。我开始还不敢确定，怕自己弄错了，这追了都一公里了，总算是看仔细了，没错的。我都给教练打过电话了，他马上就到。"

我和搭档王对视了一下，走近落魄哥。落魄哥可能感觉理亏，自己主动蹲了下来。我问他："到底怎么回事？"

"我骑的我同事的车，他非说是他教练的。"落魄哥毫无底气地答道。

搭档王想掏手铐，我摁了他一下。从落魄哥见到我们就主动蹲下的表现和他的眼神来看，这不是一个老贼。即便真是偷车，他也跑不掉，而且他也没跑的意思，控制他不需要手铐，但是该用的查缉战术还是要用的。经过搜身，并没发现他随身携带撬锁工具。

看了看地上躺着的车子，也没有被撬的痕迹。

"这车，没被撬过啊。"搭档王问健美男。

"我们的车统一有人看着呢，天天在那里放着，不用上锁。今天看车大爷也不知道怎么疏忽了。"健美男说。

正在这时，健美男的教练赶了过来，当场指认自行车就是自己的。搭档王将健美教练拉到一边问情况。

我问落魄哥："你是做什么工作的？"

落魄哥咬了咬嘴唇说："我，我是来这里打工的，专门给人家做装修。"

"哦，你是哪个公司的？你是做设计的吧？"我看了看他那一头充满艺术气息的长发问道。

"我没有公司，我们几个老乡从乡下来，专门在路边接活。"落魄哥撩了一下头发说。

"那今天这事，到底是怎么回事？"我继续问。

落魄哥低头，不再说话。

如果落魄哥不说自己从农村来，我还真看不出来他是乡下长大的孩子，细皮嫩肉不说，连头发都做得这么有气势。看来，留长发的，未必都是艺术家，有时候，还可能是小偷。

治安中队的人来后，我和搭档王随他们一起去治安中队写移交材料。

经过落实，落魄哥确实为本地某市某县某乡某村人。

期间，见他一副心事重重的样子，我想抽空和他聊聊。

我问他："你多大了，今天到底是怎么回事，能说说吗？"

他说："我二十八了，没钱吃饭了，所以就偷人家车了。"

"那你到底是干什么工作的？"我问。

"前段时间我一直在温州打工，前几天刚来的这里，还没工作呢。"他这时显出一副无所谓的样子。

"在温州一个月多少钱的工资？"我很好奇地问。

"两千左右吧，反正还不够我吃饭上网玩游戏呢。"他不正眼看我，低着头说。

"那你刚刚说和几个老乡一起来的，他们几个呢？"听他说两千块钱不够花，我很郁闷地问。

"那都是胡说的。我一个人来的，老家农村的，没啥本事，只能出来混口饭吃。"他漫不经心地回答我。

我很少教育人，但看他一米八的个头，看他一头飘逸的长发，再看看从他包里提取出的那些色情杂志及摩丝，再看看他不经意显露出来农村人的那种怯弱，同样从农村出来的我还是压抑不住想要好好给他说道说道。

我说："农村人出来混都是给父母长脸的，你倒好，干起违法的勾当了。如果你因为偷自行车进去了，父母的脸往哪儿摆？以后在村里人面前如何抬头？你看你，一米八的个头，二十八岁了，一个月两千块钱还不够你自己花。不给父母钱，不孝顺他们倒也罢了。干下这样丢脸的事，你还一副无所谓的样子，难道你一点也不感觉羞愧？"

他抬头看了看我，对我说："我知道自己错了，我现在也很后悔。"

我说："我能看出来你很爱面子。看你留的那一头长发，西装革履，细皮嫩肉，还随身携带摩丝，我倒不是说你不能爱美，只是你买这些东西的时候，怎么不想着给父母买点什么？你动不动就说自己是农村人，农村人就是这样出来混的么？农村人在城里谋生计一样可以堂堂正正，受人尊重！你这么大的个头儿，去工地扛水泥能赚钱，去饭店刷盘子能赚钱，就算是去捡垃圾也能养活自己，可你偏偏去路边偷东西。还好意思说自己是从农村出来混的，我看你简直就是丢农村人的脸！"

落魄哥低着头，眼泪一滴一滴落到水泥地板上。

我接着说："你别哭，进去后好好反思反思吧。你也老大不小了，爹娘还能陪你走多少年？你这样糟蹋自己，将来是要吃大亏的。我也是从农村出来的，看你还不是那种没有羞耻感的人，多说了你几句。我就是想让你明白，只要自己看得起自己，只要自己干的事堂堂正正，是没有人低看你的。否则，别说你西装革履，也别说你一头披肩发，就算再给你弄辆宝马车，一样没人看得起你。"

落魄哥失声哭起来，对我说："哥，你别说了，谢谢你，我知道我错了！我以后不会这么混日子了。"

希望他通过这一次的事情，真的能够找到自己的位置，至少做一个堂堂正正的人。

从治安中队出来不久，又接了一起案件。

这件案例很简单，大家可能也收到过类似的短信，内容大致是低息贷款，无须担保，如有意，请联系等等。

今天这位老兄，在几个月前接收到这样一条信息后，保存了信息里的电话。刚好前几天急需用钱，于是拨通了那个电话，和对方取得了联系。对方很热情，并承诺，一切都好办。糊涂哥听说过短信诈骗的事情，所以，心存疑虑。但是经过好几天的电话沟通，他发现对方不但热情，而且很诚恳。于是，今天鼓足勇气下定决心要用对方的钱。

下午四点多，他按照对方的要求，携带自己户口本和身份证来到某大厦。到达大厦楼下，他和对方联系，对方说他们就在楼上，为了表示双方的互相信任，请糊涂哥先按要求将两万元贷款的年息——两千元——汇到他们指定的账户。

糊涂哥按照要求，将两千元存入了对方账户后，再次来到某大厦楼下。对方又告诉他，为了确保他们的安全需要证明糊涂哥不是执法人员，也为了确认糊涂哥的诚意，请糊涂哥再存入两千元作为押金，存入后就可以上楼见他们，他们将会将两千元退还给糊涂哥。糊涂哥警觉，考虑再三，一小时后再试图和对方联系时，发现对方已经关机，于是报警。

我和搭档王赶到并了解完情况后，搭档王说："你都不想想，哪儿有自己借别人的钱，先给人家钱的？他们和你联系的那个号码是本地还是外地的？"

糊涂哥说："是外地的手机号，我刚开始是没太相信。以前也听说过短信诈骗，可接触几天，我感觉他们还挺诚恳的。"

搭档王说："打个不恰当的比喻，如果是你想骗别人的钱，你会不会一样也是哄着他们，让他们相信你？"

糊涂哥苦笑了一下说："是的，是的。"

唉，又是一个"知行不合一"的典型。明明知道这里面有问题，不相信自己的感觉，却相信一个陌生电话里的声音。

搭档王说："这类短信还有那些卖二手车、走私车的，通通是忽悠人。借钱还是要找熟人，即使借贷也要有个熟悉的中间人，这样才不会出问题啊。"

糊涂哥无奈地说："我就是着急用钱，才相信他们了。"

骗子正是利用了人们这样的心理来骗人的，如今手机上接收到的短信电话各式各样，或许某个精心谋划的骗局就隐藏其中，大家生活中一定要提高警惕。

希望下一个报警的不是你！

偷情莫偷笑，差点搭上命

2010 年 12 月 9 日 星期四

夜读《曾国藩传》，掩卷深思，再次想到《诗经》里的"战战兢兢，如临深渊，如履薄冰。"或许，也正是这样几个词成就了曾国藩的一生。不管大人物小人物，不管从事何种工作，认真、细致、谨慎是没错的。胆大还需心细，戒骄更要戒躁。从古到今，只凭热情去干事都是不够的，任何的马虎或疏漏都可能铸成大错。

虽只是一名区区巡警，我也认识到，其实这个职业，更是风险与责任并重、压力与挑战共存。之所以这么说，是有原因的，如果今天不是搭档王和治安中队的同志反应快，现在，我不会安安静静坐在电脑跟前码字，可能正接受上级纪委或者检察部门的讯问呢。

唉，先不说这个让我到现在还后怕的事件。

其实，每个行业都一样会有风险存在。做生意的，利润与风险并存，投资未必一定能获利；种地的，播下种子，未必就能风调雨顺有好收成。就连街头修鞋的，拎着小锤，打好补丁，缝好裂痕，即可收钱。你会想到他也会有风险吗？

上午就和搭档王出了这样一个警。两位女士去修鞋，本来是鞋跟下面的皮子磨损，换两块皮子即可，她们和修鞋老人谈好价，一块皮子五元，两块十元。

修鞋老人一番忙碌后，把修好的鞋子递给她们。两位女士一看，大怒。原来老人在钉皮子时，竟然将鞋跟给钉出来一个裂缝。修鞋老人说："我帮你用胶水给粘合一下吧。"两女士说："用胶水能粘结实吗？穿不了两天鞋跟就会报废，这鞋子也就报废了。"修鞋老人说："那怎么办？"两位女士说："必须给换新鞋跟。"老人看了半天，说："你这种款式的鞋跟市场上压根儿就没卖的。"两位女士说："那你就赔钱吧。"老人问："赔多少？"两位女士一番嘀咕后，说："鞋子买的时候是三百八，就穿了一个月，要么修复成原样，要么赔三百八十块钱。"

老者听后无语，索性掏出手机拨打了110。

我和搭档王赶到后将当事两方分开，了解情况。

两位女士一口咬定只能用钱解决问题，我便问老人："你最多愿意赔多少呢？"

老人很倔强地说："我一天都赚不到三五十块钱，不过，确实我有责任，我最多出一百。"

搭档王于是将两位女士拉到一边，对她们说："别说是鞋子修坏了，即便是撞车事故，也不可能修复成原样。老人愿意出钱，差不多就行了。这事，即便告到法院，也不会赔你一双新鞋嘛。"

两位女士商量后说："那至少要二百。"搭档王说："老人家做生意也不容易，一天赚不了多少钱。你看围观的群众，没有一个向着你们的，多理解些，他现在只愿意出五十，你看你们还能不能再少要一些？"

两位女士又商量了一会说："最少也要一百，绝对不可能少了。"

这件事处理的结果以双方满意调解结束。老人以一百元的代价，在我们的调解下化解了他的风险。

接下来说说那件让我现在想起来仍心有余悸的事。

接到报警时，临近下班。110派警员说，某单位八楼，有一女子报警说有纠纷。

我和搭档王赶到该单位楼下时，一男青年迎面拦住我们，问："是不是来出警的？"我点头说是。他说："不用你们处理了，就是我们自己家里的一起纠纷，放心吧，我们自己能处理。"

他把我们当新警了，如果我们是新警，可能转身就会离开。我对他说："你说了不算，快带我去见报案人。"

男青年说："警察大哥，真不用了，我们自己能解决。"他越是解释，我越是感觉有问题，于是不再搭理他，和搭档王径直上了八楼。

推开房间门，只见屋内一片狼藉，办公桌被掀翻，凳子东倒西歪，办公文件扔得到处都是，电脑静静地躺在地上，连饮水机也卧倒休息了，水桶里的水已经淌完，屋子里湿漉漉的一片。

往里看，办公室套间内亦是如此。乱七八糟的文件堆里，四五个男人正在劝慰一个斜躺在沙发上的女子。走近看，女子满脸泪痕，头发凌乱。见我们俩进去，几个男人站了起来。我问："这是怎么回事？"几个男人回答说："是因为感情上的事，屋里这都是这个女的砸的。"

搭档王问女子："是你报的警吗？"

女子呜咽着说："是的，是我报的警。"

"那到底因为啥事，能说说吗？"我问。

"你们让这些人出去，这些人都是他的同事，我不想看到这些人，我要见他。我是外地的，我在这个城市一个朋友都没有。警察同志，你们一定要帮我啊！"说罢女子号啕大哭。

我挥了挥手，几个男人转身走了出去，我和搭档王听那女子细说来历。

话说，某男，四十三岁，年富力强，儿子已经上初中，妻子贤惠体贴。现为某企业单位部门经理，此单位盈利丰厚，该男所在部门更是权利部门。作为这个部门的经理，此男的年薪不低于十万。因工作关系，他需要不定期出差。年初某天，此男出差到南方某市，在某酒店居住时和酒店大堂经理——二十五岁的疯狂女——一见钟情，随即堕入爱河。于是，每个月都会从北方某市飞往南方疯狂女所在城市，享受甜蜜的二人世界。

欲壑难填，此男感觉飞来飞去太麻烦，于是今年六月，让疯狂女辞掉酒店工作和他一起回来。

在这期间，疯狂女已两次堕胎，现在又有孕在身。该男再让疯狂女堕胎，此女坚决不干了，医生说，如果再次堕胎，疯狂女将失去生育能力。疯狂女彻底疯狂，天天给此男的妻子打电话，用尽办法想让他们离婚。此男见事情败露，而他压根儿就没想过离婚，便给疯狂女几万现金，打算用金钱消灾，让疯狂女离开，不料却被疯狂女义正辞严予以拒绝，并以死相胁。

最近几天，疯狂女找不到他，于是今天一早便到此男办公室，不顾办公室人员劝阻，将办公室砸了个稀里哗啦。几个办公室的男人一直在帮领导擦屁股，一直在劝疯狂女。而疯狂女的意思也很明确：他们没资格和她谈，她一定要让那个让她怀孕多次的男人过来和她谈。几个下属为了领导颜面，低三下四绞尽脑汁做工作，不想闹得太大，更不想惊动警方，见她报警后，还派人去阻拦警察。

和搭档王了解完情况，见此事重大，一时半会儿难以解决，于是在安抚疯狂女情绪的同时，通知治安中队过来处理。

我对疯狂女说："这事，你自己也有不对的地方。他四十三，你二十五，年龄相差悬殊我也就不说了。你开始也不是不知道他有家有口，凭这点来说，你自己做得就不对，你说呢？"

疯狂女说："我知道我自己不对，但是如果这个孩子不留下，我一辈子当不成母亲了，我不甘心啊我。"

搭档王说："凡事总要有个解决的办法，闹是解决不了问题的，等会我们去治安中队，想办法让那个男人过来，你们坐下来谈谈，再看如何解决行不？"

疯狂女咬着牙，恶狠狠地说："那也可以，不过，如果他不来的话，我是绝对不会放过他的。"

听疯狂女如此说，我心里一阵发寒。女人大多时候像绵羊一样温顺，如水一样柔和，但你想象不到当她发狠、不顾一切的时候，会给你带来什么样的灾难。

治安中队的同志过来时，我看看手机已经过了下班时间，于是便打算做移交后下班。

惊心动魄的一幕突如其来地降临了。

搭档王和治安中队的一位同志在屋内做移交签字时，我和另外一位治安中队的同志陪疯狂女出门，拉开门，就听见门外一个男人高声说："也不能全怪咱们领导，这女人也不要脸，也不是啥好东西。"

疯狂女虽然哭疲了，砸累了，但是耳朵好使，反应比我还快。没等我缓过神来，她已经转身跑进了套间。

不好！我听见套间内传来搭档王的喊声："你想干啥？"接着就听见里面传来很大的动静。我跑进去一看，心里一震。

只见疯狂女的身子已经有一半在窗外了，搭档王和治安中队的那位同志正在窗边用力拽住她的衣服和胳膊。

我这脑子嗡嗡响着就冲了过去，上前拽住她，疯狂女声嘶力竭地喊："别拉我，让我去死，别拉我。"边喊，边用力挣脱。

我们费了好大力气才把她拽上来。因为用力过猛，搭档王的手都被窗台给剐破了，不停滴着血。

移交完毕离开后，门外几个男人还在嘀嘀咕咕说疯狂女的不是，我恼了，对他们吼道："你们领导就是个人渣，让他过来处理，你们别在这里乱喳喳！"几个人愣愣地看着我，不知所措。

我陪搭档王处理了一下伤口，然后归队。

吃饭时，搭档王说："她进里屋后，直接爬上窗台就要往下跳。幸亏我们俩跟得及时，要是没拉住她，她从八楼跳下去，必死无疑。咱俩这晚饭恐怕是吃不成了，将来的后果，也无法想象啊。"

我放下筷子说："老王，你能让我吃两口吗？你这一说，我又吃不下去了。"

搭档王哈哈哈笑了起来："吃一堑长一智，以后我们可要小心点儿。包括昨天那个偷自行车的小偷，完全可以把他先控制住，你还不让我掏手铐，幸亏他不是惯犯没出啥问题，要是自残一下我们也没办法啊。公安这口饭不好吃啊!"

　　我这时就想起来"战战兢兢,如临深渊,如履薄冰"这句话。有人说巡警是公安队伍里层次最低的警种,可是真要干好也不容易。看似平凡简单,天天调解一些鸡毛碎片的小事。但你无法预料,下一个警情是不是要面对持刀抢劫的凶徒,也不知道是否要面对穷凶极恶的杀人恶魔,更不知道看似平和的场合里,会暗藏着什么杀机。

　　今天,我又一次从心里感觉到"巡警"这两个字,沉甸甸的。

居家防盗 13 招

2010 年 12 月 10 日　星期五

古代有大盗名跖。一天，他的徒弟问他："盗亦有道乎？"他回答说："何适而无有道邪？夫妄意室中之藏，圣也；入先，勇也；出后，义也；知可否，知也；分均，仁也。五者不备而能成大盗者，天下未之有也。"意思是说，具备五点方能成为大盗。偷窃之前，判断情况以决定是否可以下手，为智；能猜出房屋财物的所在，为圣；行动之时，一马当先，身先士卒，为勇；盗完之后，最后一个离开，为义；把所盗财物公平分给手下，为仁。

我不知道现在的盗窃团伙是否有类似的理论做指导。据我了解，随着社会的发展，盗窃的技术手段也在不断升级，犯罪技能更是多种多样。譬如跟踪踩点，趁家中无人时下手；譬如利用无线电磁干扰司机锁车门，你摁下轿车遥控，以为车门已锁，孰不知窃贼利用电子干扰，让你车门打开，你一离开，他就下手行窃。

今天就接到一起群众家里被盗的警。

住在某小区某单元五楼的王女士，下午六点多下班回家，打开家门一看，发现客厅一片狼藉，再到卧室，见窗户大开，卧室内也被翻得乱七八糟。王女士忙将家里东西收拾了一遍，清点了丢失财务，发现除了四万元现金外，儿子的笔记本电脑也被窃贼带走，王女士便拨打了 110

报警。

我和搭档王赶到后，王女士很着急地招呼我们进屋，搭档王拒绝了。我们站在门口简单了解情况后，搭档王立即请求刑侦中队的人过来查验现场。

刑侦中队的同志赶到了解完情况后，看着王女士无奈地直摇头，现场都被她破坏了，这样的现场勘察起来，难度太大。

王女士本以为自己家在五楼，窃贼是不会从窗户进到家里的，所以离开家时，为了保持室内的空气新鲜，还故意把窗户打开通风。

下楼后，我看到她家楼下的住户都安装了防盗网，原来窃贼是顺着楼下这些"梯子"上去的。

谁也不会想到，自己家安装的防盗网会成为窃贼盗窃楼上邻居的"梯子"。

另外，提醒大家，如果回家后，发现门敞开或者虚掩，感觉是出现被盗情况，不要贸然进去，更不要进去整理察看家里的物品，要迅速报警。一是以防止室内窃贼还没离开出现意外，二是便于刑侦人员进行现场勘察。

且将以前在指挥中心时，总结出来的一些防盗顺口溜发上，如果您有不明白的地方，可以随时和我联系。

1. 离家多花一分钟，关好门窗有保证。大额现金存银行，措施有效又可行。

2. 钓鱼钓走钱和物，防钓关键锁窗户。贵重物品和钥匙，千万别放暴露处。

3. 溜门入室很常见，四季都会有发案。随手关门常防范，锁具选择很关键。

4. 邻里关系胜铁网，彼此照顾多帮忙。陌生人来单元楼，问问你是把谁访。

5. 街面商家若无人，店内切勿放现金。如果资金能允许，还是安个防盗门。

6. 夜间如果要出行，家中最好亮盏灯。远行切勿留提醒，提醒让贼把门登。

7. 交友一定要慎重，生人不可带家中。保姆要用可靠的，进门要验身份证。

8. 智能电子报警器，看家护院有惊喜。条件允许安一个，有贼就会通知你。

9. 钥匙不要随便放，幼童切莫挂脖上。钥匙丢了快换锁，补牢切勿等亡羊。

10. 阳台门窗挂风铃，一进小偷会发声。即便你在家中睡，马上就把你叫醒。

11. 自行车辆放车棚，离车上锁莫放松。若要车辆不被偷，良好习惯要养成。

12. 社区单位有门卫，夜间警醒莫贪睡。有人来访登记好，留心就能防窃贼。

13. 门墙低矮易攀爬，小偷进来随便拿。加固门窗和围墙，偶尔进来也白搭。

每个嚣张的妖怪背后，都有一个庇护的神仙

2010 年 12 月 11 日　星期六

生活中有多种多样的规矩，时刻在约束着我们的行为。虽然说规矩都是人定的，只有打破常规才能有所创新、有所进步，但是大多时候，遵守约定俗成的规矩，是对别人的一种尊重，也会给自己减少很多麻烦。

一位李女士，中午时，去培训学校接儿子，学校的门卫老伯对她说："你人可以进去，但是学校有规定，电动车不可以进院。"李女士问："那为什么院内停着两辆汽车？"

老门卫说："那都是学校的车，你看校园这么小，只能停下两辆汽车。如果大家都骑车进去，校园就乱哄哄的，所以，学校有规定，电动车和自行车及外单位的车辆，都不能进来。"

李女士说："那不行，我这车今天还非要进去。"

老门卫说："你这不是给我老头子找麻烦吗？你进去了，这会儿正赶上放学时间，不安全。"

李女士说："汽车都可以进，凭什么不让我电动车进？"

老门卫也火了："你看你，我这儿也是有规矩的。你看这么多家长，大家不是都在门外等着吗，你凭啥搞特殊？你这人咋恁不懂规矩呢？"

李女士说："我不懂规矩？你这是啥破规矩，你这老头就是狗眼看

人低。"

老门卫说："你这么大人了，怎么还骂人啊？"

李女士说："我就骂你了，怎么了？谁让你欺负我。今天这门，我还非进不可！"

说完，推着车子就要往里闯。

老门卫说："我也不跟你闹，我要打110。"

我和搭档王赶到时，老门卫正拽着李女士的车子，李女士边骂门卫，边硬要往里闯。

我心里很是郁闷，为了这么点小事情闹纠纷，实在太没有意义了。了解完情况，我说："李大姐，你这样就不对了，看门的老大爷执行的是学校的规定，也是为了孩子的安全着想，你换个角度想想。"

李女士说："为什么那汽车可以停学校里面，我这电动车就不让进了？他这不是明摆着欺负人吗？"

我说："都说了那汽车是学校内部的，而且学校也有自己的规矩。"

李女士说："我才不管什么破规矩呢！以前都是我老公来接孩子，我老公和这学校校长是好朋友。我已经给校长打电话了，他一会儿就出来。"

我理解了。西游记里，每个逞强的一个妖怪身后都有一个神仙在庇护。原来这个李女士身后有一个校长做靠山，难怪她如此嚣张。

这时，一男子急匆匆赶了过来，拨开人群，对着李女士说："咋了弟妹？"

李女士一见校长，很委屈地说："大哥，你看你这雇的是什么狗屁门卫，拉着我不让我进，还打了110。"

校长脸一红，继而很严肃地说："说啥呢？他是我爸。"

李女士一听，那脸羞的像红苹果，马上转身对老头说："对不起大爷，实在对不起。"

老头气哼哼地骂儿子："你个王八羔子，这门老子不给你看了。"

说完转身离开了。

看热闹的群众哄堂大笑起来。

我对李女士说："大姐，不管这门卫大伯他儿子是谁，你都不能骂他。你想想，你家里也有父母老人，尊重老人是最基本的啊，对不对？"

李女士说："对不起了警察同志，我以前没接过孩子，今天老公喝多了酒，我正一肚子气呢。"

搭档王说："那就更不对了，看你也是有素质有涵养的人，有气也不能撒在老人身上啊。"

校长过来说："麻烦两位警官了，实在对不起，大水冲了龙王庙，实在不好意思！"

李女士也不停说着对不起，带着孩子离开了学校。

父母的身体力行直接影响着孩子人格的形成，当我们连父母这个职业都当不合格时，又有什么资格要求孩子当好孩子呢？

接下来，遇见一位更猛的女士。

话说，孟女士开车和家人就餐，吃完饭，离开时看车女说："你好，停车费共四块。"孟女士说："就剩两块钱了。"说完，随手抛出车窗，钱散落在地。

看车女从地上捡起钱，发现孟女士打算离开，于是冲过去，拍了拍车窗。

孟女士放下车窗，骂道："你滚一边去，想干吗？"

看车女说："你钱没给够呢。"

孟女士："滚滚滚，给你两块了，还要啥？"

看车女说："那你还差两块钱呢。"

孟女士说："滚一边去。"

说完，又发动了车。

看车女便用力拍了拍车窗。

孟女士下车，一巴掌抽在看车女脸上。看车女还想挣扎，孟女士反手又是一巴掌。

看车女喊："你凭什么打人？"孟女士的老公打开车门冲过来一脚把看车女踹翻在地。

围观群众纷纷指责他们夫妻俩，同时报警。

我们赶到时，孟女士张牙舞爪，气势汹汹。她的车里坐着一个五六岁的小女孩，用一种与其年龄不符的冷漠看着她妈妈的"表演"。

而那位看车女脸已经肿了，还有血迹斑斑的抓痕。

我心里隐隐作痛。这个社会太疯狂了，这个孟女士都快变成狼了。

看车女说耳朵嗡嗡响，我说什么她都听得不太清楚。

我让看车女先去医院看病，并立即请求治安中队过来处理。

孟女士想走，我说："今天恐怕你一时半会儿是走不了了。"

我说："你回头看看车里，你女儿都这么大了，你这么做会给孩子造成什么影响你知道不？"

孟女士说："无所谓，谁让她拍我车了？我就是要教训教训她。"

我说："她拍一下能把你车拍坏吗？你不给停车费在先，居然还打人？"

孟女士一脸不屑对我说："我今天就是打了，怎么着吧？"

对于这样无知又不可理喻的女人来说，我除了鄙视，只能是鄙视。

当治安中队过来带孟女士离开时，群众热烈鼓掌。

公道自在人心，不怕你逞凶装恶。

出来混，迟早都要还的。善恶终有报，希望孟女士的女儿将来能继续发扬她母亲强悍的风格，将她遗弃街头。这样说，是不是有失警察的公允啊。唉，我真是出离愤怒了，原谅我吧。

"神算子"街头遭痛扁

2010 年 12 月 12 日　星期日

　　一个月前，张小信（化名）父亲生病住院，看着老父亲病卧床，治疗多日不见好转，张小信茶饭不宁，愁肠百结。某日，在家人的一再劝说下，小信从医院出来，准备到离医院不远的公园去散散心。

　　还没进公园门，突然路边一男子冲过来，拉住小信说："老弟啊，我观你印堂发黑，双目无神，又观你双眉紧锁，嘴唇发紫，似有不祥征兆啊。"

　　小信心里一动，忙问："你还能看出什么来？"

　　神人说："借一步说话。"说完，便将小信拉到自己卦摊前，给小信一把凳子，让他坐下。然后掐指一算，神人长叹了一口气，说："不瞒老弟说啊，你近期家里要有灾祸啊。"

　　小信问："能看出来是什么灾祸吗？"

　　神人说："你且伸手过来，让我为你察看一二。"

　　小信半信半疑伸手过去，神人拉着小信双手看了又看，不住摇头叹气。弄得小信更加心神不安。

　　小信问："看出来啥了没？"

　　神仙说："老弟，天机不可泄露啊。"说完搓了搓手。

　　小信想了想，从兜里掏出来十块钱，递给神人。神人笑了笑，将钱装入口袋说："老弟，见你是心诚之人，那我就指点你一二，实不相瞒，我看你家里要有血光之灾啊。是不是近来家里有患病之人？"

小信见神人如此神通，想到自己父亲的病情，忍不住叹了口气说："唉！别提了，我爸病了，一直不见好转。"

神人仙目半睁半闭，继而长叹一声。

小信忙问："先生，我爸这病情，什么时候可以好转？"

神人说："我不敢妄言，您可抽来一卦，容我给你破解破解，如何？"

小信忙说："麻烦先生了。"

于是，神人让小信抽出一签，见是下下签。神人又是一声长叹。

小信忙完："先生，能给解释一下签上的文字吗？"

神人说："老弟，见你如此孝顺，我给你这么说吧，令尊大人虽有恶疾缠身，但并不是没有破解之法。"

小信忙问："怎么破解，请先生指点。"

神人说："可惜啊，天机不可泄露啊！"说完又搓了搓手。

小信从口袋里又掏出十元递给神仙，神仙没接钱，说："年轻人，你看我两鬓苍苍，如今为你的孝心我要道破天机，可是要折寿的。"

小信心领神会，立即掏出五十递给神人。神人笑纳后，对小信说："你父亲继续在医院治疗，听医生的。然后，每晚，在令尊大人床前放一碗净水，确保老人能逢凶化吉，康复不成问题。"

小信听后问："大概多久能康复？"

神人说："近则月底，远则年底，即可痊愈。"

小信听后，大喜，千恩万谢而去。

回去后，小信便按照神人指点，每晚给父亲床前放一碗清水，祈祷父亲能转危为安。

谁知父亲的病情连医生也无法控制，逐渐恶化，半月后竟驾鹤西去。

料理完老人丧事，小信想起某日某神仙给他算过一卦，于是找上门来。见到神人，一声大吼："不要脸的骗子，还我钱！"

神人还想装模作样死不认账，小信想起来自己刚刚故去的老父亲，怒从心头起，二话不说将神人摁倒在地一顿狂揍。

见小信下手太狠，围观群众便拨打了110。

我和搭档王赶到时，两人已被人拉开，只是还在不停对骂。神人已经被打得鼻青脸肿，小信的上衣也被拽烂。

我看到神人用手捂着的嘴巴不停流血，忙问："伤得厉害不？"

神人说："那个王八蛋把我牙打掉了两颗。"

看来小信下手够狠的，这事可不是能调解的，连忙呼叫治安中队来处理。

移交完，搭档王说："这小信也够傻的，街头骗子的话也能当真。"

我说："他那是病急乱投医。"

搭档王说："心情可以理解，行为不可取。这次他把这老头的牙齿打掉了两颗，又给自己带来很大麻烦。"

我说："老王，以后我们要坚持清理周边这些算卦的老头。以前总是同情他们年纪大，混口饭不容易，现在看来我们不该对他们仁慈啊。有些心术不正的人，就是利用年纪大这个优势来忽悠我们。"

我感觉，人之所以会相信算卦的，大多是因为对未来未知的事情充满了好奇。事实上，能未卜先知的神人，我未曾见过。人的命运只掌握在自己手里，要做自己命运的舵手，而不是去相信街头的算卦者。

外甥打舅舅，起因是姥爷

2010 年 12 月 13 日　星期一

钱，作为人们交易的工具，在时下社会，被很多人视为最高追求。在这个近乎全民皆商的时代，有多少人还能保持着对金钱的那种漠视态度呢。

在某些人看来，唯有钱，才是最真实的，唯有钱，才是最亲的。只要有钱赚，良心放一边，只要有钱赚，责任看不见，说他不要脸，他说，脸皮值几钱？

今天接的一起警，也是因钱而起的。

接到报警，某医院门口打架。赶到现场时，见一位四十多岁的男子卧倒在地，满脸是血，身边一个二十多岁的年轻人，正用脚狠狠地踹他。

这还了得，我和搭档王立即上前将年轻人控制住。

再看地上那位，双手捂着脸，极其痛苦。搭档王赶紧去喊 120 的人，先给他包扎一下。

我质问年轻人："你为啥打人？"年轻人气愤地说："我打不死他是便宜他！他打老人，还卖我们家房子。"

我愣了一下问："你们是什么关系？"

年轻人说："他是我舅舅，天天打骂我姥爷，三天两头把姥爷往外撵。我妈刚把姥爷接到我家，他回头就把我妈给姥爷买的房子给卖了。"
这时年轻人的妈妈也过来了，对我们说："不怪孩子生气，他舅舅做得太过分。老头儿一生不容易，到老了我们想着让他享点福，谁知道他舅舅会动这个心思啊！"

没多久，几个护士抬着担架从医院里走了出来。略微检查了一下，便将年轻人的舅舅给抬了进去。

治安中队的同志赶来移交时，年轻人的舅妈带着两个儿子赶了过来。听说父亲被打，他的两个表弟嗷嗷叫着冲过来，要揍他。我和搭档王连忙拉开，当着警察的面打人，这不是开玩笑吗？

他舅妈点着年轻人的鼻子骂："你个小兔崽子，你长本事了，你竟然打你舅舅？你还是不是人？"

孩子的母亲说："得了，你还真别怪孩子，有这样办事的吗？把老头连打带骂撵出家，害得老头住院，这都一个月了。我看他就是欠打！"

舅妈回骂："俺孩子出国俺没钱，你凭啥瞧不起俺？俺卖的是老头的房子，碍着你啥事了？"

孩子的母亲说："那房子是我给老头买的，你们凭啥给卖了啊？"

舅妈回道："死老头子，他怎么不死在医院啊！"

我实在不忍心听下去，立即移交后和搭档王离开。

搭档王对我说："不知道他舅舅和舅妈是神马东西，简直是浮云。"

我问搭档王："啥是浮云？"搭档王说："浮云的意思是：不是东西。"

说起浮云，突然记起：富与贵，是人之所欲也；不以其道得之，不处也。贫与贱，是人之所恶也；不以其道得之，不去也。不义而富且贵，于我如浮云。

看来，搭档王的浮云解释，还是有出处的。

问搭档王："不知道我这样的解释可以不？"搭档王说："还行。这个年轻人的舅舅舅妈啊，老了也不会有好下场的。老猫枕着屋檐睡，爱好一辈传一辈。搞不好等他们老了，会上演一出现代版的《墙头记》。"

孝顺父母，天经地义，连乌鸦尚知反哺，狐死尚懂首丘。如果一个人，为了钱，抛弃亲情，丧失廉耻，即使再富，又有什么意义呢？我们不能成为圣人，但是，也不要成为搭档王嘴里的"浮云"。

最后，把陶先生的一首诗附上，献给各位好友和我自己。让我们浮躁的心，做一次远行。

饮酒

结庐在人境，而无车马喧。
问君何能尔？心远地自偏。
采菊东篱下，悠然见南山。
山气日夕佳，飞鸟相与还。
此中有真意，欲辨已忘言。

我插队碍你啥事了

2010 年 12 月 14 日　星期二

从笛子《灵魂的故乡》到古筝《清静法身佛》，两首轻音乐反复地听，体验灵魂远行，感受空灵境界，实在是一种享受。

今天到岗后，和搭档王走访沿街商户，遇一老者。老者年逾六旬，虽满头白发，却精神矍铄，布满皱纹的脸上，总是浮现着一种让人感觉亲切而温暖的笑容。老者开有一小商店，平时路过他店门口，总是见他和几个老人在一起下棋，做生意娱乐两不耽误。

这个北方城市已经完全进入了冬天，我们进到店里时，老人正戴着花镜靠在火炉边看书，我们俩进去告诉老者，我们是这个辖区的巡逻民警，他如果遇有什么困难可以和我们联系，并留下了联系方式。

老者一直看着我们笑，他的笑很有感染力，让我感觉浑身的寒意渐渐退去。当我们要告辞时，老人说："既然来了，聊会儿再走吧？外面冷，你们在屋里暖和一下！"老人说完，便爽朗地笑起来，眼里满是真诚，让你无法拒绝。

我和搭档王对视了一下，便在老人对面坐了下来，我看见老人面前铺着一本《南怀瑾讲述》。

老人说："天天见你们俩从我店门口骑着摩托过来过去的，平时出警不少吧？"

搭档王说："出警就像做买卖，也分行情，多的时候十来个，少的时候一两个也正常。"

老人问："都啥警啊？"

我说："啥都有，小到买菜为了几分钱发生的纠纷，大到盗窃、抢劫。大案子其实不多，大多都是纠纷之类的。"

老人听了哈哈大笑起来："有些人啊，就是想不通，看不透。大多吵架、拌嘴都不是啥大事，彼此宽容一些，说话少点火气，都没啥大不了的事了。"

我和搭档王听了不住点头称是。

老人说："拿我来说吧，原来在国企当焊工，九年前，单位倒闭，下岗分流，买断工龄。买断工龄后我去找了一个企业打工，结果人家嫌我干活慢。唉，当时眼睛真是看不清楚了，咋办？当时厂里很多人都不知道自己该干啥了，天天埋怨东埋怨西。我后来听说一个单位招聘保安，就跑去了。别说，还真应聘上了，一个月八百块钱。除去抽烟，交养老统筹，一个月能省下四百左右。就这样干了五年，积攒了一些钱，开了这个小商店。现在我到退休年龄了，退休工资加上小卖部的收入，也不少了。而我的那些老伙计们都把时间浪费了，现在都很羡慕我，说我有事干，日子过得滋润。其实滋润倒谈不上了，不过倒也充实。所以，人要想得开，要看得开。到哪一步都有该有的活法儿，人没有过不去的坎。"

老人爽朗的笑声，让人感觉到他对生活那种充满生机的惬意。

我问："您在看《南怀瑾讲述》？"

"哈哈，看着玩，讲的都是孔孟之道，道德经，还有佛法，这些都是教人行善的，讲的都是大道。其实，大道就是人道，做人多看开点，少一些怨气，身体力行，多做一些善事，人人都能成佛。不管什么理论，都是虚的，只有运用到自己生活里，才会有意义，我啰唆这么多，你们俩不会笑话我这个老头子吧？"

搭档王忙说："大爷，您可千万别这么说，听你这么说，我们真是收获很大。"

老人又笑起来："要是大家都能明白这些简单的道理就好了，你们也就不至于那么辛苦了。"

身上心里都暖烘烘的，我们笑着感谢老人，起身告辞。

临近下班时，接到某超市报警，说有人打架。我和搭档王赶到现场时，虽然保安已经将打架的两位女士拉开，但两人还在对骂，其中年龄稍大的女士脚下有一个四五岁的小男孩，搂着妈妈的腿正在哭。

两位女士，一位三十多岁，长发散乱披在肩上，面容姣好却血迹斑斑，身披红色风衣，如果她嘴巴里不吐出那些脏字，大家会感觉她是一位很有涵养的女士。另一位二十左右，下身穿皮质短裙，上身穿紧身棉袄，打扮很是时尚，而嘴里吐出来的脏字，比那位大姐更是有过之而无不及。

经了解，长发大姐正带孩子排队结账时，见短裙妹插队，便在后面喊她："你凭什么插队啊？有点素质没有啊？"

短裙妹回头看了看，没答理她。

长发姐见说出的话没反应，于是又随口说了一句："真没教养，一点规矩都不懂。"说完继续排队。

短裙妹倒是从队伍里走了出来，走向长发姐，二话没说，扯着长发姐的头发一巴掌就扇了过去。长发姐见事不妙，将孩子推到一边，便和短裙妹厮打起来。保安看到后费了不少力气才把两人拉开。

见我们过去，长发姐说："我要求去所里处理，今天你们非拘留她不可，这个不要脸的东西，插队不说，还打我。"

短裙妹说："就你是好人，我插队碍你啥事了？你凭啥骂我没教养？人家那么多人都不吭声，就你能？你现在打得我头晕，我想吐，我脑震荡了！"

长发姐的孩子在一边一直抽抽搭搭，一脸恐惧地看着他妈妈。

搭档王说："你们先别吵了，都别吭声，有理到所里说去。"

治安中队的同志来后，将她们带走进一步处理。

仔细盘点近期处理的警情，几乎百分之八十的纠纷都和女士有关，我问搭档王这是怎么回事，搭档王说："据我分析，这和女同志的生活压力大有关，很多女同志除了工作，还要带孩子，还要照顾家里老人和做大部分家务，女同志的压力不比男同志小，烦心事情一多，脾气也就见长，加上她们天生的爱面子，心眼小，动辄就会生气，还非得争个是非曲直，所以，纠纷就多一些。"

说完，搭档王问我："我的分析有道理没？"

我没说话，我在思考老人给我们讲的那些道理。正如老人说的，道理都是空的，都是虚的，只有运用到生活里才会有意义。可人都是有七情六欲的感情动物，要想真正达到老人说的那种境界，还真不是一两句话就能实现的。

然而，有些理论作为指导总是好的，静下来多读一些有益身心的书籍，净化一下自己浮躁的内心，内化于心，外践于行，这样，恐怕就会少一些浮躁，远离麻烦。

主动报警"请罪"的小贩

2010 年 12 月 15 日　星期三

今天早班，十一点时，接到 110 派警，某某路口有群众求助。

赶到现场时，见一个大哥向我们招手，他身边是辆架子车，车上摆放着香蕉。

风很大，摘下头盔，我感觉阴冷的风直往脖子里钻，换了帽子，走上前问大哥："有事需要我们帮忙吗？"

大哥裹着一件厚厚的黄色旧大衣，面色暗黄，胡子好久没修过了。他似乎对警察有点胆怯，嗫嚅着说："我，我，唉，你过来看看！"

说完，大哥用手往他身后不远的公交站牌那边指了一下。

我这才发现，站牌的橱窗玻璃已经破了，碎玻璃散落了一地，还有一些挂在上面，像是房檐下的冰凌。

搭档王问："你不是报的求助的警吗？这碎玻璃跟你有啥关系？"

我看见很多放学的孩子路过，自作聪明地说："哦，明白了，你是怕碎玻璃伤着孩子吧？"

大哥显得有点不好意思，脸发红，将大衣的帽子从头上掀开说："唉，不是，这块玻璃是我弄碎的。"

嗯？我以为是风太大，玻璃被风卷起的树枝给打碎了呢，没想到是卖香蕉的大哥给打碎的。

大哥接着说："我不是故意的，这不是天冷吗，我想躲在公交站牌后面避避风，没想到，我就往后一靠，那玻璃就碎了，唉，我也没想到这玻璃这么脆。"

我问："没伤到你吧？"

"没，没有，我当时戴着帽子捂着头呢，要不真还砸伤我了。"大哥显得很不好意思，"我不知道该咋办，就只好求助110了。"

搭档王说："你的意思我们明白了，你是不知道该赔钱给谁，对吧？"

大哥说："是的，我就是这个意思，我不能弄坏了人家玻璃不管吧。"

搭档王说："明白了，我们联系相关单位。"

我说："你先去卖你的香蕉吧，有事我们喊你。"

路口不远处有个小学，十一点时，孩子们陆陆续续从学校出来，排着队，喊着口号走了过来。

我让搭档王联系指挥中心，我站在孩子们来的方向，提醒他们绕行。一是路面上很多碎玻璃，二是上面没掉下来的玻璃碴儿已经是摇摇欲坠了，怕落下来砸伤他们。

路口应该是孩子们平时分手的地点，老师点完名，班长领头喊完口号后大家一哄而散。

有几个淘气的孩子，跑到我身边问："叔叔，这是咋了，上面咋还有冰凌呢？"

说完，伸手就要去摸上面的玻璃。

我连忙拉住他们说："这是玻璃，划破手就麻烦了，赶快回家吃饭吧！"

几个小家伙看了我一眼，嘻嘻哈哈笑着跑开了。

将近十二点，来了一个年轻人，问我："警察同志，我是负责这个路段站牌的管理人员，是你们说这里玻璃被打碎了吧？"

我说是，同时让他出示了证件。然后招呼卖香蕉的大哥过来。

我对年轻人说："玻璃是卖香蕉的大哥避风时不小心弄碎的，你看看需要赔多少钱，你们俩商量一下。"

年轻人从兜里掏出一张纸，递给大哥看。我扫了一眼，见上面写的价格是二百。

年轻人说："两百块钱，这是底价。"

大哥说："有点贵吧，这玻璃咋也不值那么多钱，我都没怎么用力靠就碎了，怎么也不会那么贵啊。"

年轻人显得有点生气，说："你这么说就不对了，本来就是这个价格，不想赔吗？这可是有110的同志在呢！"

搭档王说："你别这么说，是人家弄碎玻璃后主动报的警，又不是我们拉着不让他走，我们在这儿只是协调一下。"

大哥说："就是，要跑我早就跑了，一块玻璃钱，我至于跑吗？我弄坏了，我赔是肯定的，但是你要二百，确实有点讹人，我家里又不是没装过玻璃。"

年轻人说："那你赔一百五吧，不能再少了，再少我回去没办法交差。"

大哥说："我手里就一百块钱，都给你行不？"

年轻人："那不行，你不能让我赔钱装玻璃吧？"

我把年轻人拉一边，对他说："你看，人家这人也是老实人，如果他自己不报警，转身走了，你一分钱都得不到。再说了，卖香蕉也赚不了多少钱，要不你再给领导请示一下，毕竟这橱窗用了也不是一两天了，什么都有折旧率，对不？"

年轻人掏出手机，到一边打了个电话，转回来说："行，那就一百算了。"

寒风里，大哥从兜里掏出一沓零钱，哆嗦着手给年轻人数了一百。我看见他数出一百后，手里就只剩下几块钱的零钱。

年轻人接过钱，和我们招呼一声，转身走了。

我对大哥说："你也真是的，你早走了不就行了？"

大哥笑着说："我要是走了，以后我天天都得惦记这事，恐怕再也没办法来这里卖香蕉了，为了一百块钱，不值得！"

说完，大哥继续招呼他架子车上的香蕉去了。我看他的脚下，穿着一双薄薄的单鞋。

当你习惯了温暖，就会惧怕寒冷；当你习惯了奢华，就会惧怕贫穷；当你习惯了热闹，就会惧怕孤单；当你习惯了浮躁，就很难找回安静；当你心境变得麻木，就再也找不到感动。

卖香蕉大哥的话让我找回久违的感动，在这样的寒风里他让我感受到人性的光芒。

直捣"伪名医"老巢

2010 年 12 月 16 日　星期四

下午，干冷干冷的。太阳快落下去的时候，110 指派我们到某路口，说有一个男人在那里骂一个女人。

赶到路口时，一位五十左右的大妈向我们招手，来到她跟前，大妈说："我报的警，你们快过去那边看看吧。"我和搭档王拨开围观的人群，见一个女子正蹲在地上哭，一男子一手抱着怀里一个两岁多的男孩，一手拽着地上女人，想把她拉起来，男人边拽边骂："哭，哭，你就知道哭，当初不听我的，现在哭有啥用？"

小男孩也抽抽搭搭地哭，不时重重地咳嗽几声，那咳嗽声让人感觉很是揪心。孩子是父母的心疼肉，我刚当爹半年多，儿子生病的时候，我和媳妇都难受得不知怎么办才好。

我拉住大哥，想扶起地上那位大姐，大姐很执拗地不起来。

搭档王问："咋回事这是？"

大哥见是警察，忙说："她是我媳妇，没啥事，我们自己家的事。"

我说："因为啥啊，这大冷天的，哭坏了身子多不好啊。还有孩子呢，看这孩子哭的！"

大哥说："真没事，我劝劝她，一会儿我们就走了。"

大哥说完，伸手过去，狠劲扯了一把地上的大姐说："起来吧，别丢人了行不？"

大姐哭着说："我咋恁没用啊，天杀的骗子，我孩子的病可咋办呀！呜呜呜。"

难道是医托？我问大哥："你们这到底是因为啥啊？"

大哥叹口气说："唉，别提了，让人给骗了！"

搭档王说："你们被骗了怎么也不打110呢？大姐你也别哭了，起来给我们说说，到底是怎么回事，兴许我们俩可以帮你们呢。"

我见大姐抬起头来拿哭红的眼睛望着我们，忙说："来，大姐你快起来，我们去路边找个避风的地方说行吗？"

大姐迟疑了一下，在大哥的拉扯下，来到路边一个避风的地方。

不出所料，果然又是一起医托害人的典型案例。

话说大哥和大姐的孩子小宝，这些天一直咳嗽，在乡医院、县医院、市医院花去不少钱都没能看好，听说省城有位黄名医，专门看小孩子咳嗽，于是五天前带上家里所有现金来找黄名医。刚下长途汽车站，有一衣着朴实的中年女人上前问："你们是来给孩子看病的吧？"

大姐说："你咋知道的？"

那女人说："呵，听口音我们还是老乡呢，你们是哪儿的？"

大哥说："我们是某某县某某乡的。"

女人说："哈哈，我说呢，我也是某某县的，只是我们不是一个乡。我也是来给孩子拿药的，看你们带着孩子，想着也是给孩子看病的，没想到真是啊？"

大姐见遇到了老乡，忙说："可不是，孩子咳嗽几个月了，一直没治好。听说这里有个黄名医，看小孩的病很拿手，我们就来了。"

中年女说："老天爷啊，真是太巧了，我孩子也是咳嗽好久，也是找黄名医拿的药，只吃了三天就见效了。这不嘛，我今天来想再拿点药，咱真是有缘分啊。"

大姐说："是吗，那太好了，我们一起去某某医院吧。"

中年女说："去医院干啥啊？你们还不知道吧，黄名医的号特别难挂。他现在不上班的时间，自己在家搞了个诊所，我们在这里有亲戚，我们是去他诊所看的，便宜，而且人不多。"

大姐说："是吗，那你能带我们去吗？"

中年女说："你看大妹子你说到哪儿去了，咱都是老乡，没问题，包在大姐身上！"

大哥捅了捅大姐，大姐看了他一眼，大哥说："我们还是去医院好！"

中年女说："咋？信不过我？那好，你们自己去医院吧。在医院挂黄名医的号，你没三五天排不上队，进了医院那可不是闹着玩的，没个万儿八千的出不了医院门。"

大姐说："姐，我们没那意思，我们相信你，我们跟你去。"

大哥迟疑了一下，也没再多言语，就一路跟着上了一辆出租车。

车到我们出现场的路口停下，大姐又带他们七拐八拐走了十几分钟，终于在一个小区内找到"黄名医"，"黄名医"把脉后说："这孩子的病可是不轻，再不好好看恐怕小命难保。"随后又问他们身上带多少钱，大哥说带了六千四。

"黄名医"说："那好吧，先给你们开六千块钱的药，回去吃吃再说。想治好，恐怕六千块钱还差点儿。"

于是，给他们开中药，整整十大包。

两人提着"救命药"开开心心和中年女出来，中年女说她要去城里亲戚家，于是他们分手，大哥大姐带孩子回家熬药喂给孩子吃，吃了几天，孩子不但咳嗽没好转，反倒又拉起了肚子。

大哥生疑，拿药给村里一个中医看。中医说，这都是一些清热去火的很常见的中药，很便宜，这一包药的成本加起来不过三十块钱。

大哥一听就晕了，第二天就和大姐带着孩子过来找"黄名医"算账，两人坐出租车转了半天找到当时下车的路口，然后下车再去找那个小区，可找了一下午怎么也找不到。眼见天黑，大姐一急气得哭起来。

哥和搭档王对视了一下，医托，典型的医托。

我问："你们别急，好好回忆一下，小区门口有什么标志没？"

大姐抽抽搭搭地说："我不记得了。"

搭档王说："好好想想，仔细想一下！"

大哥低下头，突然说："我想起来了，我记得附近有个菜市场。可我们怎么也找不到那个市场了。"

我问："你们当时下车后，走了大概多久？"

大哥说："当时下车，向南走也就十几分钟吧。我就奇怪了，为什么就找不到那个位置了呢？"

我和搭档王对视了一下，我们辖区就一个菜市场，不过不是在南边，是在东边，或许他们迷方向了。

我问大哥："你确定是向南边走了？"

大哥说："是那个拉我们来的骗子说的，她说一直往南走。我们第一次进城，来了就不知道方向了。"

我猜测，骗子是为了迷惑他们，怕他们会找上门来，所以故意告诉他们一个错误的方向。

我说："走，我俩带你们再去找找！"

一边走，大哥一边说着感谢的话，大姐则像祥林嫂一样向我们唠叨着那个骗子的模样。

不多一会儿，来到菜市场门口，大哥突然一拍头说："找到了，就是这个菜市场。咋回事呢？我们怎么就没找到这个地方呢？"

大姐一指市场不远处说："就是那个小区，对，就是那个小区。"

搭档王很是兴奋，对他们说："走，我们进去。"

大哥这时已经清醒过来了，带我们进小区后，一直来到他说的"黄名医"诊所的楼下。刚到楼下，见一中年妇女从楼上下来，大哥一把就拽住她："就是她，就是她带我们来的！"

中年女一见警察，猛一把推开大哥说："你们是谁啊？我可不认识你们，神经病！"

大姐一下就哭出来了，抓住中年女说："就是你，骗我们的救命钱，你有良心没啊你！"

我上前拉住中年女说："走，上楼，别耍花样，医托我见多了，不老实我可就给你上铐了。"

中年女看了我一眼，这时我的脸色可能不太好看，她不再辩解，乖乖地领着我们上楼。

三楼，"黄名医"的诊所内，我和搭档王现场控制了"黄名医"和两名副主任医师，还有一名药剂师，最可气的是，竟然还有一名刚毕业的女大学生，她是负责收银的。

在等待刑侦中队的同志移交时，我问她："你来这里多久了？"

她说："就几个月，我还没转正呢。"

我说："恐怕你转正不了了，你大学里，都学的啥？老师教过你让你昧着良心来给骗子数钱了？"

女大学生低下头不再说话，我指着大哥一家人对骗子们说："你们这样骗人家救命钱，晚上睡觉能睡安稳吗？你们不会摸着自己良心去想一想你们干的这些缺德事？"

搭档王说："你跟他们讲什么良心，他们有良心吗？但凡有点良心，还能干这样的事情吗？看这冒充黄名医的老先生，有七十岁了吧？这么大岁数了，还出来作恶？你家里也有孙子孙女吧？给后代子孙积点德吧！"

此事移交刑侦中队继续处理，大哥大姐拿着属于他们的六千块钱去刑侦中队做笔录。分别时，大哥大姐对孩子说："快谢谢叔叔，等你长大了也要像他们一样，做一个抓坏蛋的警察。"

孩子用稚嫩的声音说："谢谢叔叔，我也抓坏蛋。"一句话，说得我眼泪差点掉下来。

有时候，我们不需要做太多，很多事，只要稍微尽点心，他们便会很感动。

有时候，我们也不需要用多么大声音说话，多用点心，他们便会感受到警察的温暖。

结束语：

看病一定去医院，医院门口要防骗。
医托总是认老乡，专门骗你救命钱。

护犊心切，包工头骂女教师

2010 年 12 月 17 日　　星期五

今天要说的这个案例和教师、家长、孩子教育有关。接到报警：某小学校长办公室有人闹事。

正值放学时间，搭档王将摩托车放在学校门口，我们步行进入校园。校长办公室门口，围了很多人，有老师有学生。

几个淘气的孩子看到我们，冲我们做鬼脸："警察叔叔好！"说完嘻嘻哈哈笑着跑开。几个老师给我们让出一条路，只见一男子正在办公室门口指手画脚骂骂咧咧。

男子三十多岁，满脸横肉，短发，脖子里戴着一条闪闪发光的金链子，上身穿皮夹克，夹着公文包，身高一米七左右，下身一条牛仔裤，脚下一双名牌的运动鞋。

链子男这时正手指一个三十岁左右的女人发火："啊，我告诉你，别以为我们是外地的，就可以随便欺负，你凭什么骂我儿子？我还舍不得说他呢！现在我儿子不吃不喝了，你们看着办吧！"

见我们过来，一个男子过来说："是我报的警，我是这里的校长，我姓龙。"

搭档王问："咋回事？"

龙校长说："唉，我说不清，你看这位学生家长都骂我们老师半天了，这么多学生围观，影响多不好啊，我让他去办公室说，他还不去。"

链子男说："我不去，有理咱就在外面说，让大家都评评理。"

我问道："咋回事？你先给我说说。"

链子男看了看我，说："那你别让那个老师走，我还没和她算完账。"

我说："谁都不走，你就放心吧。"

于是，搭档王走向那位女教师问情况，我将链子男拉到了一边。

链子男说："警察同志，不是我无缘无故骂她，是她先看不起人。"

我问："咋回事？慢慢说。"

链子男说："我儿子昨天晚上放学回家，不吃饭，也不写作业，也不跟我和他妈说话，问他咋了，是不是跟同学闹别扭了，他也不说。后来我们俩一直哄他，他才说他在学校受班主任张老师欺负了。"

我问："孩子说了没，受啥欺负了？"

"孩子说，正上课，老师过来吼他，还骂他。"链子男答道。

我问："没打他吧？"

链子男说："打倒是没打。孩子才八岁，正是要面子的时候，即便是课堂上捣乱，下课再批评不是也可以吗？这下倒好，孩子不吃不喝，早饭也没吃就来学校了，我跟他妈都闹心着呢，工地上几百号人还等我去发工资呢。"

果不出我所料，这是位包工头大哥。

我问："孩子平时淘不淘？"

包工头大哥说："淘，男孩子嘛，咋能不淘气呢！"

我笑了笑，说："你也不能全听孩子的，现在的孩子，脑子转得比你快。"

包工头大哥说："老弟，你这话说得对，这孩子还真是聪明，我跟他娘经常让他骗得滴溜溜转。"

我说："对啊，既然经常忽悠你们两口子，保不准这次又是忽悠你们呢！你知道这是重点小学吧？"

包工头大哥说："知道，知道，我哪儿能不知道呢，我孩子花了两万块赞助费才进来的。"

我说："这里不是黑学校，我想老师的水平和涵养应该还是可以的。你先消消气，不要再骂了，我们了解了解看看到底是怎么回事。"

包工头大哥说："行，我就是怕他们觉得我们是外地来的，就欺负我孩子。"

我说："你想多了，没人欺负你，你不欺负别人就行了。"

包工头大哥嘿嘿笑起来："我哪儿敢啊，我可是良民，合法经营，坚决不拖欠农民工工资。"

我说："扯远了，自己多点涵养就好了，你看你这骂骂咧咧的，这么多孩子看着呢，成啥样子了都？别说学校老师看不起你，孩子们都看不起你。你看那些孩子对你指指点点的，不知道啥意思吗？"

包工头大哥听我这么说，显得很不好意思。

我让包工头大哥先站一边，然后来到挨骂的张老师跟前。张老师正给搭档王诉苦："我真没骂他，当时我正在黑板上写字，听到下面有学生笑，我转身看见小宝正站在那里对大家做鬼脸，我就说了他一句，让他坐好，上课不能调皮捣蛋。可能语气重了些，我也没想到孩子竟然闹到不吃饭的地步啊。"

龙校长说："唉，现在的孩子啊，娇气得不得了，说也说不得。我看，实在不行，这孩子，让他转学算了。这家长也太没素质了，这都骂半天了。"

我说："这也不是解决问题的办法，这事儿，说到底，根都在孩子身上呢。先别急，我再做做家长的工作。"

于是我来到包工头大哥身边，我对他说："这样，我问你几个问题，你回答完，咱再说别的。"

我见这个包工头大哥还不是那种不可理喻的人，想开导开导他。

他说："好，你问吧。"

我说："第一个问题，你还想不想让孩子继续在这里读书了？"

包工头大哥说："想啊，咋不想。"

我说："那你看你来学校这么闹，以后谁还敢管你儿子？"

他说："我只是和他们讲理，我怕他们欺负我儿子。"

我说："那我问你第二个问题，比方说，你是一个老师，你正讲课，有学生在下面捣乱，你会咋样？"

包工头大哥说："那我肯定也会发火。"

我说："好，我问第三个问题，你花那么多钱，把孩子送到这个学校是干吗的？给自己撑面子？还是想让孩子好好学习？"

他说："当然是好好学习，我没什么文化，吃了不少亏，我就想让儿子好好学习。"

我说："那不都结了吗。你又想让孩子好好学习，又不想让人家老师管你孩子。老师没打，没骂，就是批评了几句，你就受不了了？假如说，你带的民工不好好干活儿，还跟你捣乱，你会咋样，会不会让他滚蛋？"

包工头大哥想了想，问："那你的意思是？"

我说："我没啥意思，你自己都说孩子很淘气了，你自己不用脑子想想，他不吃饭是饿得轻，多饿几次就吃了。但是他在课堂上不好好听讲课，本来回家就该挨你的批评，你倒好，到学校来这样闹，以后来孩子还有老师敢管吗？再说了，人家校长说你要再闹，人家就只好建议你孩子转学了。"

包工头大哥脸色沉了下来。

我说："你想想吧，要不让孩子过来，问问他，看老师骂他了没？"

包工头大哥招了招手，一个小男孩低着头走了过来。

包工头大哥问："小宝，你说实话，老师到底骂你了没？"

小宝说："你别丢人了，谁让你来找我们老师了。老师对我好着呢，她没骂我，她就是批评我了，是我不应该不好好上课。"

包工头大哥说："那你回家为什么说她骂你了？"

小宝说："我那会儿生气，故意骗你们的。我们走吧，你别丢人了。"

包工头大哥那张脸顿时涨得通红。

我说:"你去给人家校长老师道个歉吧,你看你这还戴金链子呢,你这事我感觉做得有点不那么金光啊。"

包工头大哥说:"好,我道歉,我道歉,唉,这孩子。"

说完,狠狠瞪了小宝一眼。

我拉着他来到龙校长和其他几个老师跟前,这时的包工头大哥像个做错事的学生,低着头说:"不好意思校长,我是个粗人,脑子转不过弯来,希望你不要和我一般见识,还有张老师,我错了,向你道歉!"说完还给张老师鞠了一躬。

张老师也不好意思起来:"你回去要好好说说小宝,不能受了一点儿委屈就不吃饭。"

小宝跑过来说:"我吃了,昨天我去饭店吃的烩面,早上我买的鸡蛋灌饼吃。"

再看包工头大哥那脸,简直没地方放,在几个老师的哄笑声中,他连声说着对不起,拉着小宝就走了。

安抚了张老师几句后,我和搭档王也离开了。

我以为,对孩子的教育,不能总是一味的娇惯。我一直相信那句话:自古英雄多磨难,纨绔子弟少伟男。现在生活条件好了,而且大多都是独生子女,一家人都呵护着,唯恐孩子有点闪失,更不允许别人欺负,但是孩子不只属于他的家庭,他更多的是要面对社会,家庭可以容忍一个娇纵的孩子,然而社会能容忍吗?父母一味地娇惯子女,貌似疼爱有加,实在害人不浅。

想起古代老师体罚学生,如果不听话就打板子,现在是新社会了,不能用这招了。但是把孩子交给学校,总不能不让管吧,在拿老师撒气前,不妨先想一想,把孩子送到学校所为何事,不就是想让人家教育教育,好让自己孩子成龙成凤吗?多体谅、多宽容、多沟通才是正理。一味责怪有责任心的老师,谁还会去管孩子,谁还愿意好心去教育孩子?

唉，说到教育，又想起来那位在网络上流传，用电熨斗烫伤孩子的老师了。祝他出门被熨斗烫伤，不烫他的脸，烫他的手，烫得他这辈子都拎不起熨斗。呜呼，我佛慈悲，算我没说，让他接受法律的制裁、道德的审判吧。

电梯急救

2010 年 12 月 18 日   星期六

今天傍晚的时候，天气让人感觉暖洋洋的，像春天。

搭档王说："这天气有点不正常，一暖和，大家都出来玩了，咱俩要加大巡逻力度。"

我说："老王，如果大家都像你这样有责任心，那将天下太平。"

搭档王说："拉倒吧，那时候，全国人民都成巡警了，咱俩估计都回家种地了。"

这个老王，只要夸他，他就跟我打哈哈。

这时，接 110 派警，三个老太太被困某小区电梯内。这不是小事，搭档王加大油门，一会就来到该小区。

罢工的电梯在小区里一栋高层楼内，我们来到楼门口时，见几个年轻人站在那里，显得很是着急。

我连帽子都顾不上换，拎着头盔跑过去问："你们是物业的人？"

几个年轻人说："不是，物业的保安在里面！"

我跑进去一看，差点气晕，只见一位身着制服的保安正趴在桌子上吃面条。

我问："电梯坏了困住人了，你不知道？"

他抬头看了看我，很茫然地说："知道啊，你们警察来干啥？"

我说："你说我来干啥，你也太不负责了吧，电梯里面的老太太都喘不过气了，通知修电梯的了没？"

他吃了口面条，咽下去，然后慢条斯理地对我说："通知了，这电梯又不是第一次坏了，没啥大事，不用大惊小怪！"

我恼了，问："那修电梯的啥时候过来？"

他很不耐烦地说："我也不知道。"

我说："你打电话问问啊，现在就打。"

他说："好，好，我打。"说完，拨了一个号码，对着电话说了半天，然后对我说："今天是礼拜六，修电梯的都休息了，正联系人呢，好像都不愿意来。"

我气极，恨不得将头盔砸过去。不砸人，砸他面前那碗面行不？

我问："人被困在几楼？"

他见我的脸色很难看，站起身说："好像是八楼。"

我跑到楼梯间一看，见八楼的数字一直在闪烁。于是对搭档王说："你赶快通知消防队的同志过来，我先上去看看。"

我这身体素质大不如以前了，一口气跑到八楼，竟然喘得不行。

楼梯间，几个人正对着电梯里面说话。

见我跑来，几个人说："警察同志，快想想办法吧，里面有个老太太说闷得心慌。"

我问："谁家有撬杠？快拿来。或者铁棍也行。"

有个大哥说："我家里有个钢筋棍，行不？"

我说："快去拿过来。"

一会儿，大哥拿来钢筋棍，在几个年轻人的帮助下，我们忙活半天总算是将电梯给开了个小缝。

里面有太太说："好了，好了，通风了，快给人闷死了！"

有这根钢筋棍撑着，里面的人能通风，只要能通风里面的老人就暂时不会有事。

等了一会儿，搭档王和消防队的几个同志赶来了。

消防队带队的队长说："嗨，这个电梯都出好几次故障了。"说完，一挥手，几个消防队员拎着工具就围了上来。上去先断电，然后用电梯开关钥匙旋转开关，用专业撬杠撬门，两分钟不到就把电梯门打开了。

里面有三个老太太，其中一个捂着胸口跑了出来："唉，闷死我了，可算是开了。"另外两个老太太手里还拎着菜，出来后也是长长舒了口气。

见大家都没事，我们将电梯门关闭后下楼。

几个业主也跟着下楼，有一个人对我说："你们110把电梯修好再走吧？这电梯天天出故障，吓人得很。"

我说："我要会修电梯一定给你们修好，不过我可以通报指挥中心，让他们通报给社区民警，督促你们物业尽快给你们修。"

几个人连声说谢谢。

下楼，见那位保安刚吃完了面条，正在抹嘴。我算是彻底服了。

向指挥中心汇报后，我和搭档王离开。离开时，搭档王皮笑肉不笑地问保安："哥们儿，你的面香不？"

他嘿嘿笑着说："嗯，不错！"

搭档王说："我给你讲个笑话吧？"

保安大哥很迷茫地看着搭档王。

搭档王说："从前，有一个人喜欢吃面条，早晨吃，中午吃，晚上也吃。有一天，他二叔找他帮忙干活，他问他二叔，有面条吃没？他二叔对他说，你爹白养你这么多年，你整天就为了吃碗面条活着啊？"

我差点笑出声。

再看那个保安大哥，笑也不是，怒也不是，脸色很是尴尬。

我拉着搭档王出门，骑摩托离开。

我想，那个大哥一定会记住这个笑话的。笑话记不住也没关系，能悟出如何尽到一个保安的职责，也就足够了。

每个劳动者，都有自己的工作职责，无论面条多香，都要先尽到自己工作的职责，否则，将来别说面条，恐怕连饭碗都摸不到了。

吃完核桃不给钱，别怪我砍你

2010 年 12 月 19 日　星期日

今天是周末，公园和市场人都比较多，我和搭档王就沿街巡逻。

我们巡逻到某路口时，发现前面市场门口一大个子男子拎着刀骂一矮胖子，大有剑拔弩张步步紧逼的架势，而矮胖子被一个女人拽着往后退，三个人骂骂咧咧从市场内就跑到了路上。

搭档王见此立即停车，我从车上跳下来，拎着头盔跑到近前，把拎刀的大个子拉住，问他："干啥呢你？"

大个子男人说："他个龟孙，吃了我四个核桃，不买不说，还骂我，我看他是横惯了，我今天非教训教训他不可。"

矮胖子说："就他妈的几个核桃，看你那熊样吧，你还拎刀，我一脚就能给你踹飞出去。"

这样的我见多了，很多人吵架的时候口无遮拦，动不动就说，我宰了你，我砍死你，我找人收拾你，等等。实际上，大凡这些人，内心都是虚弱的，因为恐惧，所以就说一些吓唬人的话。

我说："别吵了，有事说事，大街上拎刀打架可不行。"大个子男人依旧不依不饶："你小子有种过来，看我不砍你？"

矮胖子说："你看你那小样儿吧，你还砍我？我玩刀子的时候你还玩尿泥呢。"

搭档王走过来，冷冷地说："行啊你们俩，本事都挺大，都别拉，让他们打！"接着对大个子男人说："拎把削甘蔗的刀，你还真把自己当黑社会了？不放回去，我把刀当凶器给你收了，看你甘蔗还咋卖！"

搭档王的一番话，惹得看热闹的群众哄堂大笑，大个子男人也显得不好意思，径直回到自己的摊位边，把刀放了回去。

我和搭档王把他们两个人叫到一起，询问到底是怎么回事。

大个子男人说："我刚刚正忙着给顾客削甘蔗呢，他们两口子站在我摊边问我核桃咋卖的，我说二十八一斤。问完价格，他就从摊位上拿出一个核桃砸开给吃了，吃完一个还不行，一口气吃了四个，吃完拍屁股就要走人。我问他，要是不买，为啥一口气吃我四个核桃。他说口感不好，说完还吐了几口唾沫。他这不是成心找事吗？"

搭档王再问矮胖子，矮胖子说："我确实吃了他四个核桃，他这核桃太贵，口感确实也不怎么好。"

搭档王说："一斤核桃二十八，你这四个核桃也得几块钱呢。试吃你也不能一口气吃四个啊，吃完又不买，人家能乐意？换你是做生意的，你同意不？"

矮胖子的老婆说："那他还骂我们了呢！"

大个子男人说："骂你们？我还打你们呢。要不是警察来了，看我不揍你！"

眼见两人又要吵起来，我和搭档王将两人分开。

处理吵架此类的警情，最好就是分开说，否则，任由他们公说公有理婆说婆有理，半天也见不到调解的效果。

我对大个子说："老兄消消火，为了四个核桃拎刀，不划算。"

大个子说："老弟，不怪我生气，他尝就尝吧，一连吃了四个。我这核桃也不是大风刮来的，也是用钱买的，我说他两句，他还朝我吐唾沫，你说这不是明摆着欺负人吗？"

我说："你说的有道理，不过我想，你说他的时候，是不是带脏字了？"

大个子说："见他们吃了就走，我确实恼火了，带脏字了，这我承认。"

我说："那就是了，如果你不小心吃了别人四个核桃，挨了一顿骂，你恼火不？"

大个子挠挠头说："我恐怕不会有他这么下三滥！"

我说："有理讲理，骂人不对，拎刀更不对。多大点儿事啊，万一你真把他打伤了，你就等着坐牢吧。"

大个子说："刚刚是有点冲动，但我就是吓唬吓唬他，没真想砍他。"

我说："你消消气，你看多少钱，让他赔你点，行不？"

大个子说："行，我听你们警察的。其实，赔不赔钱我也不在乎，卖东西哪儿有不让尝的道理，只是他的态度太气人了。赔钱就算了，让他给我道个歉完事。"

我拍了拍他，来到矮胖子面前。

矮胖子老婆正气呼呼地说："我们不缺钱，不就四个核桃嘛，当时说要钱，给他钱不就行了吗，上来张嘴就骂。看我老公好欺负是咋地？"

搭档王说："你少说两句行不，如果你是做生意的，别人吃了你四个核桃走了，你啥态度？"

矮胖子说："唉，算了，我不跟他计较，我赔他钱。"

我说："钱的事小，为几个核桃闹一肚子气，还差点儿打起来，实在不值得。我看，你们俩互相道个歉，哈哈一笑各自走人算了。"

矮胖子想了想说："如果他同意，我没意见。"

于是将两人喊过来，让他们俩互相认错道歉了事。

事后，我对搭档王说："我发现你近来动不动就用上心理战术，让当事人换位思考，挺好的。"

搭档王说："这是有根据的，这叫'己所不欲勿施于人'。"我说："老王，你不是说《论语》是愚弄人的吗？你怎么也看了？"搭档王说："只有掌握，才能更好地批判。"

对这号善变的人，我真无语。

其实生活里的很多矛盾纠纷，大多都可大可小，因小事闹成大事的，比比皆是。生活里也好，工作上也罢，大气一些，不要为了一些蝇头小利，丧失了自己做人的气节。所谓贪小利而失大节，贪小便宜吃大亏，这些难道不给我们一些警示么？

所谓：

小事糊涂不糊涂，大事清醒有分寸。
己所不欲勿施人，公道与否先自问。

本是好兄弟，为钱险反目

2010 年 12 月 20 号　星期一

好人办事，不按规矩来，有时候也会陷入两难的境地。所以说糊涂人往往好心办坏事。

事情是这样的，四十多岁的敞亮哥，这几年通过接工程再转手承包出去，赚了不少的钱。

今年六月份，敞亮哥从一个朋友的公司接了一个砌围墙的工程。

工程很简单，墙高两米，长一千米，每一米长给一百二十块钱。

接到工程后，敞亮哥想起自己一个朋友胖子，胖子和他从小一起长大，绝对的铁哥们儿。这几年胖子一直在做厨师，工作也是有一天没一天的，日子过得很是拮据。于是他把胖子找来，告诉他工程可以承包给胖子，两米高的围墙每砌一米长就给胖子一百块钱，让胖子找工程队，利润都是胖子的。

敞亮哥将工程交给了自己铁哥们儿胖子，扔下六千块钱后，跑出去旅游了。

胖子感觉自己马上要赚钱了，很是兴奋。于是将朋友瘦子喊过来，瘦子也是厨师，瘦子很羡慕包工头那种有钱人的生活，早就向胖子提起过，说如果有了工程，他可以组织村里的人过来一起干。

胖子说，让瘦子找人来砌，两米高的墙，每砌一米长给八十块钱，瘦子自己分配。瘦子说可以，立马就就回村里找人。

瘦子回老家给堂弟狗剩说了这事，堂弟说："哥，我也不干小卖部的生意了，我跟你去干工程吧，小卖部不挣钱。"

于是，狗剩又给自己内弟臭臭说了此事，臭臭本来正在家打麻将呢，听说此事，一拍胸膛说："哥，这事包在我身上，我给你找人。"

于是，没过几天，工地就开工了。

胖子是工头兼厨师，瘦子是监工，其堂弟狗剩和狗剩的内弟是工长，另外有五个大工（可以拿瓦刀砌墙的）和十名小工（专门打下手的）。

就这样，一群人干了十来天，一千米的围墙，只砌了六十米。公司一看这进度太慢，严重影响了工地工程进度，于是打电话给敞亮哥，让他们的工人停工，走人！

年底了，村里人找瘦子要工钱，瘦子给胖子打电话，胖子就给敞亮哥打电话，敞亮哥说："你们一共砌了六十米，我给了你六千，你没给他们发工资吗？"

胖子说："那六千块钱，都让我们吃饭、喝酒用了。"

敞亮哥说："那我不管，反正钱我都已经付到位了，你们怎么花的跟我没关系。"

胖子无语，去跟瘦子说。瘦子说："我也不管，反正我带来十五个人，一分钱工资都还没发呢。"

于是，瘦子拿着自己的记账本，找到劳动监察大队。劳动监察的人去工地一看，又把敞亮哥叫到现场了解情况，劳动监察大队的人说："你们一没合同，二呢，从你们说的情况来看，活没干多少，钱没少拿了已经，你们这事我们管不了。"

瘦子不死心，又一个劲给胖子打电话，于是今天上午胖子喊上敞亮哥和他再次来到劳动监察大队，在又一次被劳动监察的人赶出来后，瘦子就拨打了110。110的同志说："这事不归我们管，你可以直接起诉他们。"

瘦子于是领着胖子和敞亮哥去找律师。

律师说："你们没有合同，而且这都是糊涂账，打官司也赢不了。"瘦子很无奈，硬拽着胖子和敞亮哥第三次来到劳动监察大队。

在劳动监察大队门口，胖子实在恼火了，见瘦子非再要五千块钱，于是说："你爱咋咋地，钱没有，命有一条。"瘦子怒从心头起，便出言不逊，继而两人厮打在一起。

敞亮哥将两人拉开，训斥两人一顿。

瘦子想到了人民警察，于是再次拨打110。

我和搭档王赶到现场，见到报案人瘦子。

瘦子说："胖子打我，打得我头晕。"

胖子说："拉倒吧老弟，你还把我的棉袄给撕烂了呢，我这棉袄好几百买的呢。"

我见他们都还算熟悉便问："因为啥打架？"

于是瘦子哥、胖子哥和敞亮哥三人便将来龙去脉说了一遍。

唉，又是一本糊涂账。

搭档王问："你报警打架，那你现在有啥感觉？"瘦子说："我就是有点头晕，其他没啥感觉。"我问："你需要去看医生吗？"瘦子说："好像不需要。"敞亮哥在一边说："瘦子，你别装了，咱这是经济纠纷，警察不管。律师都说了，到法院你也告不赢，你别让警察麻烦了，咱自己处理就行了。"瘦子说："那不行，我怕你们骗我。"敞亮哥说："我骗你？要不是胖子在，我都不答理你。再说，就你干的那点儿活，我还赔钱了呢！"

我看了看搭档王说："这会儿没别的警情，要不调解一下？"搭档王说："咋调解，这能调解成？"我说："试一下吧。"

我将瘦子拉到劳动监察大队的围墙跟前，问他："两米高的墙，一个大工，两个小工，一天能砌几米？"瘦子："四米左右吧。"我说："那五个大工十个小工呢？"瘦子说："那一天大概二十米。"

我对瘦子说："砌墙的活，我也干过，你带十几个人，十来天就砌了六十米，绝对有人没干活。"

瘦子说："是的，都是熟人，有人嫌工资低，天天光喝酒不干活。"

我说："你们十几个人，算下来平均一天六百块钱的生活费，你们咋吃的啊？"

瘦子说："光酒一天就好几瓶，还有菜呢？总不能让跟我出来的老乡吃不好喝不好吧？"

我无语，看来，这不是来挣钱的，这是来糟蹋钱的。

我问："打架的事情，算完没？"

瘦子说："没事了。"

我说："那好，本来你们经济纠纷的事，不属于我们公安机关管，既然打架的事没事了，那我们就撤了。"

瘦子说："你们不能走，我又有点头晕了。"

搭档王无奈地说："你这不是要赖吗，刚说没事了，你现在又头晕了。"

瘦子说："现在工人跟我要工钱，我没钱给他们，过年我都没法回去。"

搭档王说："那你是自找的，你看你找的人给人家干的那么点儿活。你带来的人天天喝酒，吃肉，又不干活儿，也算是享受了十天，还想要钱？"

瘦子说："那我现在没法回去咋办？"

我把敞亮哥拉到一边，对他说："看你是一个敞亮人，咋会干这糊涂事呢？"

敞亮哥哈哈笑着说："我也没想到会这样啊，早知道我让其他人做这事，我怎么也不至于赔钱吧。"

我说："一米你还赚二十呢，要不你少赚点，别让他闹了。你看你们本来都是朋友，别闹成仇家了。"

敞亮哥说："倒是也可以，可他非让我出五千，那样我可亏大了。"

我说："那我再去做做工作。"

我又把胖子拉到一边，问他什么想法，胖子说没啥想法，只要瘦子别闹事，就行了，自己一分钱不赚也没啥事。

我和搭档王将瘦子拉到一边，我问瘦子："你说实话，到底老家的工人还跟你要多少钱？"

瘦子嗫嚅着说："没多少。"

搭档王说："你要不说我们就走了，你这事本来就不归我们管。你想闹，那就随便闹吧。"

瘦子哥说："其实也没人要工钱，大家都说跟我吃喝够了，钱不钱无所谓了。"

我说："那你还闹？"

瘦子说："我感觉干了十来天，一分钱都没落到手里，心里难受啊。"

我问："你想要多少？给我说个底数。"

瘦子说："五百就行。"

我和搭档王将三人拉到一起，将话说明白后，敞亮哥给了瘦子五百块钱，哈哈笑着说："瘦子，走吧，这都下午三点了，中午饭都没吃呢，估计你是饿晕了。"

三人谢过我们之后，一起离开。

其实，生活里的很多事，如果不按规矩来，会有很多麻烦。譬如今天这起纠纷，如果当初敞亮哥跟胖子签订好合同，规定好各自的义务，如果胖子、瘦子和工人规定好工资待遇，这一切纠纷将不复存在。

写到这里，突然想到，我们是不该插手经济纠纷的，不知道我们调处这起纠纷，算不算违规？

开车不礼让，丢钱又丢脸

2010 年 12 月 21 日　星期二

早上六点多拎着装备下楼，刚出楼梯口便感觉到寒风的肆虐。

冬天渐渐深了，预示着一年又将过去。

点完名，和搭档王骑摩托上路，虽然自己穿得还算厚，还是能感觉到冷风呼呼往衣服里钻。

按照惯例，上班后要先在辖区巡逻一圈，看有没有异常情况。

当巡逻到某路时，见只有两个车道的一条小路已经拥堵得水泄不通。

我跳下摩托车，拎着头盔跑着去查找拥堵原因。当来到某学院门口时，看到两辆轿车横着停在路上，造成两个方向的交通堵塞，两位司机正站在车边争吵得厉害。

我忙跑过去，了解情况。

事情大概是这样：学院司机老王驾驶轿车从学校出来，想左转进入对面车道。这样的话，正常行驶的车辆必须停下来等他通过后才可以继续前进。左拐的时候，离老王的车最近的一辆轿车虽然急刹车停了下来，但老王的车还是擦着了那辆车的车头。被剐了车头的司机老李立即下车，和老王争吵起来，互不相让。老李的妻子见我走近便对他们两位说："你们别吵了，交警来了，让交警评评理。"

两人对我不理不睬，继续忙着吵他们的。

我姑且客串一次交警吧，毕竟以前干过交警，这些业务我还算熟悉。

我走过去对他们说："两位能不能先停一下？让我说两句，我说完你们继续吵你们的，行不？"

听我这样说，两人停了下来。

我说："我现在问你们一个问题，这事让不让我管？"

两人说："让你管！"

我说："那好，我再问第二个问题，看起来车撞得也不严重，就是蹭了一下，你们是想现场调解处理，还是想把车拖走慢慢处理？你们看，这条路都已经让你们堵死了，一辆车都过不去！"

两人说："愿意调解处理。"

我说："那好吧。"我问被撞司机老李："你打算要多少赔偿？"

老李想了想说："五百！"

老王一听恼火了，很不耐烦地说："得，这是讹人，你咋不要一千呢？"继而说，"我不同意调解了，把车拖回去慢慢处理吧！"

老李听完更是怒火中烧，指着老王说："你撞了我的车你还耍横，不要以为我怕你，拖回去就拖回去！"

眼见两人又火上了。看来还需要我进一步努力。

我说："那好吧，拖回去也可以，拖车费、停车费都要花钱，事故处理也需要几天时间。我提前给你们说清楚，免得将来后悔。"

听我这么说，两人争吵的声音小了下来。我理解他们，谁出了交通事故心里都不会好受，吵吵架发泄发泄是可以理解的，但是要处理问题必须冷静下来才可以。

我把老王拉到一边问："你最多愿意出多少？"

老王说："一百！多一分我也不会给！"

我折回来又问老李："一百行吗？"

老李跑到他车边，摸了摸被蹭的地方，我看见他用手一摸，显露出车原本的亮漆。看来只不过是轻微的剐蹭。

他起身对我说："我认倒霉吧，就一百算了！"

老王边掏钱边接过话说："你认倒霉，我还认倒霉呢。谁让你不长眼，乱停车！"

我说："得了，风这么大，别斗嘴了，赶紧忙去吧，看路上的车都堵了两公里了，这么多司机一起耗的油费也有好几百了，人家可没招惹你们！"

两人听我这么说也不好意思了，给我说声谢谢便各自开车闪人。我和搭档王连忙到路口疏散被堵车辆，直到车流正常才离开。

开车上路，即便再小心，也难免会有类似的小事故发生。以我多年的经验，凡是轻微碰撞的交通事故，如果没有人员受伤，一定要压住火，让自己平静下来。能现场解决的，哪怕自己委屈点儿，也要现场解决。现行交通法都提倡轻微事故当事人可以现场协商解决了，我们又何必为了争口气而让自己陷入更大的麻烦呢，再大事情的解决最终也是要平心静气地坐下来谈的，争吵解决不了任何问题。

送奶的把卖菜的打了

2010 年 12 月 22 日   星期三

孔子曰："君子有三戒：少之时，血气未定，戒之在色；及其壮也，血气方刚，戒之在斗；及其老也，血气既衰，戒之在得。"

从近期接的警来分析，凡打架斗殴者，多为年轻人。起因都不是什么大事，从拌嘴到对骂，继而厮打。本来一点小事，最后打得头破血流，等进了医院，进了治安中队，情绪平静下来后，免不得要后悔莫及。

打架的成本，我且给您算算。轻则拘留加罚款，重则判刑，打伤人了要花钱给人看病，打出人命，那要以命相抵。那些对他人造成伤害的动手者，大多是图一时之快，逞一时之勇，一旦进了派出所，便后悔莫及，悔不该动手。

今天接到一起打架的警。110 指挥中心说：某路口有一男子被打。

我和搭档王赶到现场时，见一位三十岁左右的男子鼻青脸肿站在电动车前向我们招手。我们跑过去问他："谁打的你，打你的人呢？"

电动哥说："打我的是两个年轻人，跑了。"

我问："朝哪个方向跑的？有啥特征没？"

电动哥说："早就跑了，有半个小时了，你们追不上的。"

搭档王说："那你早干啥了，不早点报警？"

电动哥说："我追了他们没追上，然后先给我们公司的人打电话了。"

搭档王问："他们为啥打你？"

电动哥说："我也不知道他们为啥打我，上来拉着我就打。"

我问："你认识他们不？"

电动哥说："不认识！"

搭档王说："没原因就打你？"

电动哥想了想，低下头说："可能跟那个老头有关系。"

我问："哪个老头？"

电动哥说："卖菜的老头。"

搭档王说："你好好说，到底咋回事？"

电动哥说："我是一家奶制品公司的，专门给商店送奶。刚送货路过这里，路边有个摆摊卖菜的老头。我车轮子不小心轧着老头的菜了，老头就骂我，还打我，我们俩就打起来了，后来让人给拉开了。老头说，他要去报警，就去路边电话亭打了个电话。过了十来分钟，来了两个年轻人，说是老头的儿子，让老头先走，他们来处理。结果老头走远后，两个年轻人将我摁倒就打，打完就跑了。"

我和搭档王对视了一下，很明显，这年轻人说的未必都是实话。

通知治安中队的同志过来移交，我去走访看热闹的群众，旁边一个卖甘蔗的人说："这年轻人该打，不懂得尊重老人。他骑车轧住老头的菜了，老头说了他两句，他就骂老头，老头骂他没教养，他就动手打老头，我们拉都拉不住他。老头哪儿是他对手啊，几下就把老头的鼻子打流血了。要我说，他这挨的这顿打是自找的。"

旁边几个看热闹的群众也随声附和："就是，这年轻人太不像话了，活该挨打！"

我问："那老头以前经常在这里摆摊吗？"

"没有，他是第一次来。"一家卖电动车的老板说，"这老头以前真没来过，一看就是那种老实人，摆地摊卖个野菜。这小伙子脾气太大，我们都看不下去了。不过这小伙子也算他倒霉，他没想到老人骗他说去报警，其实是把自己儿子喊来报仇来了。"

这时，电动哥公司的老板开车过来了，来了以后，听电动哥说完情况，然后又见围观的群众纷纷指责他，没一个向着他说话。公司老板很是恼火，骂电动哥欺负老头是活该挨打。

老板对我和搭档王说："对不起警察同志，给你们添麻烦了，这事我们自己处理就行了，我带他去医院看看就行了。"

这时治安中队的同志赶到，了解完情况，治安中队的同志说："那不行，看这打得也不轻，不调查调查能行？"

电动哥说："算了吧，我感觉没啥事了！也没啥大毛病，就是挨了几巴掌脸有点疼。还是我自己去医院看看吧。"

治安中队的同志又问："你就这样放过打你的人了？"

电动哥说："我当时也把那老头的鼻子打流血了。"

他经理说："你能耐真大，欺负老头，有病吧你？还打110，你这不是给社会增加负担吗？"

电动哥听老板骂，显得更不好意思了，忙哀求我们说："我真不报警了。麻烦你们了。"然后签字离开。

电动哥离开时，围观的群众还纷纷对他的背影指指点点。

虽然老头的两个儿子打人也不对，但是，想想，也在情理之中。从小我们就被教导要尊老爱幼，即便是老头真的不对，作为一个年轻力壮的年轻人也不应该对一个老人下手，这是做人最基本的道德。

当电动哥晚上回到家，再去回想这件事的时候，他一定会感觉很不值得。当他下次再想对人出手的时候，应该会想到脸上曾经挨过的几巴掌和群众对他的耻笑，相信他不会再那么冲动去靠拳头解决问题了。

痴情男夜闯美容院

2010 年 12 月 23 日　星期四

爱情使人沉醉，也一样使人迷茫。爱情让人迷恋，也一样让人疯狂。

一大早刚接班，接到 110 指令：某美容院报警说有人打扰他们正常营业。

赶到现场时，见一位二十多岁的男子正站在美容院门口和里面一位三十来岁的女子争吵。

我和搭档王停车过去询问情况。

美容院的女子说："他是个神经病，一晚上不停敲门，害得我一夜没睡好，害怕得不行。这一大早他又来敲门，你们赶快让他走吧。"

我问男青年："你咋回事？"

男青年说："我女朋友在这家店上班，我是来找我女朋友的。"

见他冻得直哆嗦，我问："你一晚上就一直在这门口守着？"

他说："嗯！"

搭档王问美容院女子："他女朋友在你们店里？"

女子说："他们俩早都没关系了，我们店里的小张早就和他断绝关系了，他还天天来打扰我们正常营业，简直就是有病。"

我明白了，看那位小哥冻得直哆嗦，这么冷的夜里，在寒风里等一夜，确实挺痴情的。

我问痴情小哥："她说你们分手了，是不是真的？"

痴情小哥愣了一下说："还没分彻底。"

搭档王说："那你这样来人家店里闹，影响人家休息也不对啊。"

他说："我没闹。"

女子说："你还没闹？你一夜不停敲门，我一开门你就想冲进来。你还说没闹，你严重影响我们休息了你知道吗？"

搭档王对痴情小哥说："既然她都不愿意见你，你还敲人家门干吗？"

痴情小哥说："我就是要见见她，我想和她说几句话，问个明白！"

我问："小张现在店里没？"

女子说："在！"

我说："我进去见见她，问问她到底是怎么回事，行不？"

女子说："可以，但是他不能进去。"说完指了下痴情小哥。

于是，我进屋内，见到一个十八九岁的女孩，女子说她就是小张。

我问："外面那个男的说是你男朋友，你们俩到底是怎么回事呢？"

小张说："我早就和他分手了，我跟他说得很明白了，他就是不死心，还天天给我打电话。我把电话换号了，他又来单位闹，闹了很多次了。"

我想了想又问："你们之间还有其他经济纠纷没？"

小张说："我懂你的意思，我没花过他的钱。如果说钱的问题，他倒是经常花我的钱。如果不是因为他成天不工作，只知道玩游戏，我们也不至于分手。他没能力养活自己，我不能再去养活他。"

我问："他说想见你，想让你把话说明白，你同意不？"

小张说："也行，当着你们的面，我再给他说一次。"

我和小张从屋内出来，痴情男见状就冲了过来。我和搭档王怕他有过激行为，立即拦住他。

我对痴情男说："别冲动，有话你们可以说，但是你别靠近她。"

小张对痴情男说："你到底想干啥啊？我都给你说过多少次了，我们不合适，我看不上你。你该干啥干啥去吧，别来纠缠我了，毫无意义。你都不看看你自己成啥样子了，有病吧你？"小张说这些话的时候，眼神满是不屑。

小张长相其实并不算出众，倒是痴情男虽然面容憔悴，但还算是一表人才。

听小张这么说，痴情男问她："那你以前对我说的那些话，都不算数了吗？"

小张问："我说啥了？"

痴情男说："你说你爱我，你说会嫁给我！"

小张嗤一声笑了出来，不屑地说："我骗你呢，你也相信？你不照照镜子，好好看看你那样子！再说了，你有钱吗，你可以给我买房结婚吗，你可以给我幸福吗？你不能，你死了这条心吧。"

说完，小张转身进屋了。痴情男见状立即追了过去，想往屋里钻，结果美容院的女子从里面一把将门关上了。痴情男使劲拍打起门来。我和搭档王将他拉到一边。

搭档王说："老弟，人家把话都说到这份儿上了，你就别闹了。"

痴情男说："我不，我要见她。"

我说："恋爱自由，谁也没权利干涉，可这也需要人家同意啊。你看人家都把话说得很明白了，你还想怎样呢？"

痴情男说："我不相信，她是当着你们的面才这么说的。以前我们俩在一起的时候，她对我好着呢。"

楞了一会儿，痴情男说："大哥，你们看！"说完，他将自己袖子撸了起来，我凑过去一看，见胳膊上全是烟头的烫痕，还有一块很大的伤疤。

我问："这是咋回事？"

他说："我为她自杀过。"

唉，我算服了。

我问他："你仔细想想，你活这么多年了，你为父母、为家庭做过多大贡献？父母辛辛苦苦养你到这么大，容易吗？你竟然为了一个女人，做下这么荒唐的事情。"

痴情男说："我不管，我就是舍不下她。"

搭档王说："老弟，你知道啥叫欲擒故纵不？你这样逼迫她，只能把她吓跑。如果你自己好好工作，努力赚钱，等你成熟了也有能力了，她才舍不得你呢。我说的有道理没？"

我说："你这是自己给自己画了个圈子，然后自己在圈子里乱跑，你自己不跳出来，累死你，你也摆脱不了。"

痴情男说："我知道，道理我都明白，可我就是想见她。"

这时门开了，小张对着他喊："你滚，你去死吧，我永远不想见到你。"说完门"啪"一声又关上了。

搭档王说："听到没？走吧，小伙子，人家对你一点感情都没了，但凡还有有一点感情也不会这样说的。听哥一句劝，回去吧。"

痴情男盯着美容院的门，半天没说话。

我说："老弟，想开点，人不能就为了爱情而活啊。作为男人要有责任感，你不是为了她而活的，你还有父母，还有自己的工作和生活，回去好好反思反思吧，这样折磨自己不值得。"

搭档王说："回去吧，冻了一晚上了，回去吃点东西，好好睡一觉，醒来啥事都没了。振奋精神，先把自己该做的事做好，这么年轻，可不能想不开。"

痴情男说："好吧，我听你们的。"

说完，痴情男转身走远了。

搭档王望着痴情男的背影，不住摇头。

我问："你有啥想法？"

搭档王说："痴情虽可敬，方式不可行，执迷如不悟，荒唐度此生。"

我说："生命诚可贵，爱情价更高，立家先立业，责任一肩挑。"

搭档王回望我，嘿嘿笑。

希望这位痴情小哥只是因为年龄小，所以这么冲动。祝他早日走出困境，找到属于自己的幸福。

小偷年年有，年关特别多

2010 年 12 月 24 日　星期五

今天我和搭档王巡逻到某路口时，一个迎面而来的骑自行车的女同志边对我低声喊："嗨，嗨！"边不停给我打手势，让我下车。

我连忙让搭档王停车，跳下摩托车跑到女同志身边问她："有事吗同志？"

这位女同志一副惊慌失措的样子，用手指着远处，磕磕巴巴地说："看到没，看到没？那个戴帽子的小伙。我刚刚正骑车走着，突然感觉衣服兜不对劲，低头一看，见一只手伸进了我口袋里，我连忙捂住口袋，扭头一看，那个戴帽子的人扭头就跑，再一摸，手机没了，就是他！你看，他开始跑了。"

我看得很清楚，大约三百米远处那个戴帽男扭头看到了我们，已经开始撒腿跑了。

我拎着头盔边追，边对搭档王喊："追，前面那个戴帽子的是小偷！"

搭档王立即发动摩托车，"呜"一声摩托车就跑出好远。

帽子男见摩托车追过去，立即转身折回来，奔向路南侧的台阶，上台阶就是一个广场，他向广场跑去。

我边追边想，今天要是让这小偷跑掉，老丢脸了。

这时，就听见搭档王的摩托车发出尖利的警报声，两声过后，我已看不到摩托车的影子。

摩托车上不了台阶，我只能拼了老命，这时感觉身上的单警装备和棉裤真是累赘。等我跑到广场，很多群众向我打手势指明帽子男的逃跑方向。

我顺着群众指的方向往东跑，绕过一个商场，再向东，跑出广场，放眼望去，哪儿还有帽子男的影子啊。

这时沮丧和失落的心情堪称本年度之最。

这时，有人跑过来告诉我说："你快去广场东门公交站牌，有警察抓小偷。"

我一路奔出广场东门，出东门是一公交站牌，我看见摩托车停在那里，搭档王站在公交站牌边正向我招手。

我跑过去分开人群一看，帽子哥正戴着手铐蹲在那里。

好一个搭档王！够猛！

向指挥中心汇报请求治安中队过来移交后，我问搭档王："咋把他抓住的？"

搭档王说："我本来想从东门上广场，结果到东门时，看见小偷正出东门。他脚步慢下来边掏钱边走到公交站牌前，我就跟着赶了过来。他见我过来，也没跑，只是看了我一眼，然后装做若无其事的样子。当时我也矛盾，害怕我一下摩托车他就跑了，这样的话再追还是不好追。这孩子二十岁左右，正是身体好的时候，咱俩这都三十多岁的人了，身上还挎着装备，跑不过他。我就装模作样问一个老太太多少路公交车是不是经过这里，老太太说的啥我也不记得了，我边问，就边下了摩托车。他见我下来，准备向前跑，我冲过去就把他搋倒了。"

搭档王看我满头大汗，哈哈笑起来，说："累坏了吧？"

我说："老王，我好久没这么爽过了，虽然人是你抓住的，但是我出这身臭汗，感觉超值。"

这时，那位丢手机的女同志赶到，搭档王将刚才小偷偷走的手机还给她，女同志激动得不知如何是好。

警察抓小偷，是最本分的事；警察抓小偷，是最惬意的事。

整天纠缠在调解纠纷里，很是疲惫。经常会遇见一些耍赖皮的人，不要脸的人，不讲道理的，蛮横的人，难缠的人，丧失良知的人，总是会感觉心里堵得慌。这次，当把抓住的小偷送进警车时，听到群众的掌声，我心里升出一种莫名的自豪感。

最近小偷越来越多了，快年关了，小偷也要过年的。

为了大家的财物安全，在此提醒大家出行期间，一定要注意以下几点：

1．手机不要挂在脖子上，虽然好看，但是很容易被顺手抢走。

2．钱包和手机不要装在外衣兜里，冬天穿的衣服多，小偷把东西偷走你也未必能感觉到异样，最好放在贴近身体的兜里。

3．进商场一定不要让自己的包包离开视线，哪怕只有短短几秒，都有可能被偷走。

4．钱包里不要装太多现金，银行卡尽量避免放进去。

5．身份证和银行卡千万不要放在同一钱包里。很多同志喜欢将银行卡密码设置为出生日期，这样小偷一旦得手很容易将钱取走。

不要心存侥幸，也不要认为小偷偷东西那些事不会发生到你身上。相信我吧，这些都是亲眼所见、最真实的总结。

今天我要把这里铲平

2010 年 12 月 25 日   星期六

中午十二点半准时接班，街上，阳光灿烂。如无风，便是三月，有风，便是寒冬。

据我总结发现，凡是季节更替时期，天变冷亦或是变热，往往容易牵动人的情绪，警情就会增多。譬如炎热的夏季，燥热总是让人更容易冲动，打架的警情会增多。再譬如一夜北风呼啸，第二天，交通事故往往会比平日猛增。

今天，北风六级，阵风七级。某三十多岁的女经理驾车去购物，购完物离开时，停车场保安让她交停车费，她摇下车窗说："我这刚来没一会儿，就上去买了几袋洗衣粉，再给你交停车费，也太不合理了吧？"

说完，女经理关上车窗，轿车开始向前开动。保安追上去，使劲拍打车门。

女经理停车，骂道："滚，你拍我车门干啥？"

保安大哥说："大姐，你先滚个样子给我看看！"

女经理愤怒不已，拉开车门，一巴掌打在保安脸上。

保安怒火中烧，上去还了女经理一巴掌，两人便厮打在一起。结果是，女经理脸被打肿，保安同志头发被扯掉一撮，脸上多处被抓伤。

我和搭档王赶到时，两人还在对骂，确切地说，是女经理在骂保安，保安正在同事的帮助下擦拭脸上的血迹。

我和搭档王上前询问情况，女经理说："你们110来干啥？这事不用你们管，你们也管不了。"

我当时就蒙了，都打成这样了，还说不用我们管！

搭档王说："咋不用我们管，我们咋就管不了了？"

女经理说："今天我要不打死他，我田字倒着写。"

女经理的话引起围观群众的哄堂大笑，有一个骑电动车的哥们儿说："田字倒着写，还是个田啊！"我对着他摆摆手说："忙你的去吧，就你有文化！"那哥们儿嘿嘿笑了两声，骑车走了。

女经理说："不管怎样，今天我绝对不会放过他。妈的，我长这么大，父母都没打过我，他居然敢打我！我一个工厂老板，天天吃饭都有人给我端，让他一个小破保安打我？我今天非弄死他不可，你们警察走吧，这事你们管不了！"

我让她说清事情原委，她说："我车就停了一小会儿，他非让我交钱。钱我有的是，我车上好几万现金呢，我气死他，我就是不给他。"

说完，女经理用手机拨了一个号码，放在耳边说："喂，来了没？给我快点儿，现在通知厂里，把厂里的工人给我拉来两卡车，今天我要把这里铲平。对，来两卡车，停工就停工，我命令你赶快带人过来！"

看来经理很生气，后果很严重。

搭档王对她说："你先别冲动，走，咱到一边说！"

搭档王给我使了个眼色后拉着女经理去一边了。

我过去向保安了解情况。保安说了刚才事情的经过，旁边的保安队长证实了他的话，并说："警察同志，我们有监控，绝对不是我们先动的手。"

这时，一位卖爆米花的老人走过来说："我跟他们俩都非亲非故，你们可要好好教育教育那个女的，太猖狂了。我一直就在一边看着，这女的欺负人！"

受伤的小保安手里拎着自己的一撮头发说："你看看，这女的下手多狠吧，一把把我头发扯掉这么多。"

正说着，一辆黑色轿车开了过来，车上下来两位中年男子和一位身高一米七左右、身材极其营养过剩的中年富态女。

见三人下车，正和搭档王说话的女经理立即转身跑过来，用手指着保安对着三人高喊："给我打，就是那个保安，就是他打的我！"

富态女嗷嗷叫骂着便冲了过来，两中年男子紧随其后边骂边准备动手。我立即横在保安前面，高喊："别动手，想干啥这是！"

他们倒还算明白，不敢跟我动粗，绕过我就要对保安动手，看热闹的群众纷纷躲闪。

我和搭档王忙拉住他们，怒斥："你们想干啥？"

这时，又一辆车开了过来，下来四五个年轻人，女经理又喊："给我打，今天非把事闹大不可，让他知道啥叫马王爷三只眼。"

见几个人一起拥了过来，搭档王一下冲到他们前面说："看谁敢动手！"

女经理扯住搭档王说："你别管，我都说了，这事你们警察管不了！"

几个人虽然不敢对我和搭档王动手，但是七八个人冲来冲去，眼看形势不好控制。

保安队长一招手，几个保安队员严阵以待。

这时，只听一个响亮的声音喊道："打，打吧！正严打呢，我看谁动手，谁动手我就抓谁！"

我扭头一看，治安中队的两位老同志赶到了。

俩老同志对我和搭档王说："别拉，你们俩别拉，让他们打，不是想打吗。我看谁敢动手，谁动手抓谁，没有一点儿王法了，想干啥？"

呵呵，我很惭愧，同样是警察，我咋就没这么大的魄力和震慑力呢！

除了女经理和富态女还在低声骂几句，其他人一下子安静了下来。

俩老同志过来问我怎么回事，我简单介绍了情况，然后故意高声说："女经理还打电话叫两卡车人过来呢！"

老同志也大声说："叫，叫，随便叫，有多少都喊过来。多牛啊，真没一点规矩了我看！"

女经理还想争辩，看了看黑着脸的老同志，没敢顶撞。

治安中队的老同志招呼女经理和受伤的保安说："走，上车，有事跟我们回去说！"

保安捂着脸上了车，女经理说："我不去，我坚决不去！"

治安中队的老同志问："你不去？你为啥不去？"

女经理说："我等会儿还有一个五百万的合同要签，我这个合同损失了，你们赔得起吗？"

老同志说："赔得起，走吧。别给我讲故事了，我们见得多了，有啥事回去说！"

说完，拉着女同志上了警车。

事后，我和搭档王对此事进行了总结，发现我们处理这事不太成功。第一是没有抓住主要矛盾和次要矛盾。这事的主要矛盾就是女经理和保安的矛盾，我们到现场以后，没能很有效地将两人分开，更没能有效地震慑女经理的嚣张气焰，后期又把更多的精力放在来帮忙的人身上。第二是底气不足，没能从语言上有效地申明利害对女经理加以有效的控制。这有经验不足的客观实际，也有看到人多，担心场面不好控制的主观原因。

在总结得失的同时，我也在想，从近期的很多警情看，很多都是小事，正是这些小事，由于当事人的不克制，最后变成了"大事"。

这已经不是第一次出因停车收费而打架的警了，也不会是最后一次。女经理被带上警车时，看客们一阵哄笑。从那哄笑声里，不知道女经理能不能悟出点什么。为小事闹到这个地步，实在是不值得。

背信弃义，旧同窗骗走两千万

2011 年 1 月 1 日　星期六

害人之心不可有，防人之心不可无，万丈深沟终有底，唯有人心不可测。

虽然我们做人要做君子，坦坦荡荡，一身正气心向光明；要善良，宽厚仁慈心有善念；要诚信，对朋友仁至义尽两肋插刀；要大气，凡事宽宏大量不计较。可是大家一定要牢记：有时候甜言蜜语的朋友，往往会坑得你倾家荡产；有时候你以为是铁哥们儿好姐妹的朋友，常常会趁你不备背后下刀。我们往往对亲近的人不设防，所以他们给的伤害就会是最致命的。

之所以有这样的感慨，缘于今天出的一起警。

我和搭档王赶到某路口分开围观群众，只见一男子正骑在另一男子身上，边骂边用拳头疯狂殴打他。

只见上面那位，年约四十，穿皮棉衣，牛仔裤，运动鞋，短发，皮肤白皙，身材不胖不瘦。虽然他正举着拳头揍人，但是，一看就不是那种蛮横不讲理的粗人。

地上躺着那位，脸朝上，双手抱头，棉袄被扯开，毛衣被掀起，上半身几乎赤裸躺在地上，任凭上面那位殴打，并不还手。

我和搭档王立即赶过去将上面那位拉起来，搭档王大声质问他为什么打人。

皮衣男愤怒地说："我打他了，我就是打他了，打死他个王八蛋我都不解恨，你们问问他，我为什么打他，看他自己有脸说没！"

我将地上那位棉袄男扶起来，将他毛衣下摆拉好，替他拍了拍身上的土，问他："人为啥打你？"

棉袄男摸了摸被打肿的脸颊，低下头，不说话。

"到底因为啥？"搭档王又问。

皮衣男哆嗦着双手弹了弹身上的尘土，狠狠吐了一口唾沫，唾沫沉了一下又被冷风吹起。他给我们讲了下面这个故事：

皮衣男和棉袄男是一起从某名牌大学毕业的同学，还是一个导师带出来的师兄弟。两人在学校关系特别铁，都是导师的得意门生。毕业后，皮衣男开始在大学当老师，后来辞职自己下海办化工厂，从小作坊开始干起，最后到某市办了一个大型化工厂。企业运转得很好，一天比一天红火，三年赚了三千多万。而棉袄男毕业后一直做业务，倒腾一些化工产品，混得也还不错。

五年前，正当皮衣男的企业进入高速发展轨道的时候，棉袄男经常去找他喝酒。某天，棉袄男又去找他喝酒，酒后说想借点钱。皮衣男问借多少，干什么用。棉袄男说自己要出口一批化工产品，是一单大生意，需要五千万的资金，现在他手里有三千万，还有两千万的缺口。这批货周期是两个月，两个月后，有百分之五十的利润。还说如果借给他两千万，事成之后，多还八百万。皮衣男当时就觉得事情不靠谱，况且他手上的流动资金也没有那么多，于是就说自己没有那么多现金，没法凑。当天棉袄男很不高兴地走了。

棉袄男走后，皮衣男念着同窗情谊和十几年的感情，觉得自己做得有点过分，回绝得太干脆了。正当他后悔的时候，接到了大学导师的电话，竟然也是劝他借钱给棉袄男的，导师说如果有那个能力，让皮衣男还是帮帮棉袄男，毕竟机会难得。没想到导师会来做自己的工作，因为办企业的时候，导师帮了很多忙，所以皮衣男不好意思驳导师的面子。如果为了这件事，失去了友谊和老师的信任，实在是一件很丢脸的事情。第二天，棉袄男就又跑来找他，还拿着合同，信誓旦旦地说，如果皮衣男借给他两千万，两个月后，会多还给他一千万。皮衣男脑子一热，当即把自己的流动资金清点了一下，凑够了一千三百万，又从银行贷了七百万，没几天就把两千万打到了棉袄男的账户里。

让人没想到的是，自从打了这两千万之后，他就再也联系不上棉袄男了。后来，仔细一打听，原来棉袄男那单生意根本就是空的，是故意给皮衣男下的套。皮衣男来到本市，找到棉袄男的父母，老人也说找不到他。后来银行催还贷款，化工厂的资金链也断了，企业一下垮台了。皮衣男想了很多办法都没能让企业起死回生，奋斗了多年的心血就此付之东流。而他们的导师又气又愧，大病一场，说自己一生明白，临老了看走了眼，不就便带着遗恨离开了人世。

皮衣男的企业倒闭后，他就来到本市，开了一个洗车行。他想着棉袄男是本市人，终究有一天会回来的，于是每天没事就在棉袄男家附近转悠。今天，终于抓住了他，我们也就看到了棉袄男挨打的那一幕。

皮衣男讲完后，抹了一把眼角的泪，说："你们给我评评理，他该不该打？"

说完，又要冲上去揍棉袄男。

搭档王边拦住他，边示意我赶快请求刑侦中队出警。

皮衣男对着围观群众说："各位父老乡亲啊，你们都看看这个人吧。来看看他这张脸，看他这个背信弃义、坑害同学、蒙蔽老师的禽兽。都说，树活一张皮，人活一张脸。我想不明白，他为什么还有脸活在这个世上！"

在这个寒冷的冬日里，我感觉从心底冒着寒气。

移交后，我问搭档王："你说，这个世界真有这么丑陋的人吗？"

搭档王叹了口气说："公道自在人心，看那个骗了同学两千万的人，穿着破棉袄的那身打扮，要么是后来钱糟蹋光了，要么就是不敢花，想必，这些年心里也不会安生了。做人还是守点本分好，像我们这样，老老实实干好自己工作，虽然工资不高，但是回家能睡个安稳觉，人生惬意，莫过于此啊！"

听完搭档王的话，我却不止想到这些，很多时候，我们还真应该小心点儿。我高中同学的父亲退休后，被一个关系特别好的同事以合伙做工程为名骗走一百万，也是一去不见了踪影。那些钱，绝大部分都是借的。七年了，我那个同学到现在还在为父亲还债。

人心如大海，茫茫未可知，自己不做坏事不代表别人也不做。在此，我提醒大家，日常生活里，要擦亮自己的眼睛，凡事只要牵扯到钱，一定要多考虑，多和朋友、家人商量，做到慎之又慎，这样才能平平安安。

一眨眼，已经是2011年1月1日了。我们又站在了新的起点。

在此，谨代表我个人和妻子，还有我牙牙学语的儿子祝大家新年里身体健康、好运连连、快乐给力！

诊所太黑心，坑钱还打人

2011 年 1 月 13 日　星期四

一天又一天，岁月在我忙碌而又疲惫的生活中偷偷溜走。

坚持，是一件很难的事情，好久没写日记了。先是妻子感冒，接着是七个月的儿子被传染，然后我又开始发烧。一直坚持没脱离工作岗位，只是日志没能坚持写下来。一个人，想坚持干好一件事，即便下再大的决心，还是会在不经意间放弃。

今天下班时接到一起报警称某小区门口诊所有人打架，立即和搭档王驾车前往，远远便看见诊所门口聚集着很多围观群众。摩托车还没停稳，十几个系着红领巾的小学生便围了过来，冲我和搭档王唧唧喳喳说着："诊所老板打人了，他女儿和他儿子都动手了，好多人打一个女的，我们都看见了！"

我跳下摩托车，红领巾给我让开一条道，几个老年人迎过来对我们大声说："你们警察可不能便宜了这个诊所的人，这是什么黑心诊所啊，太猖狂了，一家子都动手打人。"

只见诊所门紧闭着，几个年轻人边砸门边骂："滚出来，快点滚出来，还想打老人，翻天了你们！"

眼见这几个年轻人情绪异常激动，我快步走过去说："别冲动，有事慢慢说。"

这时，一位老人从人群中走了出来，老人捂着胸口对几个年轻人说："警察来了，你们住手，有事让警察解决。"

几个年轻人退到一边，老人扯过我说："警察同志，我是个老军人，战场上我也打过仗，我可好多年没见过这么嚣张的人了。他们诊所的几个人打一个女同志，我过去阻止他们，他们骂我多管闲事我就不说了，有一个女的竟然拿着棍子要打我，幸亏附近的几个群众看不下去，赶过来帮忙，他们才吓得跑回到屋里去了，要不我真就遭殃了。"

见老人一直捂着胸口且脸色苍白，我忙问："大爷，伤着您了吗？"

几个红领巾说："他们想打，我们给拦着了。但是他们骂这个爷爷了。"

老人摆摆手说："我没受伤，可心脏病怕是要复发了，我感觉快站不稳了。"

搭档王一听，忙拨打了120。

老人虚弱地说："谢谢！"

这时，一位浑身沾满土双手捂着脸的女同志走了过来，我能看到鲜血正从她指缝渗出来。

女同志不好意思地说："都怪我，大爷，对不起，是我害得您这样。"

我问："这到底是怎么回事？"

女同志说："我家就在这附近，半小时前，我带女儿过来看病。女儿有点轻微感冒，我想拿点药回家吃就可以了。到这里后我看前面有人排队，就跟女儿说我先回去做饭，让她拿了药自己回家。结果女儿竟然拎了一大包药回家了，诊所的人足足给她拿了快两百块钱的药，一顿吃的药片就有三十多片。我一看很生气，就带女儿过来，让门诊的老板给退回去一些，孩子才十四岁，一下怎么能吃那么多药呢。结果老板说，退药是绝对不可能的，说我影响他生意，大声让我滚出去。我想着他年纪大了，我不跟他一般见识，就把药往地上一扔，拉着女儿就走了出来。我当时很气愤，药我不要了还不行啊。谁知，我们还没走出门几步，从屋里冲出来四五个人，把我摁倒就打。这个大爷看到了，让他们住手，他们竟然要对老人动粗，还拿棍子打老人，真是太嚣张了！"

这时，治安中队和120的同志也赶了过来，治安中队的同志了解完情况后说："受伤的先去跟120的车去医院诊治。"然后问，"都谁看见当时的情况了？跟我们进屋去。"

几个红领巾说："我们都看见了，让他们开门，我们知道都有谁动手了，我们帮警察叔叔抓人。"他们边说边冲在前面，狠劲拍诊所的门。

我和搭档王把老人和受伤的女同志送上车，看着120车开走。转身看见治安中队的同志从诊所内带出来五个人，其中一个男子边挣脱边说："我没动手，我没打人。"

一个红领巾说："你是没打，但是你骂人了呀，你骂老人就是不对！"

其他一些红领巾也起哄说："对，你骂老人你缺德！"

惹得看热闹的群众哄堂大笑。几个大人也说："这些人都应该带回去，没打人的也要好好教育教育，如果需要，我们都可以作证，他们真是无法无天了。"说完，纷纷给治安中队的同志留电话。

见治安中队的同志拉着行凶的人离开，一群红领巾使劲鼓掌。大家也纷纷散去。

正当我和搭档王准备离开时，听到诊所门口有哭声，转身看时，见一位老太太蹲在诊所门口号啕大哭。

我连忙赶过去，问老太太怎么回事。

老太太说："警察同志，你不用管我。作孽啊，我家那头脾气暴躁的驴啊。养的孩子也都不知天高地厚。你说，我这辈子作的是什么孽啊！"边哭，老太太边捶地。原来她是诊所老板的老婆。

我和搭档王好说歹说将老太太搀扶进诊所，安抚她好半天才离开。

事后，搭档王说："生活就是这样，行好不见好，终究跑不了，作恶不见恶，早晚逃不脱。现在有些人简直成了钱的奴隶，为了钱丧心病狂，为了钱，是不是真的就可以不要道德和良知？如果每个人都能摆正自己的位置，规规矩矩做人，堂堂正正做事，社会正气是不是就能弘扬起来了？"

我没有回答他，脑子里一直盘旋着那些带着治安中队的同志去指认打人者的红领巾的身影。哦，对，还有那位让我敬重的老军人。

出租车司机的小算盘

2011 年 1 月 14 日　星期五

偷鸡不成蚀把米这句谚语，经常被用来讽刺耍聪明想占便宜而赔本的人。

今天上午，五十多岁的老刘从工地出来拦了一辆出租车，告诉司机他要去另外一个工地。开车的是位年轻的小哥，小哥一路放着劲爆音乐，摇头晃脑将老刘拉到目的地，停好车对老刘说："十九块钱！"

老刘边掏钱边低声嘟囔了一句："平时都是十七八块钱，怎么这次十九呢？"

小哥一瞪眼说："你啥意思？难不成怀疑我计价器有问题？"

老刘憨憨地笑笑说："你急啥呀，实话告诉你小伙子，这些天我天天打车走这段路，有时是十七块钱，有时候是十八，还从来没有过十九的。"

小哥火冒三丈说："嘿，你的意思还是说我计价器有问题啊！土老冒，没钱早干嘛去了？"

老刘憨憨地说："看你这话说的，我打车费还是有的，我就是感觉不对劲儿，你不能好好说话吗？"

说完，老刘掏出来一张百元钞票让小哥找。

这时，一辆亮着空车灯的出租车远远驶来。

小哥眉头一皱计上心来，他对老刘说："这样吧，既然你怀疑我的计价器有毛病，咱俩就打个赌，我拦下来那辆出租车，让他跟着咱俩走一趟回头路，如果两车计价器都是十九，你那一百块钱给我，如果两辆车的计价器显示的是十八，我出一百块钱给你，你看行不？"

老刘想了想说："你这孩子心眼还挺多的，行吧，今儿活不太急，我就陪你赌一把！"

小哥一听很是兴奋，立即下车将那辆出租车拦下。

出租车司机李师傅听完两人说的情况，下车对小哥说："人家说平时十八，你收他十八不就行了吗，没必要为一块钱赌这气！"

小哥向李师傅挤弄了一下眼说："咱都是同行，这个忙你不帮，我可以找其他车！"

李师傅转身对老刘说："这位老同志，现在的计价器不仅按公里数计，有时候路上多遇见几个红灯，等待时间长了，价格上都会有差别的！"

老刘将双手插进袄袖里说："我没说不给他钱，是他太蛮横了，既然他想打赌，那我只好奉陪！"

李师傅问两人："你们真要赌？"

小哥兴奋地说："当然要赌了，钱不重要，我得证明给他看看！"

李师傅说："那好吧，我给你们当个见证人，你们俩把钱都给我吧，我替你们保管，说好了，到地方你们要按计价器上的钱给我结账，然后多余的钱，谁赢我给谁！"

小哥笑着说："行，没问题。"老刘也说："我也奉陪到底！"

于是，两人各出一百块钱交给李师傅，然后老刘坐在小哥车上，李师傅开车跟着他们，三人又回到了老刘打车的工地门口。

两辆车停稳，小哥拍着方向盘直骂娘，李师傅拉开车门说："我车上显示的是十八，你们的呢？"

老刘憨憨地说："你自己看一下！"

李师傅扫了一眼对小哥说："我劝你你不听，多一块少一块再正常不过了，两辆车都是十八，你输了！"

小哥气呼呼地说："邪门儿了，怎么可能？"

李师傅掏出一百八十二块钱递给老刘说："扣除车费十八块，其余的钱给你！"

小哥对李师傅说："你不能给他那么多，还有我一百呢！"

李师傅说："你这孩子，怎么可以说话不算数呢，打赌是你提出的，我又不是没劝你，现在你输了，你还有啥话可说的？"

小哥说："反正不行，我来的时候跟去的时候有段路走的不一样！"

李师傅说："那我就不管那么多了，我是跟你的车跑过来的，我还要去干活，我先走了！"

说完，李师傅一加油门离开了。

小哥过去对老刘说："你把一百块钱还给我！"

老刘为难地说："这不好吧，说好了的事情，你怎么能反悔呢？"

小哥说："我没反悔，你也看到我们有段路和去的时候走得不一样，所以这不能算。"

老刘说："随便你怎么说吧，这钱我不能给你！"

小哥顿时火冒三丈，骂道："你怎么是个赖皮啊，没见过钱吗？"

老刘说："你要再骂，我现在就走，你要是态度好点，你给我再送回去，我把一百块钱给你！"

小哥说："不可能，你必须把一百快钱还给我！"

老刘说："那才是不可能呢！"

几个路过群众凑过来看热闹，听明白事情缘由后，纷纷指责小哥。

此时，小哥想到了110。

我和搭档王赶到现场，了解完情况后搭档王问小哥："需要我们做什么？"

小哥说："让他把一百块钱还给我，再给我三十七块钱的打车费。"

搭档王说："你的意思是让他再给你一百三十七块钱对吧？"

小哥说："是的。"

搭档王说："这样算下来，等于老刘出了五十五块钱，现在还在原地。"

小哥说："那我就不管了。"

搭档王说："我们警察有规定，不能替别人讨债。你如果让我们去向老刘给你要一百三十七块钱，我们现在就走人，因为这事儿我们管不了。"

小哥看看搭档王没说话。

我过去对他说："事实很清楚，打赌是你要求的，出租车见证人是你找的，回来的路线是你选定的，现在你输了，你还有什么说的呢？"

小哥说："我回来时有段路和去的时候走的不一样。"

我说："那也是你自己带的路，怪不得别人，你为什么不走去时的路呢？"

旁边一位看热闹的男子说："很明显，你刚说的回来的那段路比去时那段路要远点，你是想坑人家民工呢吧？"

小哥扬起脸说："你胡说，我没那意思，我当时一乱就走错道了！"

围观的群众都笑起来，有人说："看着你这小伙不像犯迷糊的人啊！"

还有人接着说："你是想黑人家的钱呢吧，黑一块钱还不够，还想黑人家一百？自找的！"

我将小哥拉到一边说："你看到了吧，大伙儿没一个向着你说话的。你自己想想，假如说，刚才回来打表是十九块钱，你会不会把老刘的一百块钱还给他？"

小哥说："我知道你的意思，可我今天亏大了，本来我是租别人的车，每天要交二百元的租金，我们光在这儿说这事儿都将近一个小时了，这么一折腾，我今天就白干了。"

我说："你如果再继续折腾，半个小时就又过去了！"

小哥低着头不再说话。

这时，老刘走过来将我拉到一边说："这事儿麻烦你们警察实在不好意思，我也不是想赚他的钱，是这孩子有点过分，我当时本来想给他十九块钱呢，可他非让我和他打赌。说实话老弟，我心里是有谱的，这条路这段时间我打车走了不下二十次，我想我绝对能赢，我就是想让他长个记性，你给他说说，如果把我送回去，我把一百块钱还给他！"

我过去把老刘的意思说给小哥听，小哥说："让他把钱给我，我不送他！"

我说："不是我批评你，作为服务行业，最起码不能对乘客出言不逊吧？为了一块钱，你羞辱他付不起车费，见他掏出来一百块钱，你又起了贪心非要跟人打赌，输了又要赖，有意思吗？"

小哥抬头看看我说："这事儿我做得不对，但是我这亏吃得也太大了。"

我说："出租车是城市形象窗口，代表着咱们城市的形象。你这样的心态可不行，回去要好好反思一下，这么年轻，不学好，早晚要吃大亏。"

小哥说："我知道错了，你能不能再和他说说，让他少给我点儿也行。"

我走到老刘身边对他说："年轻人知道错了，他面子抹不开，想让你自己打车，钱呢，你看你想他多少吧？不行，我让他给你赔礼道歉！"

老刘笑笑说："既然他知道自己错了，道歉是必须的，钱嘛，我给他一半儿吧，让他长个记性，年轻人不教育不行啊！"

我把老刘的意思说给小哥，小哥说："五十也行，道歉啊，我才不给他道歉。"

我带着怒气说："你都知道自己错了，你还不道歉。你要不道歉，我们就不管了，告诉你，老刘走人你也不能拦着他，别让大家伙儿看不起，你自己衡量吧！"

小哥叹口气说："那好吧，我道歉！"

我将两人拉到一边，小哥对老刘说："对不起了，我当时不该和你生气！"

老刘笑着说:"小伙子,你是太年轻啊,没吃过亏,以后可不能这样,要学会尊重人,说话要和气,更不能见钱眼开。你以为我老头子好欺负是吧,我告诉你吧,我是两个工地的预算师,算账比你算得明白!"

老刘接着说:"我知道干你们这行也不容易,但是做事情肯定都是要付出代价的,你耽误我老头子一个多小时,五十块钱算是对我的补偿吧!"说完,老刘掏出五十元递给小哥。

小哥红着脸接过钱,在大家的哄笑声中开车离开。

事后,搭档王说:"这个司机就该受到惩罚,自以为小算盘打得挺好,没想到最后会吃亏。"

其实,我们每个人内心不都有个算盘吗?谁也不会比谁笨到哪儿去,如果用这个算盘处处算计别人,迟早会吃亏。

好朋友偷了我的金项链

2011 年 1 月 15 日 星期六

每个人看待事物、判断事情不可能任何时候都完全正确。主观成见，是认识客观真理的障碍。当人以成见观察周围的人和事时必然歪曲客观事物的原貌。今天我就接到这样一起警。

王女士和曾经的同学又是好朋友的赵女士一起去舞厅跳舞。上午九点多钟两人来到舞厅后，王女士着急去洗手间，便将自己挎包递给赵女士，让她去吧台存包。赵女士来到吧台将自己的包和王女士的包存放在一起，然后进入了舞池。十一点多，两人跳完舞后打算离去。王女士和赵女士两人来到吧台取包，吧台服务员把包递给她们，王女士接过包猛一下发现自己挎包的拉链是开着的。她心里"咯噔"了一下，是不是被小偷偷了？

她稳了稳心神便对吧台的服务员说："先等等，我感觉不对劲，我包的拉链怎么拉开了呢？"

服务员说："大姐，您的包我可没动，您刚刚也看见了，我取出来就交给您了！"

王女士说："我先点点东西再说！"

于是，王女士当场将包内的物品倒了出来，让赵女士和她一起清点。

正清点着，王女士一下惊叫了起来："我的项链，我的项链不见了！"

赵女士问："项链？是昨天我和你一起去买的八千多的那条吗？"

王女士带着哭腔说："是啊，我昨天放在包里就没拿出来过。现在不见了，肯定是小偷偷走了，我记得我给你时我的包的拉链是拉上的。"

服务员苦笑着说："大姐，怎么可能是小偷偷走的呢，你们这位女士把包存上以后，这个柜子的门谁也打不开，因为钥匙你们自己拿着呢。再说了，柜子就在我们身后，小偷也不可能进来啊！"

王女士说："反正我的项链不见了，我刚进你们舞厅门的时候我还看了看呢，进来以后不见了，不是偷走难道它自己飞走了吗？"

这时，服务员身后一直在忙着收账的女士说："你这是什么意思啊？我是老板娘，我从九点到现在一直都没离开过柜台，难不成怀疑是我们拿了你的项链？"

王女士说："什么都有可能！"

舞厅老板娘说："我告诉你，没有这种可能。第一，我不会傻到自己砸自己招牌。第二，就算你那条项链值八千多，说真的我们还看不上。第三，我们这儿有监控，你也别侮辱我们的清白，你打110让民警过来做个见证，一看就明白了！"

于是，王女士拨打了110。

我和搭档王赶到现场时，王女士正和舞厅的老板娘理论。

见我们过来，王女士一脸气愤地对我说："哼，他们舞厅不讲理，我的项链明明是在他们这里被偷了，他们怕担责任，死活不承认。"

舞厅老板娘说："你别乱说话好不好，如果真是我们的人拿了，或者是我们没看管好让偷走了，我们会赔给你的，你放心吧！"

搭档王劝王女士说："你的心情我们理解，先平静一下，先说说是怎么回事。"

王女士给我们说明了情况。

搭档王问："除了项链，还丢了什么？钱包在吗？"

王女士说："其他没别的什么丢了，钱包也在啊！"

我问："钱呢，里面的钱少了没？"

王女士摇摇头说："钱倒也没有少！"

搭档王问："你确定，一分钱也没少？"

王女士仍然摇摇头说："钱包里就五百块钱，一分钱也没少！"

搭档王笑着说："这事儿有点儿怪，如果是小偷偷走的，肯定会连钱包也偷走，除非是专门来偷项链的！"

王女士有点生气地说："你这位警察说这话是什么意思，意思是我报假警？"

我忙解释说："我们没那个意思，只是你想想会不会把项链忘在家里或者别的地方了？"

王女士说："怎么可能！我昨天买了项链后一直放在包里，就没有掏出来过，怎么可能会放在家里呢！而且我记得进舞厅前我掏钱买票时还看见项链在呢。"

搭档王问："你确定当时看见你的项链了？"

王女士说："你这话我不爱听，什么叫确定啊？我看见看不见我自己不知道啊？"

我笑了笑说："那按照你意思说，你项链肯定是在进来以后丢的，对吧？"

王女士着急地说："跟你这个警察说话怎么这么费劲啊，项链肯定是被偷了，这还用问吗？"

搭档王对老板娘说："你们这里不是有监控吗，先看看监控吧？"

老板娘说："行，我现在就安排人给你们调出监控。"

我们一行人来到监控室，舞厅工作人员当即打开吧台监控录像，开始从九点回放。经过将近半小时时间录像回放完毕，监控显示赵女士让吧台服务员将包存放进柜子以后，一直到两人去吧台结账后将钥匙递给服务员让她将包取出来，期间放包的柜子再也没被打开。看完录像，王女士脸色十分难看，猛地用手扯了扯我衣服然后向外走。我想她肯定有话要对我说，忙跟着走了出来。

走出监控室，王女士将我拉到一边说："有些话我不能不说了警察同志，我也不想这么猜疑，但是，现在看来，这条项链肯定是在我同学小赵身上，唉，我没想到她竟然是这样的人。"

我笑着说："你们俩关系到底怎么样？"

王女士说："关系没得说啊，一直都很好。"

我说："那你还怀疑她？她的人品你不了解？"

王女士说："挺了解的啊，我想她虽然家里条件比我家差点，但也不至于拿我项链。可昨天买的时候她一直夸项链漂亮，还说自己没钱，如果有钱自己肯定也买一条。我想她肯定是动心了，当时我着急去厕所把包给她的时候，她极有可能一时糊涂做了傻事！"

我笑了笑没说话。

王女士着急地说："你别笑啊，如果真是她拿的，让她还我就行了，我也不想为这件事翻脸。"

我说："你的意思是让我们过去问她？"

王女士说："你们必须敲打敲打她，问问她是不是一时疏忽将两个包的东西装错了！"

我笑了笑说："你倒是聪明得很呢。不过你必须指认她是嫌疑人我们才能对她进行询问和盘查，否则的话，我们不能帮你这个忙！"

王女士想了想，像是下了很大决心似地说："嗯，我指认，我想除了她没别人了，那条项链肯定在她包里。"

说话间，赵女士和搭档王也从监控室走出来。

王女士见到他们立即不再说一句话。

赵女士见她脸色不对，又看了看我，仿佛想到了什么似的说："小王，你，你不会怀疑是我拿你的项链了吧？"

王女士脸一红说："我可没那样说你，是你自己说的啊！"

赵女士气愤地说："小王，你，你怎么能这么想，难道你还不相信我？"

王女士说："我相信你啊，可项链到哪儿去了呢，你给我说说。"

赵女士听她说完，一把将自己的包拉开，猛一下将里面的东西倒在地上。

赵女士捂着脸蹲在地上说："你居然怀疑我，你这是侮辱我人格！"

我对王女士说："既然东西都倒出来了，你自己看看有没有吧！"

王女士凑过去看了看说："没有！"然后对赵女士说："我也没怀疑你啊，是你自己多心了！"

说完，王女士又将我拉到一边说："既然撕破脸了，那就把她身上也搜一搜吧，肯定是她拿走的，我保证！"

我劝她说："这不是小事儿，你想清楚，如果她身上没有，你们这么多年的情谊可就算到头了！"

王女士说："我也希望不在她身上，可除了她，不会有别人！"

我说："你好好回忆一下，会不会是忘在家里了？"

王女士说："绝对没有，我都不记得掏出来过！"

我说："别那么自信，给家里打个电话问问也无妨，如果真是没在家里，我们让行政部门介入帮你调查也不晚！"

王女士看了看我，还有点犹豫。

我说："你就别犹豫了，打个电话吧！"

王女士掏出手机拨了出去。我听见王女士带着哭腔说："老公，我昨天买那条项链被人偷了，现在警察都过来了！"然后又听见她吃惊地说："什么？在家里？我自己昨天掏出来放抽屉里的？我怎么不记得？好好，我明白了，我马上回家！"

接完电话，王女士转身对我说："对不起警察，实在对不起，给你们添麻烦了，我老公说项链在家里放着呢，你看我这脑子真是犯浑，他一说我真想起来我确实睡前拿出来戴给他看过。"

我笑着问她："你不是确定进舞厅前还看到项链呢吗？你不是说项链一定在你朋友身上吗？"

王女士哭笑不得地说："我错了，我真错了！"

说完走过去将赵女士拉起来说："小赵，项链我忘家里了，你别跟姐一般见识，姐没有怀疑你！"赵女士一句话没说，弯腰将散落在地上的物品捡起来装到包里然后转身跑开了。王女士忙追过去想向赵女士道歉，可任凭她怎么拉也没拉住。

　　王女士走过来对我们直叹气，边叹气边骂自己脑子不好使。

　　搭档王说："当初我们一再让你确认项链是不是在包里，你还觉得我们说得多。如果当时你能冷静下来仔细想想，或者给家里打个电话问问，何至于闹出这样的笑话呢？"

　　我说："你为了条项链连你的好朋友都怀疑上了，你回去要好好反思一下了！"

　　王女士低着头说："唉，别提了，这事儿，我实在是没脸说了，谢谢你们了。小赵那里我还要去找她道歉去。"说完，低着头离开了。

　　搭档王摇着头对我说："先入为主的想法害死人啊！"

　　我说："是的，当她看到自己包被拉开的时候，她第一感觉是东西被偷了，就会联想到自己的项链，接下来就会设想出很多种能证明项链被盗的理由，并且这些理由一旦在脑子里形成她就会想出更多的理由来加以证明。直到得知项链在家里，她才会罢休。"

　　搭档王说："不但是她，我们平时都会犯类似的错误的，这件事提醒我们以后处警过程中千万要弄明白事情的来龙去脉，具体情况具体分析，千万不能凭经验开展工作。"

　　是啊，其实生活里的我们，又何尝不经常犯类似的错误呢，以貌取人的有之，凭经验墨守陈规的有之，思想上的"先入为主"必然导致对正确方向的迷失，还不由自主掩盖住事实的真相。

　　凡事，三思而后行，多听多看多想，不要被主观偏见蒙蔽了眼睛，兼听则明，偏信则暗。或许，这都是弥补先入为主意识的良药吧。

一次失败的处警

2011 年 1 月 16 日　星期日

孔子登东山而小鲁，登泰山而小天下。

不识庐山真面目，只缘身在此山中。

前一句说的是站在一定的高度，才能让心胸开阔，看事物才能看得更清楚，与"欲穷千里目，更上一层楼"的意境类似。后一句意思是说，把自己困在山里面，便不能认识到山的全貌。想起来这两句话，缘于今天处理的一起警情。

接到的是一起存车纠纷的警。我和搭档王赶到时，见看车老太太和一位年轻女士正对骂，两人几乎要动起手来。

我跳下摩托车来到两人面前说："两位，咱中场休息一下，行不？"

年轻女士听我这么说，脸一红，显得很是不好意思地说："这老太太不讲理！"

老太太用手一指年轻女士说："你是个诈骗犯，你讹诈我！老天在上，讹我的人不得好死！"

年轻女士说："警察同志你听听，看她怎么说话呢！没见过这么蛮横的老太太！"

搭档王走过来对老太太说："您老先消消气，咱到一边去，你给我说说怎么回事，行不？"说完，拉着老太太朝旁边走。

我问年轻女士："怎么回事，能说说吗？"

年轻女士指着停在一边的电动车说："我早上把车子停在这里，等我回来，交了存车钱取车时，发现车的前脸被撞裂了，我这可是刚买的新车啊。我问老太太我车子怎么回事，老太太把刚收的钱放在我车座上，说她没收我钱，也不知道车是怎么裂的，让我爱找谁找谁！你说这不是气人吗！"

我过去看了看，见电动车后座放着五毛钱，电动车前脸下端有长约四五厘米新撞裂的痕迹。

我问："那你的意思呢？"

年轻女士说："我的意思是让她给我修好，我也没要求她赔我新的。其实我自己去修车也可以，可这老太太压根儿不讲理，我气不过才报警的。既然你们来了，那她必须给我个说法，我要求她赔我五十块钱。"

我听完，转身去找老太太。

老太太正和搭档王大声嚷嚷着："这事跟我没关系。我哪知道她的车子让谁撞了啊，跟我有什么关系呢，她这是讹我。"

我问她："你说这事跟你没关系，可你是收费看车，别人把车放你这里，你就负有看护的义务。现在车坏了，怎么能说跟你没关系呢？"

老太太说："我没收她的钱，她的车不是我看的。她愿意把车放那儿，跟我没关系。"

见过不讲理的，这样不讲理的确实不多见。我感觉自己脾气还算好，可也实在忍不住了，我说："你这么大年纪了，怎么能这样说话呢？你收了钱，见人家车坏了，又把钱放回人家车座上了，现在那钱还在车座上放着呢。"

老太太说："我不管，反正她的车就不是我看的。即便是我看的，我也不知道是谁撞的，这跟我有什么关系呢？"

我生气地说："公不公道，打个颠倒，如果你存车的时候车好好的，交钱取车见车被撞坏了，你会怎样？"

老太太说："我会一走了之，我才不会讹人，谁讹人谁不得好死！"

听到老太太的骂声，年轻女士跑过来说："你这么大一把年纪，嘴下留德吧你！"

搭档王将她拉到一边，我继续和老太太理论。

我说："你说她的车不是你看的对吧？"

老太太说："对，你说对了，就不是我看的，你当警察的也不能欺负人。"

我说："那其他车是你看的不？"

老太太说："都不是我看的，都跟我没关系！"

我心里压不住的火苗呼呼往上冒，怒气冲冲地说："好，既然你这么说，今天你要敢收费，我就给你拉派出所去。你不讲理，我给你找个讲理的地方去！"

老太太翻了我几眼，见我真发怒了，声音也没敢再那么大，对我说："你，你这不是警察的作风，警察不会欺负老太太！"

我对老太太怒目而视："那老太太也不应该不讲理啊！"

老太太还想辩解，这时搭档王过来对我说："你先休息会儿，让我来。"

说完他把老太太拉到一边去。

也不知道搭档王对她说了些什么，老太太顿时喜笑颜开，连声说："好的，可以，没问题！"

弄得我真有点莫名其妙。

随后，搭档王将两人喊到一起，不一会儿见老太太从兜里掏出五元钱递给年轻女士，年轻女士推着车就离开了。

老太太回头对我说："你这警察啊，不懂事！"说完，继续忙着收费去了。

弄得我很是尴尬。

这时，搭档王在我眼里简直如神明，我忙活半天生了一肚子气，还挨了老太太的奚落，他竟然不急不躁将矛盾消化殆尽。

事后，见我一直气鼓鼓的，搭档王说："你是去调解纠纷的，跟老太太吵个什么劲？其实那电动车只撞裂开一个小缝，要五十元，明显不合适。我过去给车主做了做工作，让她自己找个地方去修，让老太太给她五块钱，算是给老太太点教训吧。然后我又过去跟老太太说，人家本来要五十，我好说歹说，人家答应只要五块钱。老太太一听很开心，当即答应，事情就这样处理了。"

搭档王笑着对我说："别生气了，一看这老太太就不是那种讲理的人，你跟她讲道理没用。你把自己放在了矛盾里，还能调解矛盾吗？那样只会激化矛盾。"

事后，我一直在反思，搭档王说得太对了。我把自己的情绪掺和到处警的过程里，让自己从一个局外人变成了局内人，失去了理智，也失去了对局势的把握。而搭档王一直站在高处，审视着这一切，抓住了问题的根本，于是轻而易举就将问题解决了。

于是，我恍然大悟，遇事要让自己先跳出来。只有站在高处，看清事态发展的趋势，认清矛盾的根本，抓住主要矛盾，这样解决起问题来，才会得心应手，迎刃而解。以后不管是处警还是生活里其他什么事，一定要以此为鉴。

在敬佩搭档王的同时，也暗自庆幸，一次失败的处警，让我收获了很多。

洗浴中心的尴尬女人

2011 年 1 月 17 日　星期一

早八点，接到 110 派警说某洗浴中心有人求助。我比较喜欢出求助的警，能帮到别人，是一种荣幸。急急忙忙和搭档王赶到洗浴中心，推开大厅的门，一位身着粉红色大衣的女士便迎了上来。她三十岁左右，一头金黄色卷发披在肩上，肤色白皙，眉清目秀，从气质上看，绝对是一位有文化、有修养的女士。

她走过来还没说话脸先红了，声音低低地说："实在不好意思，麻烦你们两位了！"

搭档王说："不用客气，请问您有什么困难需要我们帮忙的？"

粉红姐说："他们吧台的人不让我走！"

搭档王问："为啥不让你走呢？"

粉红姐说："我身上带的钱不够，我说了我回去取钱给他们送来，或者让他们的人跟我回去拿，可他们不同意！"

我走向吧台，吧台后面一位女服务员主动站起身对我说："警察同志，不是我们不让她走，她欠着我们七百多块钱呢，只要她把钱结了，马上就让她走。"

我问："到底怎么回事？"

女服务员撇撇嘴说："她不检点，活该！"

我说："钱让她还给你就是了，你不能凭空侮辱人嘛！"

女服务员很不满地说："我可没有乱说。昨天夜里十二点她和另外一个女的带着两个男的来开房，其他三个人一大早就走了，说是她负责结账，她下楼时却说自己身上只有一百块钱，这不是胡闹吗。本来我八点就可以交班回家了，这还不知道让我等到什么时候呢！"

我大概知道了粉红姐脸红的原因。

我走过去对粉红姐说："这也没多大事啊，你找人把钱送来不就行了吗？"

粉红姐叹了口气说："我也想啊，但我实在想不出来让谁过来送钱！"

搭档王问："到底怎么回事，能说说吗？"

粉红姐深吸一口气，像是豁出去的样子，给我们讲了这样一个故事：

粉红姐是南方某市一个公司的财务人员，半月前，她被指派来这里对一个项目的财务进行复核，那些混乱的财务报表和数字让她感到很大的压力。

昨天，忙了一天的粉红姐下班后感觉筋疲力尽，心力交瘁，刚好又接到总部催问工作进展的电话，孤独而又疲惫的感觉袭上心头，于是她顺手从钱包里掏出二百块钱，打算去不远处的迪厅疯狂一把来缓解一下压力。

她来到迪厅找了个位置点了瓶红酒刚刚坐下，便有两位仪表堂堂的男士凑过来，面带笑容问能否共饮一杯，她见两人不像坏人，刚好一个人喝酒也没意思，于是便点头表示同意。在两个幽默而又不失风度的男士感染下，她渐渐放松了警惕，与两人海阔天空聊起来。后来，两位男士又邀请了邻座另外一位穿粉黄色棉袄的女士加入，四个人玩骰子，喝红酒，讲笑话，一直闹腾到半夜。

后来，粉红姐感觉自己有点头晕，想到明天还有工作要做，于是便提出回去休息，两位男士说："同是天涯沦落人，相识一场是缘分，刚好我们俩对财务知识一窍不通，不如我们请两位找个地方，您给我们讲讲基础财务课如何啊？”

粉红姐想到自己回去一个人冷冷清清实在寂寞，于是便半推半就和他们三人来到这家洗浴中心。

一夜折腾，具体怎么折腾她没说，搭档王也没好意思问。天亮时她发现身边的男士已经离开，便去敲隔壁房间的门，开门后，粉黄女说早上六点多和她同住的男士说出去给她买早餐，结果到现在也没回来。

穿戴整齐的粉黄女边往楼下走边回头对她说：“我着急上班呢，先走了啊！”没等她反应过来，粉黄女早已不见人影。

粉红姐想着两位男士应该已经结过账了，谁知下楼准备离开时却被服务员拦了下来，说两个房间所有费用都没结。

粉红姐在自责的同时忙着掏钱结账，突然想起自己出门没带钱包，翻遍衣兜只有一百多块钱。这下可让她犯难了，说自己回去取钱，洗浴中心的人不相信她还会回来；说让人跟她去取，洗浴中心的领导也不同意。唯一的办法就是让人送钱过来，可她在这里没朋友，让同事送钱来洗浴中心，以后还怎么做人呢？无奈的粉红姐只好求助110。

善解人意的搭档王听完故事说：“你的意思我已经理解了，你找个理由给你同事打电话让他送钱到前面不远的某某路口，我站在路口疏导交通，让我同事在这里等，你看行吗？”

粉红姐忙说：“行行，太好了，我现在就打！”

粉红姐去一边打电话，搭档王对我摇了摇头又叹了口气。

半小时后，搭档王陪着粉红姐把钱取回。粉红姐去吧台结清账，对我们说：“太谢谢了，实在太谢谢了！”

搭档王说：“不用谢我们，回去好好想想吧，这次如果遇见了坏人，真出了什么事，后悔都来不及。你这样太危险了！”

粉红姐脸色通红，低声地说：“谢谢，麻烦你们了。”

说完，她像个做错事的孩子，竖起领子，将粉红色的大衣紧紧裹着身子，快步走出了洗浴中心的大门，背影很是狼狈。

处完警，我和搭档王说起这事，搭档王说：“谁没有压力呢？但是缓解压力的方式各有不同，可以选择蹦迪买醉放纵自己，也可以选择去健身房出汗缓解压力，还可以泡杯清茶读本好书，舒展自己的心灵。寂寞的感觉确实不好受，但这不能成为放纵的借口。"

搭档王说得对，其实每个人内心都是孤独的，内心深处都有别人触及不到的地方，但每个人都应该为自己的行为负责，做一个清醒的人。什么事可以做，什么事不能做，要有个准则。唯有这样，当我们回头看自己的人生时，才不会为某些不应该发生的错误而遗憾。

被锁在消防栓上的小轿车

2011 年 1 月 18 日　星期二

经常出一些停车纠纷的警，每次出此类警情现场，看到的情形要么争吵、对骂，要么撕扯、打架，当事双方情绪总是很激动。其实有理不在声高，今天出了一个求助的警，当事一方女老板不吵不骂，淡定地用自己的方法惩罚了一位不讲理的车主。

接到派警赶到现场，分开围观的人群，一位大腹便便身着名牌夹克的男子便迎了过来。

他上前拉着搭档王着急地说："警察同志，是我报的警，你们一定要为我做主啊！"

搭档王说："别急，有什么事儿慢慢说。"

夹克男说："您看，您看，他们把我的车给锁起来了！"

我顺着他手指方向看去，差点笑出声，只见一辆停在路边人行道上的轿车左后轮被一条链子锁像拴狗一样给锁在了旁边的消防栓上。

搭档问："谁把你车锁上的？"

夹克男用手一指轿车车头对着的服装店说："是他们的店老板锁的！"

搭档王问："为啥锁你的车？"

夹克男说："唉，别提了，刚交警都来过了，已经给我开了一张二百元的罚单了，她们竟然还不给我开锁。"

里面定有蹊跷，我转身走向店里。

店老板是一位衣着时尚显得很有品位的中年女士，她见我进去，立即笑着迎了上来，边吩咐服务员给我倒水边请我坐下说。

我问她："门外停着的车是你们给锁的吗？"

品位女不紧不慢笑着说："是的，是我让人给锁的，你别着急，我慢慢给你说是怎么回事。"

事情是这样的，今天早晨服装店刚开门，一辆轿车就在店门口停了下来。品位女赶紧让自己的店员去告诉司机，店门口不能停车。店员跑出去一会儿就抹着眼泪回来了，告诉品位女说司机骂她了，还说非要把车停放在这里。

品位女听后去找司机，夹克男司机对品位女说："今天我还非把车停这儿不可，我看你们能把我怎样。"

品位女说："你看你这位先生，开这么好的车，怎么不讲道理呢？你把车头对着我们店门，严重影响顾客进店，你哪怕往边上稍微挪挪也行啊！"

夹克男说："嘿，谢谢您啊。我今儿还就非把车停在这里不可！谁让你们的服务员拍我车窗了！"

品位女说："如果是服务员拍你车窗得罪你了，我给你道歉行吗？"

夹克男得意地说："不行，晚了。对不起，我有事忙，先闪了！"

说完，锁上车门吹着口哨就走了。

品位女回去找来那个店员询问，店员说她对着车内司机说话时，司机装作没听见。她只好轻轻拍了拍车窗，结果他打开车窗就骂，骂得特难听。

品位女听完就让店员去找链子锁，然后就把车锁在了路边的消防栓上。

夹克男中午过来想把车开走，发现车被锁上，便来店里质问。品位女告诉他，因为他用车堵了门，导致她店里生意严重受影响。平时能卖出去十几件衣服，今天只卖出去五六件，这个损失他要赔付。

夹克男一听就火了，大骂起来。

品位女也不答理他，拿起电话便报警称店门口有人乱停车，随后两名交警赶到给司机开了一张两百元的罚单。

交警罚款后，夹克男对品位女说："这下可以让我走了吧？"

品位女说："你刚刚受到的惩罚是交警对你乱停车的处罚，我们的损失你还没赔呢。"

夹克男说："你还有没有完啊？今天我算是倒霉了我，咋遇见你这么个不讲理的人呢！"

见品位女不答理他只顾招呼顾客去了，夹克男只能自己蹲下研究链子锁，摆弄了半天见链子锁实在结实，自己又不擅长开锁，只好求助110。

我了解完情况，问品位女："你打算让他赔多少呢？"

品位女笑着说："多少钱无所谓，他应该为他的行为负责。我就是要让他长个记性，看他以后还敢不敢这么张狂！"

我走出店门，问夹克男："为什么非要把车停在人家店门口呢？还把车头对着人家店门！"

夹克男显得有点难为情地说："我是做得不对，可交警都处罚过我了啊！"

我说："那店主看来也不是不讲理的人，要不你过去给她赔礼道歉，看看她能不能原谅你。"

夹克男叹了口气说："她都不答理我，我想道歉，可她压根儿就不理我。"

我笑了笑说："走，我带你过去试试！"

夹克男一边说着谢谢一边跟我来到服装店里。

品位女笑着迎了过来，我说："司机同志知道自己错了，来给你道个歉！"

品位女看着忍着愤怒强挤出难堪笑容的夹克男说："现在知道自己错了吗？"

夹克男说："大姐，我错了，您大人不计小人过，让我走行吗？"

品位女脸色一变说："不行，你说你都四十多岁的人了，还开着好车，怎么一点涵养都没有呢？一大早骂我们店员，我给你道歉让你把车挪开你都不同意，今天我店里损失你必须要赔！"

夹克男问："那你说个价吧，赔多少？今天我认栽了！"

见有转机，我和搭档王便做起两人的工作。

最后夹克男赔品位女三百元后，品位女让人把链子锁打开。夹克男嘴里一直不停地嘟囔着一句话："我服了，我算是长见识了！"在围观群众的哄笑声中开车离去。

事后，搭档王就此事总结了三条结论。

一是做人不要太张狂，高调做事，低调做人，张狂的人早晚要吃亏。

二是遇事要处变不惊，多动脑子，不感情用事，善于借力帮助自己解决问题。

三是大声嚷嚷的人未必就是强者，微笑着的低声细语未必代表软弱。

其实生活里每个成年人，不管你愿意与否，都要为自己的行为负责，千万莫学那位夹克男，逞一时之快而后赔钱、赔礼不说，还遭人耻笑讥讽。

网恋有风险，谈情须谨慎

2011 年 1 月 19 日　星期三

这些年，随着互联网的普及，网恋已成为一种普遍现象。

但是，因为网络的不可触摸性，很多时候，你不知道和你聊天人的真实目的、真实身份，甚至连性别你也无法识别。这些年因此而生的案件确实不少。除去通过网络搞一夜情、婚外恋的不说，男人通过网络聊天骗钱骗色的有之，女人利用网络设圈套图财害命的亦有之。当然，也有不少利用网络欺骗感情的。

上午十一点左右，接到报警称公园门口有一女子抓住一个骗子。

我和搭档王赶到现场时，见一男一女正相互撕扯。我跳下摩托车便冲到近前，让他们住手。

正在撕扯的两人立即停下手，面对我站着的男子一脸的愕然，女子转身看到我们，顿时蹲下掩面哭泣起来。

搭档王走过来对我使了个眼色，然后走到男子身边，随时准备对他实施控制。我理解搭档王的意思，于是走到女子身边，问她："是你报的警吗？"

女子抽泣了一下说："是的，是我报的警。"

我说："你先别哭，既然我们警察都到现场了，你先站起来，跟我说说到底是怎么回事。"

女子抹了一把眼泪，站起来拉我到一边，对我说："这个男的，他，他欺骗我感情！"

我问："他怎么欺骗你感情的？"

女子说："我们俩网恋半年多了，他说他二十九岁了，在某机关单位上班，还让我喊他老公。"

我又问："除此之外呢，有经济来往吗？"

女子说："没有，没有，我都快三十了，我没时间玩了，他这样骗我，我恨死他了。"

我接着问："不牵扯到其他实际接触吧？以前见过面吗？"

女子脸一红说："那倒也没有，如果之前见过就好了。今天是第一次见面，一见面我就感觉他不对劲，衣着也不像是行政机关上班的，年龄也不像二十九，最后一问，他竟然是大厦的保安，让他出示身份证一看，唉，不说了！丢死人了！"

女子说完，又抹起眼泪。

这时，对面的男子倒对搭档王嚷嚷起来："她拿着我身份证不还我，你们得帮我要回来。"

女子听见后对着他骂："你这个骗子，欺骗我感情，你不得好死！"

男子振振有词："你凭什么扣我身份证？你把身份证还我！"

我问女子："你拿他身份证了？"

女子将手里的包拉开，将一张身份证给我，我接过一看，老天，这孩子才十九岁。

我说："你的心情我理解，但是你也要从自己身上找找不对的地方，他才十九岁，你就这么稀里糊涂轻信他的话了？"

女子说："我也是被家人逼急了。平时工作压力大，没时间去相亲，想着在网上没准儿能找一个呢，谁知道！唉！怪我，怪我瞎了眼！"

我说："这不是瞎眼的问题。如果真遇见坏人，指不定发生什么事儿呢，以后上网可要警惕！"

女子说："我以后再也不相信网络了！"说完，又骂起那个男子来。

男子这时低着头，不再争辩。

我过去问他："你是哪个单位的保安？"

男子用手指了指不远处的大厦说："我就在那里当保安，我见过你们俩，你们去我们那里出过警。"

我呵斥他说："你骗人家想干吗呀你？"

他说："我其实也没骗她什么啊。她说她一个人感觉很孤单，然后我们就聊天了，再后来就乱喊，她喊我老公，我就喊她老婆啊。我又没想骗她什么，就是感觉好玩！"

搭档王说："你还好玩，这次惹祸了吧！你还当保安呢，你们队长就这样教育你的？"

男子低下头不说话。

我过去问女子："那你说吧，我们能帮你做什么？"

女子说："我就是生气，你们要好好教训教训他，以后别再上网害人了，我的时间耽误不起啊。"

我说："你放心吧，我们会好好批评他的，你还有别的要求吗？"

女子说："没了，那你们教育他吧，我走了！"

搭档王过来登记完出警信息，女子捂着脸走到路边，拦车离去。

搭档王对男子说："你这孩子，才十九岁，就敢忽悠二十九岁的大姐？"

男子说："警察叔叔，我真没有想骗她什么。你想啊，天天喊老公老婆的，我对她也是有感情的啊，要说欺骗感情，是她欺骗我才对！"

我说："你不对人家说实际年龄，你这不叫欺骗叫啥，你还有理了？"

男子说："警察叔叔，我太冤枉了我，她的聊天资料上，年龄写的可是二十四呢，那她算不算欺骗我感情啊？"

搭档王说："好了，你以后上网注意点儿，别再出这样的乱子了，好好干好工作吧。年纪轻轻不学好，赶快回去吧，好好反思反思！"

男子说："谢谢叔叔，我走了啊！"说完，对我和搭档王做了个鬼脸跑开了。

我无奈地对搭档王说："你说这叫什么事儿呢？"

搭档王说："这叫'网事'，网络就是一个社会，网络为人们提供了交流的同时，也给很多别有用心的人提供了便利。"

是啊，网络看不见摸不到，在这样一个虚拟的社会，有真实的情感碰撞，也能交到知心朋友。但是，还是奉劝各位网民上网时，一定要端正上网态度，提高警惕。切莫让自己陷入骗子精心设置的陷阱，最终也许会是赔了夫人又折兵。

在此提醒大家：

> 网络交友须谨慎，网友见面有危险。
> 谈情说爱想牢靠，身份落实放在前。

接下来说另外一起警情。

我们接到派警信息赶到现场时，见很多群众在围观两位正在争吵的男子。

其中一男子四十多岁，相貌堂堂，衣着干净、整洁。

另一男子二十岁左右，头发蓬乱，衣衫褴褛。

我和搭档王过去，将两人分开，询问情况。

整洁男很气愤地对我说："我刚路过这里，他向我讨钱，我不给他，他竟然骂我。我跟你说吧警察同志，我在这个路口不止一次见过他强行乞讨了，有时候女同志不给他钱，他还拉着人家不让走。你说这么一个大小伙儿，干点啥不行，非要做乞丐。这些人就是利用我们的同情心在赚钱，他们不为社会做一点贡献，自甘堕落，我说他两句他还和我犟嘴，见我报了警，他想跑，我拉着他没让他跑。"

看热闹的群众纷纷对我说："你们警察应该好好管管他们，像这样好逸恶劳靠大家养活的人，就应该让他们接受劳动教育！"

我点头表示理解。社会不缺乏同情心，就怕我们的同情心被坏人利用。

我走过去问褴褛男："你多大了？"

褴褛男一口外地口音说："二十！"

搭档王说："伸出双手我们看看！"

足有一米七八高的他伸出自己完好的双手。

我问："你没残疾吧，身体有什么病没？"

褴褛男说："没有。"

搭档王说："那你这么年轻，干点啥不行啊，非要靠乞讨生活？"

褴褛男说："我，我不想干活！又不是没人给钱，我这也是一种职业！"

搭档王一听火大了，转身对我说："得！别和他废话了，让治安中队来人带回去处理吧！"

整洁男和几个热心群众说："好，应该带回去拘留他，劳动教养最好，我们可以作证他多次强行讨钱，这么高的个头，这么好的身体，不为社会创造一点价值，就得让他受点教育！"

不久，治安中队的同志过来，听完情况介绍，治安中队的同志说："又是一个这样的人，前段时间我们拘留过一个。你说这么年轻的小伙，干点啥不比乞讨强呢。"

说完，将褴褛男和报案人带回去进一步处理。

每个人的身体条件有差别，能力大小更是有差异，对于丧失劳动能力或者确实有困难的人，我们向来会给予同情和帮助，这是我们社会的光荣传统和美德。但是，对于那些身体正常、好逸恶劳、无所事事、不为社会创造一点价值、靠欺骗我们同情心生活的人，不但会遭到我们的耻笑、唾骂，还会得到应有的法律惩罚。正所谓，扶弱乃美德，善心不可欺。

按照国务院颁发的《救助管理办法》，褴褛男最后被行政拘留五天。

街头飞车抓劫犯

2011 年 1 月 20 日　星期四

每天傍晚临近下班，我都会和搭档王骑着摩托车在辖区巡逻。

转过路口就是城区主干道中原路，华灯初上，我喜欢这样的夜景。

突然，电台里传来急促的呼叫："巡逻一号，巡逻一号！"

我心一紧，只有特别的警情 110 才会连呼两次的，我连忙应答："请讲 110！"

110 派警员短促的声音再次响起："请火速赶到工人路某小区门口，有一女子被抢！"

我呼叫 110："请尽快通报嫌疑人特征！"

110 及时回应："嫌疑人为两名男子，骑一辆黑色电动车。坐后面的男子着黄色夹克，两名嫌疑人抢劫一女子黄色挎包后沿工人路向南逃窜。"

搭档王一个急转弯，怕"吓跑"嫌疑人，他熄灭了警灯。我们所处的位置向东大概八百米即是工人路路口，报案人报警的位置大概位于路口向北五百米。

电台里传来大队领导的派警声："巡逻一号，火速赶往现场见报案人，巡逻四号，沿中原路向西注意发现嫌疑人，巡逻两号，沿中原路向东搜索，巡逻五号沿陇海路向北搜索，巡逻三号沿前进路向东搜索，其他巡组按照'双抢'预案进行设卡盘查。"

搭档王驾驶摩托车逆行沿中原路向东行驶，为了便于发现嫌疑人我索性摘下头盔，巡视着慢车道每一辆驶过的电动车。

刚驶出两百多米，搭档王突然来了个急刹车，然后一声怒喝："停车！"

与此同时，两名骑电动车的男子闯进我的视野，后面坐的那名男子正是身穿黄夹克，手里还拎着女式包呢。

两人见是警察，立即疯一般向西逃窜。

搭档王一踩油门，摩托车打了个旋一下来了个一百八十度大转弯，沿着两人逃窜的方向追了上去。

同志们，他们那辆电动车怎么可能会有我们的摩托车跑得快，何况搭档王此时一定像一头雄狮，骑着摩托车便冲了上去。也就是几秒钟的时间，摩托车便与电动车并行了，而这时中间还隔着花坛。如果停下车跑过去追，肯定追不上，搭档王边喝令他们停下，边猛一加油门冲到他们前面。

我知道搭档王的目的，前面不远处有个开口，搭档王到了开口处又是一个猛拐，摩托车便停在了慢车道上，严严实实正堵在电动车前面。两名嫌疑人立即将电动车扔下跳车分头逃窜。

黄夹克折回向东，骑车男子跳过花坛跑进快车道，打算向南逃跑。

搭档王用手一指向快车道逃跑的人对我说："你去追他！"

我跳上花坛，大喝一声："站住！"我知道这句话是多余的，他要会站住才怪呢！

嫌疑人边跑边用手做停车的手势，见有人闯进快车道，汽车纷纷急刹车，喇叭声响成一片。

说话间，嫌疑人已经跑到南边人行道，沿人行道向东逃窜。

此时，我也顾不得向指挥中心汇报了，用尽全力追了过去。

见我边追边喊，路上行人纷纷躲闪，嫌疑人的步子却渐渐慢了下来，我们两人的距离越来越近，追出了大约三百米，嫌疑人终于停了下来，我冲过去一脚蹬在他腿弯处，顺势将其扑倒！把电台扔在一边，单腿跪在他背上，掏出手铐给他上了背铐。

此人高约一米七八，虽然上了手铐，我怕他起身后再反抗，索性单腿跪在他背上，不让他动弹。

这时听到电台里呼叫，连忙捡起电台应答："指挥中心，一名嫌疑人已经被控制！"

此时，见搭档王押着另外一名夹克男正穿过快车道向我走来。

我随即补充道："指挥中心，两名嫌疑人已经被抓获。"

大队领导电台里呼叫："巡逻一号，报告你的位置。"

我将位置报清楚后，电台里立即传来指挥中心指派其他巡组前来增援的指令。

搭档王押着打了背铐的嫌疑人走向我，从嫌疑人背后向我竖了下大拇指，他胳膊上黄色的挎包分外显眼。

这时我才发现，自己身上已经汗如雨下，衬衣已经彻底湿透。

见搭档王让夹克男蹲在路边，我站起身，也学着搭档王将地上趴着的嫌疑人拉起并让他与夹克男并排蹲下。

不到一分钟，其他三组巡逻民警赶到现场增援；不到五分钟，报案人被中队领导带到现场；不到十分钟，治安、刑侦民警相继赶到现场。

警灯闪烁，警笛声声，惹得群众纷纷驻足围观。

经过报案人刘女士现场指认，嫌疑人正是抢她包的人。当拿到自己包时，刘女士激动地说："你们也太快了，不到十分钟就把人抓到了，太谢谢你们了！"

搭档王俯身对嫌疑人说："抢，让你们抢，哼！也太小看我们的能力了吧！"

随后，嫌疑人被刑侦中队带走进一步处理。

事后，在去刑侦中队写材料的路上，我一直沉浸在身为警察的自豪里，同时，内心隐约也有一丝悲凉，而这样的悲凉我感受过不止一次。

当我上次在大街上拎着头盔追小偷的时候，满广场的人没一个帮我拦一下!

当我这次追嫌疑人的时候,身边无数人在观看,没一个人肯帮我堵一下。

我不是在责怪什么,我更愿意相信,可能大家都没明白过来是怎么回事!

抓小偷是警察的责任,可我亲爱的朋友们,当我们看到小偷偷东西时,当我们发现坏人正干坏事时,不妨扪心自问一下,在能够保证自己人身安全的前提下,我们有没有勇气报警,有没有勇气站出来向邪恶宣战?

为了社会的治安秩序稳定,为了惩恶扬善,为了社会充满公平正义,让我们的内心充满勇敢吧,如果人人都敢于见老鼠过街而喊打,且看邪恶终将何处遁形?

货没卖出去，我拿啥给你钱

2011 年 1 月 22 日　星期六

昨天下班便被领导派去电台做节目了，给电台听众普及日常安全防范知识，所以落下一天的日记没写。现在已近年关，各种事件也更容易发生，套用搭档王的一句话：贼也得过年哪！所以大家更要加强防范意识，不给犯罪事件找上门的机会。

有人喜欢春的浪漫与温暖，有人喜欢夏的热烈与奔放，有人喜欢秋的丰收与喜悦，我却喜欢冬的萧瑟与沉静。我一直感觉冬的寒冷能让人退去内心的浮躁，让头脑变得更加清醒。

然而，今天出的两起警让我感觉自己的这个想法有点绝对，也有点一相情愿。荀子说，躁者不静。仅靠天气的变化来控制人心，难啊！

刚一上班，就接到报警，称某商贸中心三楼有人打架，我和搭档王赶到楼下，见电梯人多，直接爬楼梯一口气爬上三楼。

在搭档王疏散围观群众的同时，我走进打架的店铺。

这是一家卖童装的店铺，店内一片狼藉，衣帽鞋袜扔得到处都是。

进去看，一个二十多岁的男青年躺在地上，旁边，一个年约四十的女子双手捂着脸蹲在角落里。她身边，一位十八九岁的女店员呜呜地哭着。

我过去问："哪位报的警？"

地上躺的男青年说："我报的警！"

我问："怎么回事，谁和谁打架了？"

青年用手一指捂脸的女子说："她打我了，她用手机狠劲砸我的头，我现在站不起来了！"

女子听后用手一指男青年说："你胡说，警察同志你看看，他把我打成什么样了！"

我仔细一看该女子的脸，心里"咯噔"一声，只见女子已经是鼻青脸肿。

我问女子："感觉怎么样，需要看医生吗？"

女子说："需要，我感觉耳朵里嗡嗡响，头痛得厉害！"

我又问那个在一边哭的女孩子："你也受伤了吗？"

女子说："她没有，她是我的店员，她是吓哭了！"

男青年说："警察，赶快给我叫 120 吧！我脑子里面有个瘤子，前几天在医院检查出来的，这几天正说要动手术呢，弄不好我就过去了！"

搭档王立即拨打了 120 求援，同时向指挥中心汇报，让治安中队同志过来移交。

经过了解，打架的起因是这样：

被打女子是该店铺的老板，前段日子该店铺从男青年手里进了一批货。当时有个口头约定，女老板先卖出去货再给他结算货款，现在还有将近三千元的货物没卖出去，所以，女老板还欠男青年三千元钱。

男青年今天找女老板要钱，女老板说："货都没卖出去，我怎么给你钱呢？"

男青年说："这都快过年了，我着急回南方老家。货你肯定能卖出去，你把钱先给我不就行了么？"

女老板说："那你把货拉走吧，我不卖了。"

男青年说："那不行，这都快过年了，你把货给我，我找谁去销售啊？你早干吗去了？"

女老板说："反正我现在没钱给你。你要真想要钱，等过了年也可以！"

男青年勃然大怒，随即撒泼，动手扯拉店铺的货架，女老板阻拦时两人便厮打起来。男青年怒从心头起恶向胆边生，揪着女老板的头发，左右开弓掌掴女老板十几下。女老板本能地用手里的手机猛砸男青年的头部，据看热闹的群众说，砸了也有十几下。最后，男青年倒地后报警。

不一会儿，120的同志赶了过来，对两人进行了急救，然后拉到医院治疗，治安中队的同志跟他们一起去进行后期的调查处理。

有群众说："可能那个男青年脑子里真有瘤子，要不正又喊又叫又打又闹时，怎么突然就倒地了呢？"

也有人说："有可能是装的，他见女老板被打得鼻子都出血了，可能害怕了！"

搭档王说："你们这么多大老爷们看热闹，怎么就没一个人上去拉开呢？如果一开始就劝说劝说，他们也不会打得这么热闹了吧？"听搭档王这么说，看热闹的群众一哄而散。

我和搭档王刚从商贸中心楼上下来，又接到派警，某某饭店有人打架。

赶到饭店后，只见桌椅板凳东倒西歪，摔破了的碗儿碟儿遍地都是。店门口一位四十多岁的男子捂着头蹲在地上，鲜血正从他指缝流淌下来。店内一位十几岁的小伙子鼻子淌着血，眼睛红肿着。

经过了解，情况如下：

四十多岁的男子老刘来饭店就餐，要了烩面一碗，小菜一碟。食毕，老刘抹了抹嘴巴喊道："服务员，来张餐巾纸。"当时店里正上座儿，服务员都在忙。喊了几声后，十八岁的服务员小张就顺手取了张餐巾纸递给他。老刘接过餐巾纸说："你他娘的，老子喊你半天你没听见么，怎么也不吭一声？"小张今天心里本来就不痛快，一听老刘骂他，大怒，回骂道："老子想吭就吭，不想吭就不吭，要你说老子？"老刘站起身，抡起拳头就砸在小张脸上。小张一个趔趄稳住脚步，用手一摸，见手上有血，顺手就抄起一张凳子，要砸老刘，老刘左躲右闪，撞倒了数张桌椅板凳。众食客见状，纷纷起身离去。毕竟小张年轻，老刘一个不留神，小张手里的凳子就朝着老刘的头部砸了过去。战斗很快结束。

120 和治安中队的同志再次赶到。

上班不到一个小时，接了两个这样的警，我和搭档王很是郁闷。

搭档王说："冲动是魔鬼，两起打架的起因本来都不是什么大事，这样一闹，后果会很严重，打架的双方不但会有经济损失，还得受法律的制裁。"

我说："是啊，还有十来天就要过年了。打架的四个人里，肯定有人今年春节不能和家人团聚了，要么躺在病床上，要么待看守所了。"

或许每个人内心都有善良的天使，亦有冲动的魔鬼。有些人遇事会让天使出来，平心静气去解决问题，有些人遇事便任由冲动的魔鬼肆虐，稍有不顺，便将魔鬼放出来逞凶作恶。

生活里，武力解决不了什么问题，反而会将本来容易解决的问题复杂化，很多人为了争口气，不惜动用自己的拳头，结果反让自己受到更为严厉的惩罚，何必呢，何苦呢？

劝各位，遇事一定要冷静，三思而后行。

事后，搭档王信口拈来，曰：

善恶一闪念，福祸两重天。
莫为一口气，糊涂进牢监。

"神医"家的亲戚们

2011 年 1 月 23 日　星期日

聪明反被聪明误，坑蒙拐骗法难容。

机关算尽太聪明，反送了卿卿性命。

四句开场白道罢，今天本人民巡警要给大家说一起骗子被骗的警情。

上午十点左右接到报警，称某小区有人拦路不让走，大凡此类警情多是一些求助或者纠纷。我和搭档王到现场一了解，当场惊呆，这是一起典型的诈骗！

目前，此类骗术在全国各地都有发生，被骗钱款少则数千元，多则几十万，骗子的目标主要是老人或者妇女。

话说今天上午九点多钟，五十九岁的张阿姨买菜回家，刚走到小区门口时，一名妇女快步从身后赶过来，将她拉到一边很是急迫地问："大娘，咱院里是不是有个李医生？"

李医生？张阿姨一愣神，这个小区虽然有大大小小十几栋楼，但张阿姨在此住了几十年，没听说有什么李医生的。

张阿姨摇摇头说："没听说有个李医生啊！"

妇女说："李医生八十多岁了，按说你应该知道的啊，你不是这里老住户吧？”

张阿姨说："看你说的，我都住几十年了！"

妇女喃喃自语说："那就奇怪了，李医生很有名的，我是外地农村的，听说他看病看得特别好，还会看相，算运程更是准得很呢。我家里出了点事，我坐了几百公里的车来找他给我看看。这不，这是别人给我的地址，您给看看？"

张阿姨接过纸条一看，还真是这个小区，只不过没写楼号。

张阿姨想了想说："可能是最近搬来的吧，要不我帮你问问小区门口的保安去？"

这时，从小区里走出一位烫发头的中年妇女和她们俩搭讪说："找谁啊？"

妇女迎上去说："我找李医生，你认识吗？"

烫发头笑笑说："咋不认识呢，咱这院里谁不认识李神医啊！"

见张阿姨不说话，烫发头问她："阿姨您住几号楼啊？"

张阿姨说："我住三号楼。"

烫发头说："怪不得不认识呢，我住十号楼，跟李神医一个单元。"

妇女很兴奋，忙问道："大姐，那你能不能带我去找李神医啊？"

烫发头不紧不慢地问道："你找李神医有啥事，能先给我说说不？"

妇女一听，顿时泪如雨下："大姐啊，别提了，我命真苦呀！"

张阿姨一见，忙问："咋了这是，刚还好好的，怎么哭起来了？"

烫发头也忙劝她："大妹子莫哭，快说说是怎么回事？"

妇女抹了一把鼻涕说："唉，说起来难受啊。前年，我丈夫买了一辆车跑运输，结果没开几天就出了车祸。丈夫当场被撞死，车也报废了。去年，上小学四年级的大儿子莫名其妙就失踪了，花干了家底找了这都一年了也没找到，活不见人死不见尸。前几天，小儿子在家玩得好好的，突然就不会动了，找了很多家医院都不知道是什么病。现在吃饭都是靠喂，跟植物人一样。你说，我这以后还有什么指望呢，我这辈子是造的什么孽啊我！"说完，妇女又开始低声哭泣。

烫发头安慰她说："大妹子，不要哭了，你呀，家里八成是撞邪了，你来找李神医是找对了，让他给你破解破解就好了！"

妇女说："我也是听说李神医法术高强，才大老远找来的，大姐您就行行好，带我过去行吗？"

烫发头说："当然可以，走，我带你们去！"

张阿姨说："你们去吧，我还要回家给孩子做饭呢！"

烫发头说："一起去吧老太太，救人一命胜造七级浮屠。人家一个外地人，我们帮人家一把，也是积德行善呢，您说是不？"

张阿姨几经推脱，见两人一再坚持让自己陪着过去，顿时内心生疑，猛然想起来前几天民警进家里走访时，专门介绍过一种"神医孙子"骗钱的骗术。想不到，让自己给遇上了。到底是不是呢？张阿姨在心里盘算了一下，决定去看个究竟。如果是的话，那么神医孙子就该上场了，如果神医孙子上场，自己一定要想办法"教训"他们一下。

主意拿定，张阿姨装作为难的样子说："唉，我真是要回家给孩子做饭，不过呢，看这大妹子也怪可怜的，我就陪你们过去看看吧！"

烫发头说："这就对了老太太，我们城里人啊，风格一定要高啊！"

张阿姨心想，这个烫发头我可是第一次见，以前在小区里从来没见到过。看来他们肯定是骗子，合伙忽悠我呢！

于是张阿姨嘴上附和着说："是啊，帮助别人是应该的嘛！"

说话间，三人进了小区，进去不久，迎面走来一位三十岁左右的年轻人。

烫发头一指年轻人说："你们看，那不是李神医的孙子李胜吗？"

说完，烫发头喊道："李胜，李胜，快过来！"

张阿姨心里直乐，"神医孙子"果然出现了，哈哈，我倒是要看看你们接下来如何表演。

李胜听到喊声，快步走到他们三人跟前问道："有啥事吗？"

烫发头说："找你爷爷呢，快领我们过去吧！"

李胜忙说："不行不行，我爷爷正闭关呢，这几天谁也不见！"

妇女一听着急地问："那咋办啊？"

烫发头忙说："李胜，你这几年跟你爷爷学风水，水平也比你爷爷差不到哪儿去，要不你先给这位外地来的大嫂看看？"

李胜笑了笑说："不用看，她呀，家里出事了。前两年，灾祸在他丈夫身上。去年啊，在他孩子身上，今年嘛……"

李胜掐指一算问道："你是不是还有一个小儿子？"

妇女忙说："对呀，对呀！"

李胜说："那就对了，你小儿子现在命在旦夕，恐怕就要阴阳两隔了！"

张阿姨听李胜这样忽悠，忍住笑，继续看他们三人表演。

妇女忙问："请您帮忙看看，到底问题出在哪儿了呢？"

李胜说："看了奇门遁，来人不用问。你家院里有个石头碾子，对吧？"

妇女忙说："对啊，以前打场用的，后来不用了，就闲置在院子里，你怎么知道的？"

李胜呵呵一笑说："你回去将石头碾子找人搬出去，灾祸自然消除，那可是石头精啊，天天在你家院子里滚来滚去，不出灾祸才怪。你呀，这是找到我了，要不，不但你两个儿子一个也保不住，连你恐怕也会有灾祸呢！"

妇女惊喜地说："你的意思是说，我大儿子也能回来？"

李胜微微一笑说道："大儿子明年开春就能回家。小儿子嘛，你将石头碾子搬出后，自然就会痊愈。"

妇女听此言，感恩戴德地连连鞠躬。

李胜并不理会她，反而看向张阿姨，一脸惊恐地说："呀，呀，不得了啊！这位阿姨身上邪气怎么这么重？"

张阿姨忙说："要不，您给我也看看？"

李胜掐指一算说道："你家里近期必有血光之灾，不是应验到你儿子身上，就是应验到你女儿身上，灾祸即将降临，非死即伤，信不信由你！"

李胜说完就要走，烫发头一把拉住他说道："李胜，你别走啊。这位是咱的邻居，你小子可不能不管啊！"

张阿姨故作惊慌失措的样子说："是啊，咱这街邻街坊的，求你给我也破解破解吧！"

李胜转回头说道："破解倒也不难，不是我不想管，破解都是要耗费真气的！"

张阿姨说道："只要能帮我破解了，你说什么条件都行！"

李胜说："老太太，您啊误会我的意思了。这样吧，我就帮您一把，不过，你可要听话，如果不按照我说的做，恐怕老天爷也帮不了你！"

张阿姨故作惊慌地说："好，好，我都听你的！"

李胜说："你现在立即回家，将家里现金及金银首饰都用红布包好，包好以后赶快过来找我，我现场给你祭拜一下各位神灵，算是帮你一把！不过，你尽量快点，太久了我可不等你，我着急出去办事呢！"

张阿姨忙说："行，你们在这里等我一下，我现在就回家拿。"

张阿姨回到家里，立即给门卫保安小王打电话，告诉他自己现在需要他们帮忙，让他们马上集合人把守好大门，并派人远远地监视院内五号楼前的一个烫着头发的妇女、一个年轻人和一位农村打扮的妇女。张阿姨一再告诫保安，她去找那三个人时手里会拿着一个红布包裹，当他们看见那三个人拿起她的红布包裹时，要马上过去把他们三个人拦住。

一切安排妥当，张阿姨找来一片红布，将几张废旧报纸用红布包好，然后慢慢悠悠去找三位骗子。

当她看到门卫已经在附近布控好时，便放心大胆地走了过去。

见张阿姨过来，李胜迎上来问："里面都是什么？"

张阿姨说："是我儿子给我的十万块钱养老金，我不喜欢金银首饰，这里面也就十万块钱了！"

李胜说："这样，为了节省时间，你把这个包裹放到地上，我开始施法。为了让你放心，让这两位大姐帮忙看着你的包裹，你现在向前走八百步，遇到拐弯处也不能回头，一直向前走，走够八百步再回来。我现在就开始施法！"

张阿姨将红布包裹放在地上，按照李胜的要求转身向前走去！

见张阿姨走远，李胜迫不及待走向前一把将红布包裹拎起揣在怀里。这时，四处跑来七八个保安，一下将他们三个围住。

张阿姨也走了过来，一把将李胜怀里的红布包裹夺了过来，抖开红布让李胜看。李胜一见是废旧报纸，高声喊叫起来："你们这是干什么，凭什么不让我们走？"

烫发头和农村妇女也是气急败坏的样子，嚷嚷着急于脱身。

张阿姨说："你们三个骗子，幸亏我识破你们了，要不今天可就倒大霉了！想走可没那么容易，小王，去打110报警！"

李胜说："你打110，我还打110呢，你们凭什么不让我走？"

说完，掏出手机拨打了110。

我和搭档王了解完情况，我过去对李胜说："神医孙子，不让你走就对了，你走了你爷爷可就没人管了，他正闭关呢，没人送吃的不饿啊？"

李胜说："警察同志，什么神医孙子啊，你可不能冤枉好人！"

搭档王对他说："你在别人面前装还行，在我们这位巡警面前你可装不成，他一直关注着你们这帮孙子呢，想你们也不是一天两天的了！"

搭档王说得没错，从四年前我责宣传工作时，我就留意到这些神医孙子了。今天遇见我，让我亲手抓住他们，也算是给我多年对他们思念的一个交代。

我对李胜说："你们这类骗子啊，不但有神医孙子，还有神医儿子，神医女儿，神医外甥，但凡牵扯到你们神医的亲戚，都是骗子。你不用再给我解释，有话去刑侦大队，给我们专案组的同志说吧，他们天天都想着你们呢！"

随后赶到现场的刑侦中队的同事带骗子们走的时候，对张阿姨赞扬有加，称她有勇有谋。

张阿姨说："这也是你们警察进社区家访的功劳，如果不是你们给我讲过此类的骗局，我可能就当真让他们给骗了。"

搭档王对我挤了挤眼睛，我理解他的意思，以后，我们要经常总结出新遇见的骗术和防范措施，及时传递给辖区的群众。

群众的力量是无穷的，警察的工作只有依靠群众，才能有蓬勃的生命力。也请看到这个案例的朋友，相互转告亲戚朋友，如果在遇见谁自称和神医有亲戚，在想办法周旋的同时，赶快报警，人民巡警就在您身边！

快下班的时候，又接到 110 指挥中心派警：某商场门口有电动车被盗。

某商场门口，一位小哥将电动车放在路边就进去买东西，五分钟后出来发现电动车没了，于是给父母朋友打电话报告此消息，过了大概一个小时，才想起来应该报警。这让我和搭档王很是恼火，如果当场及时报警，或许我们还可以四处找找嫌疑人，这都过去一个小时了，我们去哪儿找啊。

旁边一个看车的大爷幸灾乐祸地说："如果花五毛钱放在存车处让我看着，他的车也就不会丢了。"我对他笑了笑。大爷来了劲，对我说："近来有几个小偷一直在这里活动。"我忙问："你能认出他们？"大爷受到了鼓励，忙说："我在这儿看自行车十来年了，我咋能不认识！"我忙把他拉到一边说："那好，你帮我个忙，这两天我休息了穿便衣过来，你给我指人，我跟踪抓现行。"老大爷很乐意帮忙，我们互相留了电话。

说实话，自从我和搭档王加大了辖区巡逻力度，在大街上抓过几次小偷之后，辖区的偷盗情况已经少了很多。但是，想让天下无贼，那绝不可能。只要还有不劳而获的贪欲之心存在，小偷就不会灭绝。而我能做的，就是尽可能多的把这些毒瘤从群众的生活中除掉。

你早晚也是要当婆婆的

2011 年 1 月 24 日　星期一

　　孝顺父母是中华民族的传统美德，几千年的历史传承，人们已经习惯于把孝道作为人性里的最基本的要求。在《论语》中，子游问孝。子曰："今之孝者，是谓能养。至于犬马，皆能有养。不敬，何以别乎？"阐释了孝敬的深刻内涵。

　　前段时间，有个地方还将是否孝顺父母，作为考核提拔干部的标准。新闻一发出来，顿时闹得沸沸扬扬。连最基本的人性都丧失的人，你想让他好好为人民服务，那简直是笑谈。人道未满，天道远之，亦是说的这个道理。

　　这些年的处警经历里，我也遇见过不少不孝敬父母的例子。

　　曾记得，有一位四十多岁的男子，有工作不干，每天酗酒，没钱就去找老娘要，若是不给他便动辄非打即骂，老太太一怒之下拎着刀满小区追他，声称非要杀了他。他夺过刀，把老娘暴打一顿。

　　曾记得，一少年向母亲要钱上网，母亲不给他钱，他竟将母亲骂得痛哭失声以致要上吊自杀，幸亏民警及时赶到，对少年好一番苦口婆心的教育，才控制了局势。

　　曾记得，一位老太太迷路后在街头流浪了三天，后来有群众报警，我和同事赶到现场了解才发现，竟然是她不愿意天天受儿媳妇的气，身无分文的她想要步行回老家，结果走来走去迷了路，怎么也走不出这个城市。当联系到她的儿子，听到老娘的三天流浪经历，儿子跪在街头抱着老母亲失声痛哭。

今天，当我再次出一个类似的警情时，我仍然感觉有话要说。

110 呼叫我们的时候说是一起家庭暴力的警情。我和搭档王立即赶往现场。

给我们开门的是一位三十出头的男子，身高一米七八左右，瘦高个子，短发，人显得很是精神，只是脸上有一道被抓伤的痕迹。

搭档王问："是你报的警吗？"

男子脸上挂着浅浅的笑，将门拉开，做了一个请进的手势，然后说："不是我，是我妻子，二位进来说话吧！"

我和搭档王走进屋子，一进门就看见客厅的墙上挂着一家三口的合影照，客厅的沙发上，一女子满脸怒气坐在那里，眼角还挂着泪，看到我们进来后说："是我报的警，我老公他打我，我要求你们处理他。"

男子笑着看着我们俩说："警察同志，我媳妇啊，正在气头上。我就是闹着玩推了她两把，你们看，她把我脸都抓伤了，我要真打她，哪儿还会让她报警啊。嘿嘿，惊动你们 110 真是不好意思。"

沙发上的女子瞪了他一眼说："你少嬉皮笑脸的，当着警察的面，你要说老实话，打我了就是打我了！"

毕竟她报的是家庭暴力，我过去问她："伤到哪儿了，严重吗？"

女子抹了一下眼角说："身上倒是没伤到，只是心受伤了。"

搭档王说："那这不能算家庭暴力，你看你把这么帅气的老公抓伤了，夫妻俩难免拌嘴，但是下手要注意轻重啊！"

男子笑着说："是啊，是啊，警察说得对，我本来就没想打她，也就是闹着玩推了她两把，她还当成事了！"

女子说："你少来，你必须当着警察的面给我说清楚，你为什么打我！"

我问男子："因为啥吵架呢？"

男子说："我自己都不好意思说，这不快过年了嘛，我想着父母年纪大了，想把他们接来和我们一起过年。你看我这些年，工作压力大，一年也难得回去两天。这不，好容易买了套房子，想着尽些孝道吧，可她，唉，没法说！"

女子说："咋了，我就是嫌弃你父母，他们都没一点规矩。你爸抽烟把烟灰弹到地板上，有烟灰缸也不用，嗑瓜子把瓜子皮扔一地。还有你妈，拖一次地还不如不拖，只要进厨房就把厨房给我弄得一片狼藉！"

男子很生气地说："行了，你还有完没完，就你父母好，你不就是县城出来的吗，你父母素质高行了吧！"

女子说："那是，你说得对，我父母好歹也是县城教书的，总归比你们乡下的土包子强一些！"

眼见两人又要动怒，我说："好了，先中场休息一下，我来说两句行吗？"

见两人不再说话，我对女子说："看照片上的男孩儿有四五岁了吧？"

女子说："是的，五岁半了！"

我说："这孩子长得真帅，要说光看照片，你们一家三口还真挺幸福的！"

女子说："其实我们俩之间没啥问题，就是他让他父母来我们家过年，我实在接受不了！"

我笑着说："你的心情我可以理解，不过我想提醒你一句，你们俩为这事吵架的时候，可千万不能让你儿子听见。你想啊，你儿子将来也是要结婚的，你将来也是要当婆婆的，你现在怎样对他奶奶，他将来或许就会怎样对你们，不知道我说得对不对？"

女子抬头看着我，很是惊讶的样子。

搭档王说："孝顺父母，是天经地义的事情，尊重双方的父母，也是对自己爱人的尊重。农村人生活习惯有时候可能会随便点儿，但也不是像你说的那样不通情理，只要把话给老人说明白，我想他们也不会那么讨人嫌吧？"

男子说："看看，我就说了吧，让警察来也是批评你，你看我是怎样对你父母的，虽然他们有工资，每年过年都是他们两人每人两千，给我父母的每人也才一千，我从来可都没说过什么，对吧？"

女子说："你别那样说，农村什么消费水平，县城什么消费水平啊？"

我对女子说："这就是你的不对了。我看你也不是那种不通情理的人，你站在你老公的角度上想一想，如果他嫌弃你的父母，你心里会怎么想呢？"

女子说："我肯定也会很难受，可话虽然是这样说，我心里就是解不开这个疙瘩。"

搭档王说："关系都是处出来的，你对他们好，老人不会不对你好。你要这样对待你老公的父母，会冷了他的心，将来会影响到你们夫妻感情啊！"

女子似乎受到触动，低下头不再言语。

我对男子说："你如果真想接父母过来呢，回家也和老人交待一声，也不要太随意了，毕竟这儿和咱农村不一样，每个人的生活习惯也不一样，多少也要注意点儿。"

男子说："我也是这样说的，他们在乡下随便惯了，来城里住楼房肯定会有点不适应，不过老人实在想孙子啊，前几天我爸喝多了，给我打电话都哭了，说想孙子想得难受啊！"

见男子的眼圈都红了，女子站起身捶了他一下说："看你那样子吧，我都还没哭，你哭啥！"

男子双手抱着头，蹲在沙发前，好一会儿都没说话。

女子走过去对他说："好了，别难受了，我听你的，把他们接过来过年，这下你该满意了吧？"

男子站起身，笑着问："真的？"

女子也笑了："难道我会骗你？"

男子笑起来："我说嘛，我媳妇也不会这么不懂道理，太谢谢你们了警察叔叔！"

搭档王一本正经地说："大哥，喊叔叔不合适，你比我还大呢！"

说得女子也笑起来，对搭档王说："他是太开心了，装嫩呢！"

我说："既然你们的问题解决了，就好好准备过年吧，以后凡是这样的事情，两人要多体谅，多商量，多换位思考。如果真为了孝顺父母这样的事情大打出手，传出去真让别人小看啊！"

女子脸红红地说："你们说得对，我是太自我了，太不顾及他的感受了。其实我公公婆婆他们人挺好的，对我和孩子也特别亲。唉，我错了，警察同志别笑话我！"

在他们的感谢声中，我和搭档王推门离开。

出来后，搭档王说："这个女的太好开导了，其实我还有话想说。没能等我发挥出来，他们就和好了，真遗憾！"

我问："你还想说啥呢？"

搭档王说："我还想说，人都有老的那一天，现在的老人就是将来的我们自己。老人家中宝，对父母的孝敬是我们每个人最大的责任。如果视老公的父母如路人，这样的家庭又怎么会过安稳呢，早晚要出事的！"

我说："是啊，从农村出来的孩子混到现在这样，不容易，父母肯定也吃了不少的苦头。接到城里来，安享天伦之乐，挺好的！有些老人还在城市住不习惯呢，在老家多好，邻里街坊可以串门，随便找个人就可以唠嗑，而在城里除了和家人说说话，就只能看电视了。还有些老人，很是体谅孩子们的难处，总是找借口不和他们一起住，怕时间久了生矛盾，老人有时候比我们想得更多！"

搭档王说："你说得很对，希望他们别为这事吵了，把老人接过来好好过个春节吧。"

临近春节了，平时大家都忙着工作，趁长假，让我们都为父母多尽一些孝心吧，不要再计较老人们那些所谓的小毛病，真到了"子欲养而亲不在"的时候，再后悔，晚矣！

钱不是我的，拿着心里也不安生

2011 年 1 月 25 日　星期二

世上的五花八门的事儿，只有你想不到的，没有生活里不发生的。我们要想干好工作，必须用心，只要用心，任何工作都有技巧，三百六十行，行行出状元，说的正是这个道理。

近来，我和搭档王的现场调处水平大有长进，除了盗窃及刑事类的警情外，类似纠纷、求助及轻微打架的警情，将近百分之九十都被我们现场解决掉了。

就拿今天的处理的一起打架的警情来说吧，赶到现场一看是姐姐和弟媳因为家庭纠纷撕扯。问清楚情况，原来是姐姐责怪弟媳欺负她弟弟，我对当姐姐的说："你弟弟也都将近四十岁的人了，他自己家里的事情自己会解决，你这当姐姐的来帮忙，那不是越帮越忙吗？人家两口子之间的事情，你当姐姐的掺合进去，实在不妥。"搭档王则劝她弟媳说："当姐姐的过来问问，也是出于好意，不应该出口伤人。"经过调解，两人各自认识到错误，互相赔礼道歉后离去。

另外一起是大学生和保安发生矛盾的警情，报警的大学生说，他去写字楼推销洗发水，让保安从楼上给拽下来了，他感觉保安严重伤害了他的自尊心，要求保安向他道歉。保安说："我们门口明明写着谢绝推销者入内，他非要上去挨门推销，惹恼了业主，人家跟物业投诉保安不作为，我们这个月五十元的奖金都泡汤了，让我赔礼道歉可以，但是，五十元的奖金这个大学生必须出。"

我将大学生拉到一边说："老弟，你利用假期进行社会实践，精神可嘉，实在让人敬佩，但是，也要理解保安的难处，假如你是保安，你现在该是一种什么心情呢？再说了，如果你想干大事，就不要在意这些小事，为了这点小事闹半天，还不如去其他合适的地方多推销一些！"

搭档王则劝保安说："学生进行社会实践也不容易，真让他出五十元买个教训，也太难为他了，不如让他给你赔礼道歉算了。"

最后，大学生向保安道歉，取得保安谅解后离开。

今天，和搭档王处理了九个警情，无一移交，全部现场解决。

看似说得轻巧，每一起警情不说上十几分钟的话，不做通当事人的工作，是解决不了问题的。我们的口号是，能一次性解决问题的，坚决要把工作做到位，不给当事人留隐患。很多时候，即便你再看不惯，也要耐着性子做工作，对人民群众，唯有如此，才会得到理解和支持。

而群众中也有不少深深感动我们的人和事，今天傍晚出的这起警，就让我和搭档王感动不已。

110指派的是某路口有人求助，说是捡到了一个包不知道如何处理。

来到路口，摩托车还没停稳，见一位民工模样，年约五十的男子胸口捂着一个女式包，快步向我们走来。

我刚跳下摩托车，男子就来到我身边，神色有点紧张地问："你们是110的人吗？"

我笑了笑说，是的："怎么，我们不像吗？"

男子脸一红说："不是，不是，我以为你们是交警呢！"

搭档王笑着说："我们就是110的，您有什么事需要我们帮忙吗？"

男子将手里的包递给我说："我姓辛，这包是我一个小时前在这路边捡到的，我一直等，也没见人问，天都黑了，我怕别有用心的人骗我，再说我还急着回家，所以就求助你们了！"

我接过包问他："包里都有什么东西？"

辛老汉摇摇头说："我打开看了一眼，见里面很多钱，就赶紧给拉上了。你们自己看吧，反正里面的东西我是一点也没动！"

搭档王问："您是做什么工作的呢？"

辛老汉不好意思地摸了摸头说："我是一个菜贩子，我负责早上从北环市场批发菜，我媳妇负责在市场卖菜。"

我对辛老汉说："要不我们找个地方清点一下物品？说不定里面会有失主的联系方式！"

辛老汉说："也行，你们警察也做个见证，省得将来包的主人说钱少了，到时候就说不清楚了。"

随后，我们三人来到附近一所小学的门卫处。搭档王给门卫说明情况，门卫很是支持，立即把我们让进值班室去，并腾出桌子给我们用。

搭档王把包拉开，掏出一个钱包，钱包内鼓鼓的装满了崭新的五十、二十的票子，掏出来厚厚一沓。打开包的夹层，里面有三十张百元大钞。经过清点，一共有现金五千六百元。

这么多现金看得学校的门卫瞪大了眼睛，连声惊呼："这是谁这么粗心大意啊，我猜这些新钱是过年要用来当压岁钱发给孩子的！"门卫的分析得到了我们的一致认可。

我说："老王，你好好找找，看有没有身份证或者联系电话什么的！"

翻遍包包，只有一张制作羽绒衣的临时凭证，上面显示的名字为王丽，后面还有一个电话号码。看到电话号码，我们几个人很是兴奋。搭档王立即掏出手机，按照号码拨了过去，电话接通后，听筒里传来一个男人的声音，搭档王问："请问王丽在吗？"

电话里的男人好像很不客气，声音很是警觉地问："你是哪位？找王丽有事儿？"

搭档王说："我是 110 的，有群众捡到一包，见里面有这个电话，你认识王丽吗？"

电话里传来一声惊叫，接着听见里面说："稍等，稍等，我妹妹马上过来！"

不一会，电话里传来女人的尖叫声："我是王丽，你们捡到我的包了吗？钱还有吗？请问你们在哪儿？"

搭档王说："你别急，里面钱应该都在。我们在某小学门卫室，如果你有时间，请马上过来取！"

女子说："好的，好的，我马上过去，二十分钟就到了，你们一定要等我啊！"

电话挂断后，搭档王笑着说："那我们就等一会儿吧，她很快就过来了！"

门卫对辛老汉说："现在像您这样拾金不昧的人，实在太少了啊！"

辛老汉显得很腼腆地说："这钱又不是我的，我要自己拿回去花掉，恐怕一辈子心里都难得安生。虽然咱卖菜也赚不了几个钱，但是自己赚来的，花着舒坦！"

说完，憨憨地笑起来，他的笑让我感觉很是亲切，很是坦荡。

见多了那些为了几毛钱打110让我们调解半天的人，习惯了那些为了几元钱争吵对骂不休的人，今天这样一位普通的卖菜老汉面对数千元，竟然这样平静地说出那些话，让我内心很是感动。

说话间，一位骑电动车的二十来岁的女子来到学校门口，慌里慌张把车停下，跑着就进了门卫室。

推开门卫室的门，看到自己的包包，打开拉链，数了数钱，激动得不知道说什么好，一个劲说着谢谢，并给我和搭档王鞠躬。

我对她说，捡到包的人，是那位站在身边一直没说话的辛老汉。

女子对着辛老汉深深鞠了一躬说："谢谢，太谢谢您了。我怎么都想不到，我丢的包还能找回来。本来下午给家里老人兑换了这些钱，准备让他们过年用，后来骑车去取给母亲制作的羽绒服，当时把包包放在电动车前面的横梁上了，等到赶到制作羽绒服的地方，才发现包包不知道什么时候已经不见了。回到家我哥哥一直埋怨我没用，正对我发火呢，没想到接到你们电话，真是太谢谢了！"

说完，掏出一沓钱递给辛老汉说："一点小意思，请您务必要收下！"

辛老汉连忙躲闪着说："你这是干啥啊，我要是图你的钱我就不报警了，你可别这样啊！"

后来见王丽执意要塞给他钱，辛老汉有点恼火地说："你要再这样我真生气了，本来就是你的钱，你给我钱干吗啊，我又不缺钱！"

门卫说："你这姑娘，太小看人了，你看这位老汉是那种图钱的人吗，真是的！"

我和搭档王笑着看着这一切。

最后，失主王丽给我们查验了身份证，写了收条，对辛老汉千恩万谢后离去。

辛老汉离开时，门卫拉着他说："老哥，您的摊位在哪儿？以后不但是我，我还要发动我的亲戚朋友还有我们学校的老师都去您摊位上买菜。您的人品，我是服了！"

辛老汉笑着说："谢谢，真是谢谢，不过市场上买谁的菜都一样的，都不会缺斤短两的，放心吧！"

说完，便走开了！

望着老人的背影渐渐融入夜色，我想起来以前看过的这样一个故事。

相传有一个富商，生意做得很大，每日操心、算计，多有烦恼；紧挨他家高墙外面，住着一户穷苦人家，夫妻俩以做豆腐为生，虽说清贫辛苦，却有说有笑，快快乐乐。

富商的太太心生嫉妒，对富商说："虽然我们这么有钱，可日子一点也不快乐，看隔壁卖豆腐的，天天开心得很呢！"

富商说："那有什么难，我叫他们明天就笑不出来。"言罢，一抬手将一大锭金元宝从墙头扔了过去。

第二天一早，穷苦夫妻发现了这一锭来历不明的金元宝，心情立时大变：揣测这钱的来路，放家里哪儿才好呢，去置办地产吧，怕被人告发财产来路不明，去做别的生意吧，又害怕赔进去……从此以后，夫妻二人茶饭不思，寝食不宁，自此，再也听不到他们的歌声和欢笑声了，钱财可以让人富足，却不能使人快乐，钱财有时候在到来的同时会带着它的孪生兄弟——烦恼。

君子爱财，取之有道。人心不足蛇吞象，人的欲望永无止境，知道什么是自己应该得的，知道哪些是应该放弃的，才是人生的大智慧。

子曰："富与贵是人之所欲也，不以其道得之，不处也。贫与贱是人所恶也，不以其道得之，不去也！"

人，不论职业贵贱，只要坦荡，干净，正直，就会散发人性的魅力！

辛老汉用自己的行为很深刻地诠释了他对金钱的态度，给我们上了一堂生动的道德课！

穿着便衣去抓贼

2011 年 1 月 26 日　星期三

如果说生活是由阳光和黑暗组成的，那么，贼们就像黑暗中的魅影，悄无声息地偷走不属于他们的东西。，

今天巡逻的时候遇到之前给我留过电话，说要帮忙我们抓偷车贼的看车老大爷，他告诉我最近两天有几个小偷总在商场门口转悠，看样子想伺机偷车。我跟搭档王一商量，决定下班便衣去抓现行。

到了老大爷看车的商场门口，老大爷说今天有个穿黑夹克的小平头今天一直在附近转悠，见老大爷看得紧，一直没下手。我谢过老大爷后，就和搭档王站到商场对面街边的一处电话亭旁，一边聊天一边留意随时可能出现的贼。

搭档王见我无心聊天，眼睛来回扫视，笑着说："咱俩便衣出来盯了这么久了，我觉得识贼水平进步不少了。一开始是见到单身男就怀疑，现在咱过一眼也能看个八九不离十了。"我笑着说："还需要提高，能练到一眼看出来，那才叫水平。"说笑间，搭档王碰了碰我，示意我向路对面看。

只见停放电动车处有一名穿黑夹克的平头男子正边打电话边不停地在车中间走来走去。

我一下兴奋起来，正想跟搭档王说点什么，搭档王低声说："别说

话，咱俩分开跟他，不能跟丢了！"

黑夹克见看车的老大爷就在不远处，于是在街边无人看守的几辆电动车前晃了几圈。远远看去，他尝试着去碰电动车，连续碰了两辆，电动车报警器都响了，见无法得手，便匆匆离去。然后，上大路，向北，一路不停，见有电动车就停下来，看看，然后继续走。

搭档王离他较远，跟在他身后，我则在路对面近距离盯着他。

我给搭档王打电话说："这绝对是条鱼，要跟好，如果让他得手，那我们就丢死人了。"

搭档王说："放心吧，他只要下手，绝对跑不掉。"

就这样，黑夹克不停地遛我们，从医院门口，再到商场北门，再到图书批发市场，来来回回，跑了将近两个小时。但，他一直没动手。

搭档王给我打电话说："咋还不动手呢，不会看走眼了吧？"

我说："你急啥？别急，沉住气，他肯定会动手，可能时机不成熟。"

刚挂断电话，我同学小尚打电话给我，说来西郊办事儿，好久没见了，问我有没有时间见个面。

我说："我在跟一个贼，如果方便的话，把你的车开过来最好。"

小尚在交警支队办公室当材料内勤，听我说跟了个贼，很是感兴趣，问清楚我的位置后，答应马上过来。

挂掉电话，突然发现黑夹克不见了，赶忙给搭档王打电话，搭档王笑着说："别慌，我看着他呢，他进商店买东西了，好，不说了，他出来了。"

看到黑夹克手里拿着瓶绿茶从商店走出来，我稍微松了口气。就这样跟着黑夹克又向北去。

过了十几分钟，接到小尚电话，说他到图书城南门了，没看到我。

我说："我已经往北一个路口了，到路口来接我吧。"

小尚说："你咋不等我啊。"

我说："我想等你，贼不让我等！"

说完，挂了电话，见黑夹克又停在对面一辆电动车前，眼看要下手，顿时心提到了嗓子眼。正想冲过去，谁知他竟然转身走开了。

不多时，小尚开车在我面前停下。钻进车里，长出一口气，不间断散步两个多小时，那滋味儿实在不好受。

小尚问我："哪个是贼？"

我给他指了指，命令他说："好好开车，要跟好他，跟丢了我和你没完。"

小尚笑着说："明白了领导。我以前上警校的时候，在刑侦大队实习过，跟人，我比你在行。"

我给搭档王打电话，问他累不累，如果累了，可以到车里休息会儿。

搭档王回话："不累，累了再给你打电话。"

这样又陪着黑夹克大哥转了一个多小时，小尚说："咋还不下手啊？"

我说："肯定会下手的，耐心点吧。"

小尚说："我倒是有耐心，我心疼我的油啊，现在油价又提了，你又不是不知道。"

我笑着说："等抓到人，我给你加油。"

小尚没接话茬儿，突然对我说："动手了，看到没？"

只见黑夹克已经打开了幼儿园旁边的一辆电动车，骑着就上了大路。从他走过去到打开车骑走，总共不会超过二十秒。

我对小尚大喊："追啊，快追。"

这时，我看见搭档王百米冲刺的速度追了过去。但是，他还是跟不上电动车的速度，眨眼黑夹克就过了路口。

这时，路口的指示灯变红，小尚只能停车等灯。

我真是急啊，没办法，只能等。再看搭档王，已经远远落在后面，想让他上车也没时间了，绿灯一亮，小尚猛踩油门，车一下就冲了出去。

来到第二个路口时，见黑夹克正跨在车上停下来等红灯。小尚一下将车停在他前面。车一停，我拉开车门跳下来一把拽住黑夹克，随手掏出警官证说："别动，公安局的！"

一切太突然了，没有预案，也没有计划。

　　黑夹克一愣神，扔下车就想跑。我顺势拎着他领子，脚下使了个绊子，扑通将他摔倒在地，然后单腿压在他背上，黑夹克挣扎着要站起来，这时小尚跑过来，将他双手反背过来，我掏出手铐将他铐住。

　　这时，几十个群众围了过来看热闹，因为在路中间，严重影响了交通，小尚掏出警官证说："我们是警察，抓了个偷电动车的，大家让一让，到路边去。"

　　我和小尚将黑夹克带到路边，现场对他进行了搜身，除了一把T型锥外，还有二十多把钥匙。

　　我给治安中队的老常打电话，让他过来带人。

　　电话刚挂，搭档王就打来电话，问抓到没有。

　　我笑着说："抓到了，你回去找失主吧。"

　　搭档王说："失主和我在一起呢，我们直接去治安中队吧。"

　　挂电话后，有位胖胖的年轻人凑过来说："偷电动车的人太可恶了，打死他算了。"

　　他的号召得到很多人的响应，有人说："不打死，打残废！太他娘的可恶！"

　　我见那位胖子说着就抬起脚来要踹黑夹克，我连忙制止他。

　　这时，治安中队的老常过来，移交完后，我们跟老常一起回治安中队做案件登记。

　　从治安中队出来后，已经是华灯初上，我却感觉不到任何的兴奋。

　　搭档王问我怎么了，我说："我不知道辖区还有多少个小偷在等着我们去抓。这些人做点什么不好呢，年纪轻轻的就进局子，出来就是有污点的人了。想到就觉得心里堵得慌。"

　　搭档王说："别想太多，现在抓了他们也是把他们往正路上拉啊。咱们能抓一个是一个吧，不过，还是要多做做宣传，提醒大家都看好自己的财物，别给小偷留机会啊。"

　　夜风习习，看似平静的生活背后，到底隐藏着多少的危险和阴霾呢?

这次差点被投诉

2011 年 1 月 27 日　星期四

当巡警的，也有委屈的时候，好久没遇见不讲理的人了，今天遇见了一个。但是，谁让咱是巡警呢，即便遭到群众的不理解，甚至谩骂，大多时候也只能自己慢慢打开心结，自己给自己疗伤。

本来不想写，显得咱小气，想想还是写出来吧，希望能给大家以警醒，遇事千万不要乱，更不能慌，矛盾要一点一点找，问题总会得到解决，否则，只能是给自己徒增苦恼。

接到派警时，我正和搭档王忙着走访商户。110 派警员说：某某路一家卖女士内衣的商店有人求助，请立即赶往。

我和搭档王来到内衣店门口停好车，推门进去，见屋内站了五女一男六个人。

中年男子见我进来，情绪很是激动地说："警察同志，是我打的110，太郁闷了。"

我说："别急，有事慢慢说。"

中年男子用手一指对面一女的说："她是这个店的经理，她不让我走。"

没等我开口，女经理怒气冲冲地说："没法让你走啊大哥，你走了，钱不都让我赔了？事情没弄清楚，你绝对不能走！"

我说："有事咱慢慢说，别急！"

中年男子说:"我能不急么,我着急赶火车呢,我咋就这么倒霉呢我。"

我说:"你急也解决不了问题,说明白了,我好给你处理。"

中年男子说:"事情是这样:我和老婆要回老家过春节,这不车票都买好了。临去火车站前,老婆说去买几双袜子吧,于是我们带女儿来店里买袜子,老婆和女儿挑了三双袜子,一共是三十块钱,然后我给了女经理一百块钱,他们找了七十块钱。正当我买完要走时,女经理说我不能走,说我可能没付钱,这不是瞎闹吗,我一个大男人能带着老婆孩子做这样龌龊的事吗?"

中年男子身边的女孩说:"我爸把钱给她了,我看见了。"

中年男子的妻子也很生气地说:"这个店经理太糊涂,谁没给钱会不知道啊,这不是耽误我们事儿吗!"

女经理情绪很是激动,她用手指着身边一位衣着时尚的少女对我说:"刚刚我是收了一百块钱,可我不记得是这位大哥给的,还是这位女孩给的,现在大哥要走,女孩也说付过钱了让我找她钱,可钱对不上啊!"

没等我说话,女经理身边的店员说:"大姐,这一百确实是这位先生给的,我记得很清楚。"

女经理生气地说:"我也记得是他给的,可咋就少了一百块钱呢?"

中年男子说:"你记得我给了还不让我走,我算服你了。"

我问女经理:"钱呢?"

女经理从兜里掏出来一张一百元的人民币,拿到我面前说:"这上面肯定有指纹,你们快给我鉴定一下吧,一鉴定指纹,什么都清楚了。"

一直在旁边没说话的搭档王说:"你这又不是刑事案件,我们怎么给你去做指纹鉴定呢!"

女经理说:"那你们警察是干什么吃的,你们天天拿着我们纳税人的钱,就是啥也不会干吗?"

我想发火,可我得压住火。搭档王也想发火,我也扯扯他,让他把火压住。

我对女经理说："你这都不是解决问题的办法。我问你，这位先生到底给你钱没有？你好好想想！"

女经理说："给了，我记得他给了，可这女孩说她也给了，可我就收了一个一百的！"

我说："既然这位先生把钱给了，你也想起来了，这位女店员也证实了，那你为啥不让人家走呢？"

女经理冲我发怒道："他走了，钱少了，你赔吗？"

中年男子听不下去了，他对女经理说："你怎么这么说话呢，还讲点道理吗你？"

女经理说："我怎么不讲理了？他们警察不帮我解决问题，你一走，我的钱咋办？"

我提醒自己，越是乱的时候，越要冷静。

我压低声音说："事情要一步一步解决，你这样生气是没用的，既然连你自己都确定这位先生付过钱了，那就让他先走。接下来我们再处理其他事，人家赶火车呢！"

女经理很不情愿地说："那好，不过今天你们警察要帮我把问题解决掉，要不解决好，我要投诉你们！"

我说："行，如果我们有什么做错的地方，你可以投诉。"

女经理听我这么说，对中年男子说："那你们走吧！"

中年男子带着妻子和女儿推门出去，关门前，他十分生气地说："没见过你这样的经理，糊涂虫！"说完，关门离开。

女经理对我说："现在好了，他们走了，你看怎么办吧，反正我的钱少了一百。"

我看了一眼那位一直一言不发的时尚女子，问她："你确定把钱给她了吗？"

时尚女很是坦然地说："我没法证明我的清白，但是我绝不会为了几十块钱的东西做这样的事。我确实把钱给她了，她还让我稍等，说过一会儿找钱给我，结果眨眼她就忘记了。"

女经理说："我根本就不记得你给过我钱，我一直都没去过前台，钱都在我身上。今天一早卖了一百六的东西，现在只有两个一百的整钱，一张是早上人家给我的，另外一张就是那位先生给我的，你说你给我的那张在哪儿呢？"

时尚女说："我不跟你吵，没必要，让警察处理。"

搭档王问："会不会遗留在什么地方，看看放袜子的框里有没有？"

女经理带着哭腔说："都翻过几次了，没有啊，真没有啊！"

我真是服了，三十多岁的女经理，为了这点儿事，竟然慌乱到如此地步，真不知道这经理是怎么当的。

我说："你再好好想想，到处翻翻，有没有落在自己衣服兜里？"

我这句话算是捅了马蜂窝，女经理"嗷"的一声，顺手将自己身上的棉袄脱下来扔向我，我猝不及防，棉袄砸在我胸口掉在地上。

搭档王生气地批评她："你想干啥？我们是来给你解决问题，你这是想干吗？"

女经理弯腰捡起自己的棉袄，带着哭腔说："都是你们警察添的乱，这下你们满意了吧，这钱你们出吧！"

我平静了一下情绪，对她说："你别激动，这样，你早上开门营业时，钱有数吗？"

女经理白了我一眼说："有，怎么没有！"

我问："你刚刚说了，早上开门后卖了一百六，加上刚刚的三十，一共收入一百九十块钱，你早上的钱是多少？"

女经理说："早上是七百六。"

我说："加上一百九应该是九百五，对吧？"

女经理很不耐烦地说："是，是。"

我说："好，那你现在去点点你总钱数是多少。"

女经理说："我都不用点，肯定不会多。"

我说："别那么肯定，你去点点，如果是九百五的话，再说也不迟！"

我跟女经理来到柜台前，看着她手忙脚乱地拿出来计算器，然后开始点钱。

最后，计算器上显示的是一千零五十。

女经理不敢相信自己的眼睛，又重新点了一次，还是一千零五十。

女经理还不放心，又摁着计算器加了一次。

算了五六次，她脸上开始出现尴尬的神情。

最后，我说她："别点了，点来点去，还是多出来一百，对吧？"

女经理说："这就奇怪了，怎么会呢？不可能啊！"

搭档王说："人一天有三迷，很少见你这样一会儿迷三次的。"

见女经理一脸茫然，搭档王说："第一次，你拦着付过钱的先生不让走，第二次你说付过钱的这位女士没付钱，第三次，你拿棉袄砸我同事，你说你一个大经理，做事怎么这么冲动呢？"

女经理脸上堆着笑说："不好意思，我太冲动了。"

我问那位时尚女："她还没找你钱吧？"

时尚女说："您看，我还有心情要吗？我都快被恶心死了！把钱给我就行了，东西我不要了。"

女经理将一百元递给时尚女说："钱可以给您，但我真不知道怎么会多出来一百块钱来。"

时尚女说："那你的意思是我的钱自己飞到你抽屉里的么？切，什么记性！"

然后转身对我和搭档王说："谢谢两位了！如果不是两位帮忙，我这一百块钱还真打水漂了呢！"

说完，推门出去了。

搭档王问："现在问题帮你解决了吧？"

女经理说："解决了。"

搭档王又问："满意吗？"

女经理很不好意思地说："满意。"

我接过话问："那你还投诉不？"

女经理笑着说："看你说的，我当时也是一时生气，信口胡说的嘛！"

我笑着说："你如果真投诉，我还真告诉你我们督察处的电话。以后再遇见警察来帮忙处理事，不要那样冲动了，毕竟，拿衣服砸人是不对的！"

女经理连声说着对不起，我和搭档王转身离开。

从店里出来后，搭档王说："你太高明了，竟然知道去查账。"

我说："也没什么高明的，问题总有解决的办法，这事儿她自己也能搞定，只是她的慌乱让她失去了理智而已。"

搭档王说："她不该砸你，你还拉着我不让我发火。"

我说："她又不是敌人，不过是太着急而已，没必要跟她计较太多！如果我再发火，问题怕是就解决不了了！"

说我当时一点不生气也是不可能的，人都是有感情有情绪的，可谁让咱是警察呢，面对群众的时候，要学会控制自己的情绪，否则，随意发泄自己的情绪，还能解决什么问题呢？

我这样劝慰着自己，让自己的情绪慢慢平静，以后肯定还会遇见类似的情况，与其让自己难受，倒不如让自己境界再高点儿，遇事再看开些，毕竟，那位女经理最后给我道过歉了。

警民一家，相互理解，才能鱼水情深啊！

因为一句话，四个进医院，两个进班房

2011 年 1 月 28 日　星期五

出警中遇到的很多事，大都因一两句话产生矛盾，继而争吵、谩骂到动手打架甚至闹出人命。

子曰：非礼勿视，非礼勿听，非礼勿言，非礼勿动。

圣人要求我们，要管好自己的眼睛，不该看的不去看，不该听的不去听，不该动的不去动，对自己有所克制。要管好自己的嘴巴，说该说的话，生活里才会少很多麻烦。

今天出的一个警，足以让大家理解出言不逊带来的恶果。

话说今年四十岁的张先生约王某、夏某和金某三位朋友聚会，过节了嘛，提前聚一下。四人推杯换盏喝完一瓶白酒，醉意蒙眬从饭店出来打算打车找个地方休息一下。

这时，一辆出租车开了过来，张先生见亮着空车灯立即向司机招手。出租车司机将车停稳后，张先生转身招呼还在路边说话的朋友一起上车。招呼完朋友，等他再转身时见一高一矮两名男青年快步向出租车走了过去，其中高个子男青年拉车门便坐了进去。

张先生忍不住嘟囔了一句："抢，抢什么抢，急着去奔丧啊？"

本来张先生距离出租车就不远，正欲拉后车门上车的矮个子男青年听闻此言，转身回骂了一句："素质真低，大过年的，说这样丧气的话！"

本来说到这儿倒也没什么，车开走也就算了，但是矮个子男青年似乎还不解气，随即又对着张先生骂了一句："你娘是不是刚死了啊？"

张先生一听立即大怒，骂道："小崽子，野种，你娘才死了呢！"

矛盾顿时升级，两青年立即下车，指着张先生一阵痛骂。

为了照顾您的胃口，恶毒的语言在此不多赘述。

张先生的三位朋友见他受欺负，也赶来帮忙。于是，由二对一的谩骂发展到四对二的撕扯。撕扯中，矮个子见对方人多势众，慌忙跑到远处，拎起一块砖头，冲上前去，朝着张先生的头部就砸了下去，只一下，鲜血就顺着张先生的脸颊淌了下来。张先生捂着头就倒在了地上，三位好友见此，怒从心头起恶向胆边生，疯了一般冲向两青年，扯过矮个青年顺手摁倒在地，好一阵拳打脚踢。高个青年见此，抢砖便砸向靠得最近的王某脸上，王某的鼻子顿时瘪了下去。夏某和金某见此，立即冲上去将高个青年拉住就势打翻在地，踢打半天还不过瘾，拉到饭店台阶前，将高个青年的腿支在台阶上，金某一脚踩上去，顿时将高个青年的腿踩断。

饭店老板见此情景，立即拨打了110。我和搭档王赶到现场后，分开人群见地上躺着四位受伤人员，立即呼叫指挥中心协调120和治安中队的同志过来。大致了解完情况，我和搭档王上前将余怒未消还在高声谩骂的夏某和金某铐了起来。

不一会儿，120的急救车将四名伤者拉走，治安中队同志将夏某和金某带走。

因为一句话，六个人四个进了医院，两个进了班房，实在可叹！

当我平静下来再去看这件事时，想起《诗经》中的一句话：白圭之玷，尚可磨也；斯言之玷，不可为也。

白玉的瑕疵都可以打磨，而说话有瑕疵，就像泼出去的水，想挽回却再无可能。看来，管好自己的嘴巴何其重要。病从口入，祸从口出，至理名言。谨言慎微何等重要。

说话是容易的，沉默是困难的。我们总是倾向于说，结果是越说越浅薄，越说越浮躁。还是静下心来，让自己沉默一下吧。在沉默中，我们聆听心灵净化的滋滋声响；在沉默中，我们享受思索人生的丰实充盈；在沉默中，我们走向智慧之巅饱览人间春色；在精神浮躁的年代，沉默是保护自己的顶点智慧，也是高扬个性的最佳语言。

　　有言说，三思而后行，我感觉三思而后言更为妥帖。有文说：急事慢慢说，大事想清楚再说，小事幽默地说，没把握的事小心地说，做不到的事不乱说，伤害人的事坚决不说，没有发生的事不要胡说，别人的事谨慎地说，自己的事怎么想就怎么说，现在的事做了再说。对说话的艺术性阐释得极其精辟，借用过来，与君共勉！

我家被"四十大盗"标记了

2011 年 1 月 29 日　星期六

盲目或轻率地下结论，往往会让人陷于被动的境地。

这句话早就听说过，今天出的一起警让我更加深刻理解到它的内涵。

110 指派的是一起求助的警。

赶到报案人所在小区时，报案人已经在楼下等我们。摩托车还没停稳，他就着急地凑过来对我说："你们来了，快来看看吧，我怀疑小偷很快就会对我们家动手了！"

见年轻的报案人一脸紧张，我跳下摩托车对他说："别着急，慢慢说，到底怎么回事？"

年轻人说："小偷在我们家门口做标记，你还是跟我过去看看吧！"

噢？小偷踩点做记号行窃，这事早听说过。年终岁尾，往往是窃贼比较猖獗的时候，亏得有群众发现，撞在我们手里，倒要去看个究竟。

跟随年轻人快步朝楼道里走去，这时，太阳光线还算可以，虽然楼道不朝阳，但里面还比较亮堂。

年轻人站在一楼台阶上，用手一指墙上说："快看，快看，看到了吧？"

我屏住呼吸，顺着他手指的方向看去，见几个报箱中间用白色粉笔写有三个英文符号：TJL！

我笑了笑问："啥意思？"

年轻人精神还处于紧张状态，着急地对我说："我也不知道是啥意思，但是，我相信，绝对是小偷做的记号！"

搭档王走了过来看了看问："你怎么这么肯定呢？"

年轻人说："因为前些天就有人做过这样的标记了，有了标记没几天，就有几个年轻人傍晚敲我们家门。我和媳妇当时不在家，我妈带着孩子在家，当时老太太吓坏了，马上通知了我们小区保安，结果保安问那些人，他们说找某某，那个人我不认识啊！"

搭档王说："也有可能是走错地方了呢，这样也没办法证明那些人就是小偷啊。"

年轻人说："我当时也这样想的，然后我就将那些符号擦掉了，可今天又有人写上了！"

搭档王抬头看了看用手指了指头顶问："这里有摄像头？"

年轻人忙说："那是我安装的，我将写这些符号的人都拍摄了下来，所以拨打 110 了啊，希望你们能抓住这些人。"

我感觉年轻人说得挺有道理的，现在很多小偷都踩点并做一些特殊的符号，或许顺着这些线索还能将小偷抓获呢。

于是我对年轻人说："走，去看看你的监控，我看看是什么人做的符号！"

搭档王对我说："你别急，我看未必就是什么小偷做的符号，小偷会这么傻吗？符号被人擦了，再去做一次标记？"

我有点着急："那你说这是怎么回事？"

搭档王说："我还没弄明白，不过直觉告诉我，这不像是小偷做的标记。"

年轻人在一边着急地说："走吧，先跟我去看录像吧！"

于是，年轻人开门，我跟他走进一楼的屋内。

屋内，一个老太太正给孩子喂饭，年轻人领着我走进书房，电脑屏幕上播放着着摄像头拍摄下的录像，显示的是搭档王正趴在墙边琢磨那些符号。

年轻人说:"我给你回放一下!"

我说:"你这录像还挺清晰啊!"

他边熟练地操作电脑边说:"花了千把块钱安装的,家里平时只有老人孩子在家,也是为了安全考虑吧!"

我看着影像在快速回放,脑子里一直在考虑如果那符号真是贼做的标记,该用一个什么样的方案将贼抓获。

影像突然停止,年轻人指着屏幕对我说:"看,看见那个女人没,用高领羽绒服捂着脸。看,走过来了,她后面还有一个男人,站在那里看着她在墙上做标记!"

屏幕上,清晰地显示出一男一女两个中年人,都穿高领的衣服,领子遮住了脸,无法看清楚他们的真实面目。定是小偷无疑!

我立即掏出电话给指挥中心汇报情况,并向单位领导请示抽调警力安排蹲守。

这时,搭档王在门外摁响了门铃,年轻人去开门,搭档王进来问:"监控看完了吗?"

我兴冲冲地对他说:"看完了,这次机会来了,肯定是小偷,做符号的时候都捂着脸呢!我们可以蹲点抓他们。"

搭档王不以为然地白了我一眼说:"别高兴得太早了,我刚去几个楼洞看了看,都有这样的符号,而且经过我仔细观察,发现这些符号都一样不说,还都标记在商报箱的边上!"

我见年轻人也是一脸迷茫地看着搭档王,忙问他:"那你的意思是?"

搭档王说:"我还不确定,走,我带你们去看看!"

于是三人来回跑了五六个楼洞,真如搭档王所说,每个商报箱子边上都做了类似的符号,没有商报箱的楼洞倒真没有。

看完,搭档王对我说:"明白点什么意思了吗?"

我想了想说:"你的意思是投递员给做的?"

搭档王哈哈笑了起来说:"有可能。"

年轻人看着我，我脸一红，忙说："那也必须调查清楚！"

搭档王说："这好办，报箱上就有投递员的电话。"

我仔细一看，的确报箱上写着投递员的手机号码，于是我立即掏出手机拨打了过去。

电话接通后，一位女士问我："哪位？"

我说："请问您是商报的投递员吗？"

对方说："是的，您是哪个社区的？"

我说："我是110巡警，想找您问点事。"

对方说："有什么事您说吧？"

我说："金阳光小区这里的报纸是你投递的吗？"

对方说："是的，是我投递的，有什么问题吗？"

我说："你是不是做过什么记号？"

对方说："是啊，我刚分过去不久，因为他们那里的报箱太多，有些是老报箱，以前的投递员也没给我交代清楚，我也弄不清楚哪些报箱可以投递，所以就和老公去做了记号。"

年轻人在旁边轻声说："问问她符号什么意思。"

我说："那您的符号啥意思啊？"

对方说："没啥意思，我名字叫田金铃，那是我名字的简写。"

我忙说："哦，对不起，打扰您了。"

对方问："怎么了，有什么问题吗？"

我忙说："没，没，有住户怕是小偷做的标记，所以我们来落实一下，现在清楚了，实在抱歉，打扰您了！"

挂完电话，见搭档王笑眯眯地看着我，我很是尴尬，忙对年轻人说："现在情况清楚了，您也不用担心了。"

年轻人也不好意思地说："实在不好意思，麻烦您二位了。"

搭档王说："没什么的，你的防范意识很强，值得表扬。"

见年轻人很满意，我和搭档王随后离开。

路上，我对搭档王说："刚刚我给指挥中心和单位领导都汇报过了，说是有小偷做符号，还让领导出蹲守方案呢！这下咋办？"

搭档王看了我一眼，嘿嘿笑了几声说："你自己看着办吧，解铃还需系铃人嘛！"

见他一副幸灾乐祸的样子，真无语啊！

事后，我将实际情况向指挥中心进行了反馈，并向单位领导解释了事情的真相。

事情虽小，耐人寻味。

我一听报案人说是小偷做的符号，看到那些符号时，便受到先入为主的影响，后来又去看了监控，见做符号的人捂着脸，其实应该是天冷，穿高领衣服遮住脸很正常，由于前期的影响，我想当然便将投递员当成了做符号的小偷。

不过话说两头，小偷做标记行窃的事还真是有过。先不说"阿里巴巴与四十大盗"故事里的标记，现实生活中也有这样的例子。很多人对那些符号和标记做过分析和研究，网上就流传着一份小偷踩点记号解密表，这些符号与国外小偷符号类似，被网友戏称为"小偷也跟国际接轨"。

"＋－"意味着被标记的房屋家里白天有人，晚上没人。

"－＋"晚上有人，白天没人。

"⊙"代表单身或租户。

"…"家庭成员三个人，".."代表两个人。

"√"表示已经进入过。

"×"表示你是非目标，暂时是安全的。

"☆"表示你是目标。

虽然这个解密表还有待考证，但日常生活里注意防盗还是必须的。市民要提高防范意识，出入注意锁门，晚上睡觉时关好门窗。如发现有疑似小偷踩点的行为，比如留下异物或涂画奇怪符号等，应立即清除。不过遇到这种情况，要先观察观察动动脑子判断一下，再决定是否报警。

而搭档王没被这个现场所迷惑，主动去附近楼洞调查，才发现了事情的真相。

我问搭档王："你怎么就没被那些符号迷惑住呢？"

他笑笑说："看表象用眼睛，看本质用心。我以前见过小偷做的标记，唯恐人看到，所以做得都很小，从来没这么醒目的。你想，如果你是小偷，你会用醒目的白色粉笔做那么大的符号吗？"

见我摇了摇头，他继续说："以后，遇到事情先冷静下来，不能让报案人牵着你的思路走，这样慢慢你就会从旁观的角度去看问题，时间长了形成习惯，就好了。"

是啊，人们观察事物时的内心感觉不同，就会得到不同的结论。先入为主的思维定势会牵着我们的想法一直走向歧途。只有摆脱了局限，进行全面客观的调查和分析，才会看到事情的真面目，才会认识到事物的本质。这样才不至于犯下主观臆断的错误，做出有偏差的判断，将自己置于骑虎难下的境地。

你怎么做，孩子就怎么学

2011 年 1 月 30 日　星期日

近日，八个多月大的儿子渐渐表现出强烈的认知欲。

每天早起，我离开的时候他总是看着家门哭喊，一见开门便高兴得咿咿呀呀乱喊一气。妻子对我说："家里已经不能满足孩子的好奇心了，我天天要抱他出去散步，你这当爹的也应该抽空教他点东西。"

于是乎，我拿出一本《三字经》，抽空给儿子读一些，我估计他对那些内容理解不了，但是每次我读的时候他总是很认真地看着我，让我很是兴奋。

提及这些，让我想起来《三字经》里的一句话：养不教，父之过。

父母作为孩子的第一任老师，其言行举止无不潜移默化地影响着孩子品格的养成。我又想到了今天的那位母亲，她竟然还不如自己八岁的女儿懂事，想起来让我替她汗颜。

接到报警说，某大型超市三楼抓到小偷。

我和搭档王立即赶到超市。有钱没钱，购物过年，随着节前购物潮的到来，超市内的顾客比肩接踵，好不热闹。

来到三楼物损部，推开门，见一男一女两个超市工作人员正在批评一位大腹便便的妇女，孕妇坐在凳子上，衣着整齐，神情漠然，身边站着一位七八岁的小女孩儿，眨着眼睛看着屋里发生的一切。

因为以前在这里出过警，我们和这里的工作人员算是认识，见我们进来，工作人员指着桌子上的几个塑料袋子说："看到没，都是她偷的。"

孕妇说："你们说话也太难听了吧，我都付过钱了。"

男工作人员小刘说："大姐，你就别装了，监控又不是没让你看，你压根儿就没付钱，你把袋子上的标签撕掉拎着东西就想走人，是我们把你给堵回来的好不好？"

女工作人员小李说："看你有身孕又带着个孩子，本来没打算报警，但是，你看你这态度。"

搭档王问："监控显示她没付钱出门了？"

小刘说："是啊，要不然也不会打110让你们出警了。监控都让她自己看了，可她死活不承认。不承认也就算了，我们见她是个孕妇，还带个孩子，打算让她走，可她不走，愣说要走也可以，必须把这些东西带走，非说她付过钱了。你说，这叫什么事啊？"

我见那位孕妇一言不发，便对小刘说："走，带我去看看监控。"

小刘推开里屋监控室的门，我走了进去。小刘边熟练地进行视频回放，边给我做着讲解。看了五分钟，我出来了。

搭档王看了看我，我点点头，然后指着桌子上的东西问小刘："这些东西总共多少钱？"

小刘说："我们大概看了一下，总共百十块钱的东西！"

搭档王对孕妇说："大姐，你说说是怎么回事。"

孕妇说："没怎么回事，反正我付过钱了，他们不让我走。"

小刘气愤地说："我脑子出毛病才让你走呢！"

见孕妇旁边的小女孩瞪着眼睛看着小刘，我扯了扯小刘，让他别发火。

我问孕妇："这个女孩儿是谁？"

孕妇拉了一把身边的女孩儿说："我女儿。"

我又问："孩子几岁了？"

孕妇说："八岁半了。"

我说:"那不都该上小学了?"

女孩儿笑嘻嘻地说:"叔叔,我上小学三年级了。我妈妈是忘了,你们别怪她。"

我看了看孕妇说:"看这孩子多懂事,你应该是忘记付钱了吧?再好好想想!"

孕妇脸一红,嘟囔了一句:"谁说我没付钱,我付过钱了。"

女孩儿扯了扯她母亲说:"妈,你真没付钱,你把钱给他们不就行了,要不他们能让我们走吗?"

搭档王趁机走过去,拉着女孩儿的手说:"走,跟叔叔到超市去一下,我想给我儿子买礼物,他比你小几岁,帮叔叔看看我给他买什么他才会高兴。买完叔叔带你回来找妈妈。"

小女孩儿看了看她妈妈,见她没反应,高高兴兴和搭档王推门走了出去。

我理解搭档王的良苦用心。

见他们出去,我很严厉地批评孕妇说:"你看你这做的叫啥事?女儿上小学三年级了,都懂事了,你竟然当着她的面干这些龌龊事儿,还死活不承认错误!你这样做,是不是想让孩子将来也像你这样?"

孕妇看了我一眼没说话,我接着问:"你是没没钱么?"

孕妇嗫嚅着回答说:"带钱了!"

我语气严厉地说:"那你说你占这点小便宜干啥?"

孕妇低着头说:"我错了,我下次不这样了行吗?这些东西我付钱,我以后不这样了。"

我对小李说:"一共多少钱,你去核算一下,让她付钱买走算了,再让她写个保证书。"

小李说:"我也是看她挺着大肚子,可怜她,如果早这样,早就让她走了。"

说完,小李拎着袋子推门走了出去。

我语气缓和了下来,问孕妇:"你听说过孟母三迁的故事吗?"

孕妇低声说:"没有。"

我说:"那我给你讲讲!从前孟子很小的时候,他的父亲就死去了,母亲一个人带着他生活,一开始,他们家住在墓地的附近。孟子总喜欢和邻居的小伙伴一起学去墓地办丧事的大人跪拜、哭号的样子,玩那些办丧事的游戏。孟子的母亲看到后,就想,我不能让我的孩子住在这里了。

"于是孟子的妈妈就带着孟子搬到集镇上去住,这次搬家的地方又靠近杀猪宰羊的地方。结果孟子又和邻居的小朋友学起商人做生意和屠宰猪羊的事。孟子的妈妈知道了,又想,这个地方也不适合我的孩子居住,我可不想让孩子将来学这些。最后她把家搬到了一所学校附近。每月夏历初一这个时候,官员到文庙,行礼跪拜,互相礼貌相待,孟子见了——都学习记住。孟子后来成为了一个很有学问的人。

"你现在这样带着孩子出来干这些事,说好听点是占便宜,说不好听点就是偷窃,孩子从小跟着你学这些,你说将来她能学好吗?你自己想想,你这当母亲的合格吗?如果你想让自己的女儿将来成为小偷,那随便你吧!"

孕妇看看我,很是羞愧地说:"我错了,我以后不这样了。"

这时,小李走进来说:"这些东西一共一百二十。"

孕妇听完,很主动地掏出钱包付钱,我凑过去一看,里面有一沓百元大钞。

随后,我让小刘找来笔和纸张,让孕妇写了一份保证书,保证以后坚决不再做类似的事情。

保证书写好,搭档王带着女孩儿高高兴兴走了进来,我问小女孩儿:"帮叔叔买到礼物了吗?"

小女孩儿咯咯笑着说:"没有呀,因为叔叔兜里就装了十几块钱。唉,真是的,出门不带钱怎么能行啊!"

一席话,说得我们都乐了,闹得搭档王倒是脸红起来。

搭档王问我:"事情处理完了吧?"

我故意大声地说：“处理完了，这位大姐不是怀孕了吗，记性不好，后来才想起来，刚刚已经付钱了！”

小女孩儿冲我做了个鬼脸说：“我刚刚都说了，我妈妈是忘记付钱了啊，可她不听我的！”

搭档王对小女孩儿说：“以后你可要多提醒你妈妈呀！”

小女孩儿拉着妈妈的手说：“嗯，我最听话了。”

说完，她们就推门走了出去，关门时，小女孩还不忘说一句：“叔叔再见！”

从超市出来，搭档王说：“真不知道那个孕妇是怎么想的，如果带着孩子当掩护出来偷，我想她少生一个孩子最好！”

我说：“是啊，希望她以后不会这样了。否则，生出来的孩子不好好培养，将来只能给社会增加负担！”

从这些年我们单位抓获的抢劫嫌疑人来看，年龄大的不过二十一二岁，年龄最小的才十三岁。这位十三岁的孩子，为了给朋友买生日礼物，去找母亲要钱，钱没要到还被母亲奚落一顿。又去找父亲要，父亲骂他他顶撞了几句，又被父亲打了一顿，小孩儿一怒之下竟然拎着菜刀抢劫了一辆出租车。这些孩子有时候手法凶狠得让人不寒而栗，有时候又让人感觉幼稚得可笑。究其背景，无一不是家庭教育的缺失。

其身正，不令而行，其身不正，虽令不从。做一个正直的人，做一个品德高尚的人吧，为了我们的孩子。此句，献给那些正在养育和将要养育孩子的父母和准父母，也送给我和搭档王！

穷人的孩子早当家

2011 年 1 月 31 日　星期一

常言说，自古英雄多磨难，纨绔子弟少伟男。我无意说富人的孩子就成不了才，穷人的孩子其实也有不争气的。衣食无忧的生活是令人羡慕的，但当我们面临苦难和艰难时，如果能保持一种昂扬的斗志，不悲观不绝望，勇敢面对自己的生活，与命运抗争，终会摆脱困境，走向成功。

今天遇到的这个穷人家的孩子，让我内心充满感动。

下午刚上班，我和搭档王接到报警，说是有孩子丢失。

我和搭档王赶到现场，见到报案人罗先生时，他正和家人焦急地在他经营的小饭店门口乱转。我和搭档王摩托车还没停稳，罗先生和妻子姜女士就跑过来，姜女士还没说话，眼泪先流了下来。

她抹着眼泪说："警察同志，你一定要帮帮我们，我儿子不见了。"

搭档王说："您先别哭，慢慢说，到底怎么回事？"

老罗一脸愁容，猛抽了一口烟，捂着胸口咳嗽了几声，稳住情绪对我说："我儿子叫亮亮，读初三了。三天前学校放假，他中午回来跟我要二十块钱，说是要去同学明明家学习，我想着店里忙，租的房子又冷，明明家里条件好，去他家学习我也放心，当时也没多想就给了他二十块钱，孩子饭也没吃就走了。今天都腊月二十七了，中午打算把饭店关门，然后回老家过年。俺媳妇就给明明家打电话，让儿子一起回老家，谁知道打过去电话才知道，明明爸爸说他儿子三天前也是说要去亮亮家学习，他还以为明明在我们家呢。你说这两个孩子，能跑哪儿去呢？"

我问："会不会两人回你老家了？"

老罗说："没有，打电话都问过了，没有啊！"

搭档王问："学校呢？"

老罗说："给班主任打电话，班主任说学校早就封校了，不可能是在学校，学校只有一个门卫看门。他班主任听了也很着急，正往这儿赶。"

我想了想说："会不会去网吧上网了？"

老罗媳妇摇摇头肯定地说："绝对不可能，我儿子在班里是班长，学习成绩好得很，从来不去网吧、游戏厅。"

搭档王说："你们先别着急，既然孩子这么听话，应该不会有事的，他们可能去找其他同学学习了。我们一起想办法联系联系他其他同学，真找不到，再立案行不？"

老罗说："那好吧。"

我问清楚亮亮的衣着和体貌特征，然后向指挥中心汇报，请求各巡组在巡逻中留意。这时，一个中年男子骑电动车赶了过来，见了老罗很是着急地问："联系上没有？"

老罗无奈地摇摇头说："没有啊刘老师，你说这俩孩子，能去哪儿呢，真是急死我了！"

刘老师说："您别急，我想这俩孩子不会有事的。我太了解他们了，特别是亮亮，这孩子懂事得很，我保证绝对不会有事，我现在就和班里的学生联系。"

刘老师掏出手机拿着学生花名册打起了电话，我和搭档王在一边安慰老罗夫妇。

这时，一个瘦瘦的男孩子，怀里抱着书，连蹦带跳跑了过来，看了我和搭档王一眼，跑到老罗身边问："咋了爸？"

老罗媳妇一见，激动得哭了出来，拉过亮亮就抱住了，老罗激动得嗓音也变了，一把扯过他问："你去哪儿了？你不是说去明明家学习了？"

　　亮亮很是迷茫地问："咋了？你们这是干吗啊？"

　　刘老师走了过来，亮亮一见，显得很是惊讶，问道："刘老师？您咋也来了？"

　　刘老师笑着说："还问我，先问问你自己，这几天跑哪儿去了？"

　　亮亮将怀里的书扬了扬说："我和明明去学校学习了啊！"

　　刘老师说："不可能，学校都封楼了，你在哪儿学习？"

　　亮亮低着头说："我说了您可别给学校汇报，我们俩在门卫那里学习。我们求了他半天，他才同意的，这不怪他。"

　　刘老师很是意外地问："吃住都在门卫室？"

　　亮亮说："是的，门卫老伯家里过年也需要买年货嘛，正好我们俩就替他值班了。"

　　刘老师生气地说："糊涂，万一发生点啥事我可怎么向你家人交代啊。这个门卫老伯，真是荒唐！"

　　见老师生气，亮亮忙说："刘老师，您可千万别给学校说这事，要不我和明明就对不起他了，是我们求他让我们在他那里学习的。我家里没暖气，太冷，明明他妈妈总是在家打麻将，吵得不行，我们俩想来想去，只好去那里学习了。"

　　老罗两口子也忙帮着亮亮说："刘老师，这事孩子做得不对，不过您可千万别向学校汇报，要不我们这当家长的心里也过意不去啊！"

　　刘老师忙说："好，好，我答应你们，不过亮亮，下次可不许这样，你看给你爸妈吓得，连110都喊来了。"

　　亮亮走过来，对我和搭档王说："对不起了叔叔，麻烦你们了！"

　　我拉过他说："你这孩子，怎么可以对家人撒谎呢，让家人多担心啊！"

　　亮亮红着脸说："我爸妈经营这小饭店，每月赚的钱还不够我和姐上学用，看着他们那么辛苦，我心里很难过，只有好好学习来回报他们。明明的英语比我好，我的数学比他好，放假后，我们俩就决定在一起互相辅导一下，争取都能考上市一中，将来考个好大学，改变家里的状况，让爸妈以后也能享享福。"

少年老成的亮亮说完，眼圈红红的他将头侧到一边！

我问："是不是晚上熬夜学习了？"

亮亮抬头看着我，很是惊讶地问："您是怎么知道的？"

我说："叔叔也是这样过来的，我读初三的时候，也是把被子抱到教室里，困了就睡，醒了就继续学。你的心情我能理解，可是你要明白，磨刀不误砍柴工，只有休息好，才能学习好。叔叔我当年没人管，虽然最后考出了个全乡第一，可也累得神经衰弱，一直影响了高中三年，直到大学才缓过来。这是我的亲身经历，你要记住，以后不能这样了。咱得先保证自己有个好身体！"

亮亮很懂事地点点头说："谢谢叔叔！"

见事情解决，我和搭档王让老罗签字离开。

事后，搭档王说："这年月，像这样懂事的孩子很少见了。很多孩子整天就知道向父母索取，很少会考虑父母的难处，更不会主动替父母分担。这件事也给我提了醒，我儿子现在才四岁，天天总是给我说一些好听话，哄着我给他买他想要的玩具，以后我不能再迁就他了。"

我说："是啊，羡慕老罗有这样一个好儿子。不过老王你现在想得有点早，孩子还小呢，懂啥？"

搭档王说："现在什么事都顺着他，将来他大了，会感觉自己从父母那里得到一切应该是理所当然的，到那时候再去教育就晚了。"

我想想也是，如果饭来张口，衣来伸手，什么要求都能得到满足，父母时刻充当孩子的保姆，长此以往，子女往往会受之无愧，无丝毫感激之心、羞愧之情，这样的孩子将来怎能经得起挫折和摔打？

其实，无论是穷人家里的孩子，还是富裕家庭的孩子，都要让他们从小体会父母的不易、感受社会的冷暖。这样，孩子看在眼里，记在心里，内心才会有触动，才能激发斗志。

这样经过苦难的磨炼，将来才能在困难来时不低头、不放弃，勇敢面对生活，更好地适应竞争激烈的社会，同时，这样的孩子也会更懂得珍惜，懂得孝顺，懂得感恩。

可怜天下父母心。爱孩子是做父母的本能，但怎样爱却是一个复杂的命题。愿每一位做父母的，在关心爱护孩子的同时，能时不时冷静下来，思考一下，如何才能引领着孩子走向一条属于他自己的阳光大道。

偷馒头的小姑娘

2011 年 2 月 1 日　星期二

这几年，感觉过年越来越没意思。

记得小时候，总是惦记着过年，因为过年可以穿新衣服，可以吃上好吃的饭菜。而现在过年，却再也找不到小时候那种兴奋和激动的感觉了。

城市的车辆在今天达到了拥堵的极致，每年春节前总是如此。看今天的报纸说，将有三十万辆轿车进入市区。交警忙不过来，我们巡警补上。从中午一上班开始就没停息，疏导交通或者出警，交替忙碌了一下午。

天快黑的时候，接到了一起抓到小偷的警。

我和搭档王赶到某烟酒店门前的现场，分开围观的群众，看到一个四十多岁的男子正和一位十五六岁的女孩儿撕扯。男子气势汹汹，女孩儿瘦弱矮小，手里还拎着几个馒头。

我上前拉住男子说："住手，想干啥？"

男子苦笑了一下说："大哥，没弄错吧？我可是报警人，这个女孩是小偷，您可别把我抓了去！"

我愣了一下说："有事说事，你一个大男人拉着她干啥？"

男子说："不是我拉她，是她偷了我的馒头。"

搭档王说："那你说说情况，到底是怎么回事。"

男子说："我是这个烟酒店的老板，就在刚才我正和一个客户在屋里算账，这个小姑娘跑过来掀开我放在门口的箱子，从里面抓了几个馒头就跑，你看，这些馒头还在她手里呢！"

我见女孩子一脸的窘迫，上身是一件略显破旧的棉衣，袖子上带有袖套，仔细看略有油腻。又见她胸前挂着项链，耳朵上带着耳环。

我便问她说："他说的是真的吗？"

女孩儿点点头没说话。

我问她："那你偷人家馒头干啥？"

女孩儿低着头操着一口外地口音低声地说："我三天没吃饭了，我饿了。"

搭档王说："我看你耳朵上有耳环，脖子里挂项链，你会没钱吃饭？"

女孩儿张了张嘴没说话。

我想其中必有原因，于是将她拉到一边问："到底怎么回事？"

女孩儿说："我真的没钱吃饭了，我都三天没吃饭了，我快饿死了。"

我问："你家人呢？"

女孩儿说："我老家是江西农村的，我一个人在这儿！"

我问她说："你多大了？怎么会一个人在这儿呢？"

女孩儿说："我过完年就十七岁了。我和我弟弟吵架，我妈打我，我一赌气就跑出来了！"

我问她："你出来后和家人有联系没？"

女孩儿说："没有，我爸妈都不喜欢我，都喜欢我弟弟，他们嫌我是个女孩儿，不让我上学。"

我问她："那你跑出来多久了？"

女孩儿说："我是九月份从家里出来的，到现在好几个月了。"

我说："那你这几个月是怎么过的？"

女孩儿说："我一直在北边路口的东北大骨头饭店打工，一个月八百块钱。"

我很纳闷，一个月八百块钱还不够吃饭吗？

我继续问她："那你的钱呢？"

女孩儿说："我每个月只留下两百，其他钱都给我父母邮回家了。我从来也不留地址，他们也找不到我，我不想让他们找到我。"

我心里一颤，说："那你总该给自己留点钱吃饭啊。怎么会三天没吃饭呢？"

女孩儿说："我本来留了一百块钱的，可前天我拿钱去买东西，回到宿舍就发现钱丢了，一分钱都没有了。刚刚我去对面那家手机店当我的手机，人家说我手机坏掉了，不肯给我钱。我这些耳环和项链，都是地摊上买的，不值钱。警察叔叔，我真是饿坏了。"

我心里一酸对她说："我理解，但是，你太糊涂了，你也不想想，天下最亲的人是谁？还不是你父母。你这样跑出来他们该多伤心呢，你家里有电话没？我和他们联系一下。"

女孩儿眼泪流了出来，她神情茫然地说："叔叔，我家没电话，你别让我回家，我在这里赚钱挺好的，我不想回去。我每个月都给他们寄钱，这样我心里好过一点。等明年春节我一定回去，到那时候，我要给他们汇够两万块钱，我想让他们知道，我不是没用的人。"

听她说完，我算是没辙。

我转身去找店老板，对他说明了情况，店老板说："如果真是她说的那样，别说六个馒头了，就是十个馒头我也给她啊，可她行为真是不妥！"

我说："你说得对，我也批评过她了。我现在去对面的手机店问问，如果她真是去当过手机，那这女孩儿确实是困难，那样的话你就原谅她吧。不行，这馒头钱我出。"

店老板笑着说："咱一起去问，如果真是这么回事，我也会帮忙啊！"

于是，我和店老板喊上女孩儿一起去对面手机店问情况。

推门进手机店后，我问店内服务员："刚刚这个女孩儿是不是来当过手机？"

服务员忙说："是啊，是啊，她手机坏了，不值钱，我们没收。"

我对店老板说："你听到了吧，看来她确实是难住了，要不也不会这样做。"

店老板说："算了，我去给她弄点吃的。"

我掏出兜里仅有的五十块钱递给女孩儿说："你以后要给自己留点钱备用，这大过年的，你说你一百块钱怎么过啊。"

女孩儿接过钱说："谢谢叔叔，我初七就上班了，店里管吃的。我以后有钱了一定还您。"

我摇摇头没说话，搭档王过来问我到底是怎么回事，我给他说了情况，搭档王说："你也知道，咱俩平时上班都不怎么装钱，我今天兜里就二十，都给她！"说完，搭档王将二十块钱递给了女孩儿。

我们俩平时身上也就装个买烟的钱，钱虽少，也是我们的一点心意！

这时，一个中年男子走过来说："这不是东北大骨头的服务员吗，咋了姑娘？"

女孩儿没说话，我说："没啥，没钱吃饭了。"

中年男子问："老板没给发工资？姑娘，我给你老板打电话，他是我朋友啊！"

女孩儿说："你别打了，他们都回老家过年了，再说他们给我发工资了。"

中年男子说："没钱吃饭哪能行，我给你留个电话，没钱吃饭了找我，你这事儿，我管了。"

说完将一张名片递给小女孩，然后转身对我和搭档王说："她还小，别难为她。"

我笑了笑说："没难为她，这就让她走。"

这时，店老板拎着一兜东西跑了过来，递给女孩说："这里有五个面包，十来个馒头，还有三袋火腿肠，你拿好，大过年的，没东西吃能行？以后没吃的来找我，别不吭声啊！"

女孩儿流着泪说："谢谢叔叔！"

我对她说："你记住，以后遇见没饭吃的情况，千万不能偷拿人家的东西，这事不光彩。遇到什么事你就打110，会有人帮你的，你这偷东西的行为绝对不可取！"

搭档王说："你还小，以后路还很长。以后不管干什么事，要多想想，千万不能再干糊涂事了！"

女孩儿说："嗯，我明白了，谢谢警察叔叔。"

对着我们鞠了个躬，女孩儿拎着东西走远了。

希望她如果再想犯此类错误的时候，能想起，在这样一个日子里，在她动手拿别人东西的时候，曾经有几个好心人帮助过她，希望她能做一个堂堂正正的人。

只要想把工作干好，你就一定有办法

2011 年 2 月 2 日　星期三　除夕

今天是大年三十，很多像我这样漂在城市的外地人都回家过年了，路上的车辆和行人明显减少了很多。

妻子带着儿子回娘家了，搭档王的妻子和儿子也回老家了。除夕之夜，我们是两个孤独的守城人。

骑在摩托车上的搭档王扭头说："一年的最后一天了，希望大家都好好过除夕，我们今年的最后一个班也能消停消停！"我笑笑说："别是最后的疯狂就好。"

真让我说对了，一下午就没停下来过，不停地出警。有酒后打架的，有买卖商品发生纠纷的，有进不去家门的，等等。我们俩就像穿梭在这个城市的消防员，哪儿有火气就去扑灭，哪儿有困难就去帮助。一直忙到傍晚，街头的鞭炮声此起彼伏，噼里啪啦响个不停。大街上弥漫着浓浓的火药味儿。

听着鞭炮声，我想，此时老家应该已经开始端菜上酒了，本家儿的几十号男人肯定已经坐到一起，开始了年夜的聚会。热闹的情形不因缺少我而减少半分，他们没人会知道，此时，我正坐在巡逻的摩托车上，思乡的情绪渐渐升起。然而看着搭档王慈厚的笑容，听着手上电台里110 派警员和其他巡警此起彼伏的呼叫声，我明白，我并不孤独。我守护的，是百姓的安全，也是家人的幸福。

当处理完一起求助的警情后，当事人说："我本来是试着拨一下110的，没想到真有人来。"

我笑着回答他："我们110是二十四小时随叫随到。"

无论风霜雨雪，无论春夏秋冬，一年里每天的二十四小时，只要你需要，110巡警就会及时出现在你身边。

回头想想回到巡警一线的这些日子，心里感慨良多。

如何成为一名好巡警，如何做好巡警工作，真是一门学问。巡警每天都遇到不同的人，遇见各种的事，巡警工作最大的特点就是你无法预料下一起警情是什么，工作里充满了不确定因素。哪怕是有危险的警情，巡警也必须第一个去面对，去控制局势的发展。

而更多的，是面对群众生活里琐碎的纠纷。有时候处理完一起警情，累得连话都不想说。但是，当面对新的警情时，必须要调整好心态，然后继续微笑面对群众。大多群众报警，对警察的期望值其实很高。能现场调解处理或者处置的，坚决不移交治安中队，这是我和搭档王一直秉承的信念。现场处理能为群众减少负担，如果调解不好，当事人就要去治安中队处理，来回奔波肯定会消耗金钱和时间。同时，我们也想为治安中队的同志节省警力，好让他们抽出精力组织打击力量。所以，我和搭档王在单位的调解率持续保持第一。

前几天，单位年终大会上，因为我和搭档王在打击处理和调解纠纷两项表现都是第一，领导让我们发言，问我们心得。

我代表搭档王只说了一句话。我说："只要你想把工作干好，就会想办法，只要你想办法，办法总比困难多！"

领导说："这句话，说得简单，实在。"

其实，大道至简，生活里的很多事情都很简单，只不过是我们自己将简单的事情复杂化了。

一年又要成为过去，一年又要开始，岁末是终点，也是起点。

愿大家都有简单而快乐的人生。